THE WONDERLING

混血孤兒院

:神祕的捕歌器

米拉‧巴爾托克 Mira Bartók 著
謝靜雯 譯

導讀

從十九世紀走入二十一世紀的奇幻小說之旅

——閱讀《混血孤兒院》的喜悅與驚喜

文／實踐大學應用外語系教授陳超明

"Please, sir, I want some more"

——Charles Dickens, Oliver Twist

十九世紀英國作家狄更斯在《孤雛淚》中，透過孤兒奧利佛口中，道出社會底層人物心中的渴望。但他們要的不僅是更多的食物填飽肚子，而是對愛的需求與對未來的渴望。在社會底層生活的孩童，一生下來即喪失親情，在冷酷的陌生環境中求生存，沒有希望、沒有愛，生命的尊嚴何在？

二十一世紀狄更斯小說的升級版

儘管在當代，心靈孤寂與社會壓迫仍然是我們大多數人成長的惡夢。一句孤兒院的標語，道盡底層生活人物的悲哀：「既然星辰遙不可及，又何必去追求？」然而小說中的主人物亞瑟，卻不斷仰望星辰、追求自己的夢想。米拉・巴爾托克的《混血孤兒院：神祕的補歌器》正是二十一世紀狄更斯小說的升級版，從典型的狄更斯場景——摧殘純潔心靈的孤兒院vs充滿生氣的都會與大自然，到各種奇幻小說的驚險歷險，如詩如幻的色彩與聲音交織的文字敘述，將小說中似人的變形生物，投入一場心靈與現實層面的追尋（quest）旅程。

這也是一部兒童成長小說（bildungsroman），從名字的啟發（亞瑟國王這個英雄名字的自我期許）、天賦開發（跨越物種的聽力能力），到打倒大人的無情與機器世界，處處充滿兒童與青少年成長過程中揮之不去的焦慮與期望。這些先天有些缺陷的小孩，誠如阿米爾罕在《心中的小星星》中所說的：「你只是不同，沒有不好」。如何從一無是處的「草包」，成為不一樣的英雄，作者透過不同的歷險與事件，一步一步看到主人翁的成長。

從命名到跨物種的關懷

小說人物的自我肯定，從丟棄社會給他的卑微稱呼十三號開始：「我有個真正名字了，我叫亞瑟。」這種「命名」的過程，充滿聖經創世紀的隱射，上帝透過命名創造宇宙，透過命名賦予人類成為萬物之首的使命。亞瑟也透過名字的意義，建立不一樣的人生觀。

然而，巴爾托克不僅關心人類在這個充滿社會底層的悲哀，更將其愛擴展到所有生物。她創造了跨物種的奇妙世界，也建構瀰漫生物間的友誼與投入。小說中，物種間的體諒與互動跟《哈利波特》不同，在《混血孤兒院》中，沒有天之驕子的魔法師，也沒有絕對的對與錯，環境造就院長的變態心理以及在孤兒院裡無止盡的霸凌，唯有拉近物種間的心靈距離，解開內心的孤寂，才能好好去慶祝「生日與聖誕節」。

十九世紀的狄更斯以「倫敦」做為人類社會的縮影，巴爾托克卻更進一步拉近人類與其他生物間的距離，像狐狸的人物、如小鳥般的飛行、老鼠間的對話，讓我們忘記了人類與其他生物間的不同。小說家經常透過他者（other）的手法，來描述人類世界的冷漠與荒謬，卻也透過這些外來生物的眼光，來解開人類深藏內心的愛與希望。

十九世紀小說與二十一世紀好萊塢奇幻電影的綜合體

這本書一在國外推出就大受歡迎，不僅因為故事感人，很容易洗滌這個冷漠的社會，更是結合十九世紀到二十一世紀小說的精采手法，除了讀到狄更斯或路易斯・卡羅等十九世紀小說家的細膩描寫，更可以經歷如好萊塢奇幻電影的場景：

亞瑟看著月亮消失在雲朵後方。遠處，可以聽見風穿越樹木的咻咻聲，是他從自己在世間所屬的陰暗狹小角落裡，目前看不到、永遠都可能沒機會看到的樹木。不久，就會是冰冷潮溼的灰色早晨。他想到紅隼館外頭的中庭，石滴水嘴獸在雨裡哭泣。他試著想像高牆邊那堆石礫後面，是一扇真正的門，而不是個洞，就是可以開往某個神奇地方的門。

從「自己的角落」到「神奇地方」，這個門代表各種可能性，也開啟「希望」與「愛」。

逃離孤兒院的段落場景，更是好萊塢奇幻電影風格的經典之作：

崔英特的螺旋槳呼呼轉動，亞瑟心臟狂跳，兩人開始上升，到了上方的高處，朝著大石牆飛去。崔英特因為朋友的重量，動作有點緩慢而彆扭，亞瑟死命抓著不放。可是儘管如此，他們還是成功飛入空中。

聲音表達了生命的脈動

這本小說最成功的地方來自於對生物本能與感官的描寫與運用，像是氣味、視覺影像、觸覺的敏銳等，令人驚喜！尤其是聽覺震撼，正是書中的主要意象與主軸，亞瑟雖然只有一隻耳朵，卻能夠接收萬物與環境的所有聲音訊息：

那天，他聽到四種不同的聲音：乒乒響、屋頂傳來的低沉砰咚砰咚聲、排水溝啪答啪答高亢旋律，以及打在窗玻璃上的輕柔喀答喀答響。就像一首歌呢。

生命是一首歌，生物脈動也是一首偉大的歌，如何確保生命希望與喜悅，有賴我們的「亞瑟」從草包銳變成勇士。閱讀亞瑟的「英勇」行為，不僅是一種文字的享受，也是一種解放童年幻想的奇妙之旅。這本書適合青少年閱讀，來挑戰自我的感官世界與幻想能力，也是父母親重新體驗與開啟內心的一本好書。

「我們是創造音樂的人，我們是夢想的造夢者。」

——〈頌歌〉英國詩人亞瑟・奧肖內西（Arthur O'Shaughnessy）

第一部

奇異小子的神祕身世、
他在任性與私生生物之家的
艱辛生活

1 不祥的開端

他被稱為奇異小子以前，曾經有過不少名字，其中有阿呆、蠢蛋、草包、大釘等。他不是很在意這些稱呼，連「草包」都不介意。他記憶中真正討厭的第一個名字是「十三號」。其實那不是名字，只是個編號，用紅筆寫在一張紙上，收進抽屜，在放了幾百份檔案、有幾百個抽屜的房間裡。在無人認領的生物之家，這個編號壓印在小小的圓形錫片上，用條繩子繫著，掛在他脖子上。這個編號縫在破舊灰色襯衫跟長褲的內側，也用漆料塗在硬邦邦的窄床上，就在放滿床鋪的房間裡。房裡其他無人認領的生物運氣還不錯，至少一出生就得到了「名字」這份禮物。

他看起來像隻幼狐，可是像人類一樣身子直立，也沒有稱得上尾巴的東西。他的眼睛是可愛的栗棕色，摻雜金色碎斑，雖然他來到世間的時間還不長，可是他的眼眸裡好像藏著些什麼，讓他給人的感覺像是內心懷有某種難以解釋的憂傷。

他是個心思單純的生物，不過是哪種生物，誰又說得上來？儘管他長得像幼狐，口鼻的部位卻更像犬類而非狐狸，也有種兔子的特質。他在感應到危險將至時，鼻子會抽搐；聽到孤兒院鈴聲大作時，身子會顫抖，可是最引人注目的地方，就是只有一邊耳朵。

他不知道自己最早怎麼失去一耳，或者生來就只有獨耳，他的右耳是狐狸那種上緣尖起的形狀，跟天鵝絨一樣柔軟，包覆在棕中帶紅的毛裡，就跟身上其他部位一樣，可是胸膛上有個葉形的小小白斑。除了一邊耳朵不見了之外，十三號全身上下沒什麼不尋常的地方，至少表面看起來並沒有，因為在他生活的世界裡，動物跟人類之間並沒有清楚的分野。儘管如此，大家還是覺得他很怪。「那種耳朵會帶來霉運！」他們交頭接耳，「那個傢伙啊，聽力肯定很差！還有那是什麼名字啊——十三號，真是觸霉頭！」

晚上，他會自我安慰，就像全世界的小孩害怕時會做的那樣，他會把手伸到枕頭底下，拉出一個藍色的柔軟織物，是他襁褓的殘塊，其中一個角落繡著看起來像字首的M，雖然他看不太出來，因為原本燦爛的金線時間一久褪色或脫落了。有把細小的金鑰匙包裹在布塊裡，他不知道這把鑰匙可以打開什麼，或者能否打開任何重要的東西，只知道這把鑰匙跟藍布塊是他在第一個家唯一留存下來的東西。

獨耳、無名、身形短小，身高一直沒超過三呎[1]的十三號，並不記得自己來自哪裡。大家都來自某個地方，可是沒人知道他打哪裡來，連他自己都不曉得。他不記得夜裡曾經有人哄他睡覺，也不記得自己是否真正被愛過。不過他卻記得很久以前的某種聲響，美妙輕快的

1　一呎等於30.5公分，三呎相當於91.44公分。

歌曲，飄越布滿星辰的天際，落在他幼嫩初長的心裡。除此之外，他什麼也不記得。
每當有人問起幼年的歲月，十三號只記得自己曾經被送去的那個可怕地方。

2 院所

十三號出生之後不久，就被遺棄在孤兒院。他不知道是誰做的，那間孤兒院叫做卡邦寇小姐任性與私生生物之家，可是悲慘的院童將那裡簡稱為「院所」。院所位於鄉間，遠離城市或鄉鎮，在幾世紀以前便已建成，形狀有如巨型十字架，陸續發揮過多種用途，最早是修道院，然後是監獄，再來是給窮人工作生活的濟貧院，最後做為無人認領生物的庇護所。

院所介紹手冊的正面印著模樣樂天的生物，有著兔子腦袋跟小女孩的身體，穿著圓點洋裝，別著蝴蝶結，捧著雛菊花束。照片下方的標題寫著：**身邊是否有近來失親的孤兒，或是無人認領的生物，成了你意外的重擔？不必擔心！我們正好能夠提供你解決妙方！**

廣告吹噓著：溫暖宜人的環境，依偎在如詩如畫的谷地裡，四周淨是毛茛花、鈴藍跟石楠盛開的田野。可是這些孤兒穿過院所不祥的前門之後，不曾在腳下見過一朵花或感覺過一片草。事實上，他們唯一看得到的綠意，是院所四周巨大石牆上的苔蘚。

而卡邦寇小姐的院所絕對不會讓人有賓至如歸和溫暖的感覺。

高大的黑色拱形柵門距離入口三百呎，馬車穿過這道柵門來來去去，上頭的每根鐵欄杆頂端都有個尖刺，就像中世紀的矛頭，尖銳到不曾有小鳥停棲在上頭。柵門的最高處掛著一個生鏽的金屬招牌，用褪色的黑色字母宣布這個悲慘地方的名稱。招牌上好幾個字母經年累月被磨蝕掉了，現在變成：

卡　寇小　任　與私生　　之家

招牌兩側各有一個老鷹的側影。很久以前，某人或是某種自然力量讓這個招牌脫落，只靠一顆釘子懸在半空，只要起了風或是有人進出，招牌就會在大門上撞得鏗鏘作響。

這麼說好了。進來的院童比離開的多，說到這裡就好。

兩隻體型跟小牛一樣的傻氣獒犬，用鍊子拴在大門前方，牠們狂吠不停、猛流口水，腳邊積起了好幾小灘的唾液。夜裡，在瓦斯燈的詭異照明下，兩隻看守犬就像看守地獄大門的塞伯拉斯三頭犬口水直淌——當然牠們加起來只有兩顆腦袋。這些狗只對一個聲音有反應，就是女院長卡邦寇小姐的聲音，她以冰冷頑強的心治理她的領地。

要走進這座孤兒院，必須先通過厚重的橡木門，這扇門嵌入牆壁，沒有卡邦寇小姐的銅鑄大鑰匙別想打開。門上刻了老鷹，鷹爪裡抓著小老鼠，提醒大家別忘了自己的分際。要從院所前往外頭世界，唯一的方法就是穿過那道門。圍繞著這棟三層建築與土地的牆壁上，原本設有其他的門，那些古老的拱門上頭刻劃著美麗的圖案，但是卡邦寇小姐買下這個地方之後，就把門都封死了。這道令人畏懼的牆壁上，現今只殘留著曾經有門存在的影子——那些原本可以通往外面世界的出口。

這堵牆壁在幾世紀以前，用成千上萬塊粗劈石頭搭建而成，足足有三層樓高、厚達六呎半[1]。孤兒們把這裡稱為「院所」，也把這道高聳的圍牆簡稱為「高牆」。除了一棵高聳白樺木的頂端，孤兒看不到牆外的任何東西。既看不到蓊鬱的谷地、谷地周圍綿延起伏的山丘，也看不到山丘之外的田地、水平線之外的藍色山脈，或是山脈過去流明鎮裡的發光尖塔。

生性害羞的獨耳生物努力在這裡適應環境，逐漸成長。很多孤兒都不曾體驗過慰藉或愛，很少開口說話，總是垂著腦袋、百依百順。十三號也一樣。他覺得他對自己、對高聳圍牆跟大門之外的神祕世界，全都一無所知。他內心深處很清楚的是，自己渴望著某種東西，但他還不知道到底是什麼。

1　1.98公尺。

3 十三號

在卡邦寇小姐任性與私生生物之家，每天都以同樣的方式開場：早上五點聽著院所震耳欲聾的鈴聲醒來，接著卡邦寇小姐會透過擴音器尖叫「點名了，草包！起床！」之後共用昨天洗過衣服的灰色髒水來洗臉洗手，脫下破爛的灰色睡衣，換上破爛的灰色制服（看起來跟剛剛提過的睡衣一模一樣），再跟著其他人一起衝到外頭去點名，這些動作全以飛快的速度完成。

某個淒冷的十二月早晨，是十三號奇怪又寂寞的人生第十一年尾聲，他跟其他人一如往常在黎明時分到紅隼館中庭集合。孤兒站在高牆前方，十個站一排；高牆聳立在他們上方，從四面八方團團包圍，好似城堡的堡壘。

那是星期一早晨，不到一個星期就是耶誕節跟十三號的生日了，因為這兩個日子就在同一天。十三號完全不知道這件事，這點也不意外，況且院所向來嚴禁任何類型的慶祝。

潮溼的水氣在中庭上方盤旋，緩緩鑽進孤兒單薄的夾克跟骨頭裡。所有任性跟私生的生物，包含孤兒、棄兒、犯了錯來贖罪的街童，全部立正站好。他們是這個世界的「草包」，是動物跟人類，或是動物跟動物生下的混種生物，就當時的社會階級來說，地位非常接近最底層。他們個個瘦弱矮小，身上有皮毛跟羽毛，其中有些如果不是因為長了鼠尾或兔耳、豬臉，或是翅膀跟帶蹼的雙腳，模樣幾乎就像人類。大多數是半人、半動物，但不是全部如此，少部分其實就是哺乳類、爬蟲類或鳥類，只有講話跟動作像人類。

除了脖子上掛的編號之外，他們還有個共同點：只要卡邦寇小姐一出現，他們全都心驚膽跳。她披著兜帽黑斗篷、拄著鷹頭枴杖，嘴型永遠抿成一條線，帶有指責意味。

那天早上，就像所有的早上一樣，卡邦寇小姐往前倚著枴杖，噘起嘴唇，往下怒瞪眼前那些幼小的流浪兒。她是個威風凜凜的高大女人，頂著大到驚人的橘紅色假髮——她人生中的少數奢侈之一，讓她看起來更高大。戴眼鏡的助理史尼茲維先生肩膀彎垂、手長腳長，沉著一張臉站在她身旁，油膩的黑髮緊貼在蒼白長臉的額頭跟側面。

女院長開始用高亢開岔的嗓子唱名：

「賀修！」

「有，女士。」

「賽西爾！」

「有，女士。」

「葛菲！」

「有，女士。」

「迪柏！」

「有。」

「迪柏！」

「有……有？」

「要答有，女士！」

「有，女士。」

「葛洛佛！」

「有，女士。」

「朱普！」

「有，女士。」

所有的小草包輪流回答，他們有著這類的名字：莫理斯跟史丹利、聶斯比跟史努克、閃閃跟奈吉、魯夫斯、推特兒、牟，還有泰瑟寶寶（他拒絕長得比刺蝟還大）。院童人數眾多，而且每星期都有新人增加。他們站在那裡瑟瑟發抖，仰頭盯著卡邦寇小姐，她的臉孔在灰濛濛的晨光中看起來醜陋嚇人。

卡邦寇小姐年輕時曾是個美人兒，可是隨著時光流逝，她對世界變得毫無感覺，曾經豐沛無比的心，逐漸變得脆弱微小，臉上的表情也跟著萎縮，除了臉頰上那兩團胭脂，總是一臉生氣疲憊，看起來就像憤怒的鬼魂。

卡邦寇小姐停下來檢查名單。她永遠搞不清楚這些小院民叫什麼，雖然每個外表都這麼不同，在她眼裡卻都是一樣怪裡怪氣、奇形異狀、充滿野性。卡邦寇小姐唸著名單時，她的助理心不在焉的搓著左鼻孔下方散布細毛的小地方。史尼茲維先生夢想有一天能夠留出搶眼的大八字鬍，可是，唉！三十歲的他，除了那一小團捲毛，臉上遲遲長不出什麼毛髮。

史尼茲維跟卡邦寇小姐差不多高，成天用精美的白手帕吸或擤著他的鷹勾鼻，寵愛他的母親在手帕上繡了他的名字，孤兒私底下戲稱他為「哈啾」。這天一如往常，「哈啾」一會兒擤鼻子、一會兒搓著不存在的八字鬍，另一隻手則抓著一根木頭長杓，隨時準備修理不守規矩的人。

比起這根長杓，卡邦寇小姐的枴杖更令十三號害怕。哪怕只是一點點挑釁，她都會用杖子猛擊草包的屁股。她的枴杖頂端有個鷹頭，跟院所橡木大門上刻的、惹人反感的招牌上畫的那隻猙獰老鷹一樣。他注意到，老鷹的模樣跟女院長相似，他們都有銳利的雙眼、尖喙般的鼻子。有時候在令人昏昏欲睡的黯淡晨光中，他發誓可以看到老鷹眨了眨琥珀色的眼睛。

卡邦寇小姐正準備開口時，幾乎對毛皮、羽毛、黴菌、灰塵跟每種食物都過敏的史尼茲維，打了一連串大噴嚏。草包們拚命壓抑住笑意，因為就跟大多事物一樣，在這裡笑聲也是禁忌。

院長用枴杖朝史尼茲維的腳猛地一戳，然後說：「老天，男人，控制一下自己！」

史尼茲維皺起眉頭，小聲說著免得被聽到。「抱歉，女士，可是……可是……是**孢子**的關係啦，到處是孢子！而且……」

「噢，閉嘴啦！」卡邦寇小姐說，繼續連珠砲似的唸出名字：賽摩、皮提、逵格跟帕奇特！巴特卡、提利、米利跟史牧！

今天顯然不照字母順序點名。

在不照字母順序點名的日子裡，卡邦寇小姐不按任何規則來唸名單，好讓草包們戰戰兢兢。有時候同一個名字她還會唸兩次。可是對十三號來說，那些事情都無所謂，因為即使在不照字母點名的日子裡，他仍是最後一個被叫到的。只是個編號的他，位階低於X、Y開頭的名字，甚至比Z還低。

卡邦寇小姐掃視她眼前那幾排的人，叫出最後一個名字。「十三號！」

可是他還來不及回答，突然有人踢了他的膝蓋後側，結果他倒向一個矮小的兔子草包，最後兩個人都跌在地上。「抱、抱歉。」他支支吾吾的說著，然後扶她起身。

他可以聽到馬格跟歐力克在背後竊笑。馬格是個鬥牛犬草包，而「臭臭」歐力克是負鼠草包，不知為何，身上總是散發著池塘水的味道，在院所裡，他們兩個最常欺負這個獨耳孤兒。就他記憶所及，他們一直霸凌他。有一回，女院長跟史尼茲維衝出中庭，追捕放火燒卡邦寇小姐辦公桌的那個草包時，馬格趁機揪住他的那隻耳朵，對著大喊：「有人在嗎？你這個蠢白痴！」事後他的耳朵痛了好幾個星期，而且從此馬格跟他朋友都叫他「白痴」或「痴痴」。

不過，他已經習慣了，就像他習慣了其他一切。**有名稱總比編號好**。他對自己說。**即使是難聽的名字**。

「十三號！」卡邦寇小姐再次對著冰冷起霧的空氣尖叫。

他跟往常一樣，掙扎著要說話，可是就是說不出口，彷彿喉嚨裡卡了一塊大石頭。

突然間，有人猛扯他的耳朵，十三號轉過身去看是誰，馬格跟歐力克身邊站了個氣勢逼人的新院民，是一個身材高大、身上滿是灰色硬毛的大鼠草包，口鼻長長的，兩根利牙從嘴裡突出來。他有雙帶著黃爪的大腳，還有強韌的長尾巴，肩膀縮得緊緊的，腦袋似乎直接連在上頭，彷彿沒有脖子，一雙小眼睛往內縮，漆黑如深夜。

「很高興認識你。」大鼠低語，接著對十三號的臉打了個嗝。

可憐的十三號差點因為那股臭氣而暈了過去，那味道就像髒襪子、臭掉的肉，加上黝暗地下道的廢棄物。

太好了。現在他有三個惡霸要操心，而不只是兩個。

卡邦寇小姐像個發狂的野獸一樣吼了他的名字。他結結巴巴應了聲聽不見的「有……有」。

大鼠用平滑如絲的聲音對他耳語。「怎麼啦？老鼠咬住你舌頭了嗎？」

十三號不住顫抖，從耳尖抖到毛茸茸的腳趾頭。

「十三號，你想吃楞杖嗎？還是更想要史尼茲維用杓子修理你？」卡邦寇小姐咆哮。

他再試一次，這次稍微大聲一點，但女院長還是聽不到他的聲音。

「十三號！」她大吼，「你是在還是不在？快點決定！」

對世間來說，他只是個不吉利的數字的十三號，最後勉強把話從喉嚨的石頭後面擠出來：「有，女……女士。」

孤兒們發出如釋重負的嘆息，由史尼茲維帶頭，列隊齊步走去吃早餐。幸運的是，馬格、歐力克跟他們暴躁的新朋友遠遠落在隊伍後頭。

十三號跟平日一樣垂著腦袋、拖著腳步往前走，巴望有頂溫暖的帽子遮住自己的耳朵。

4 祕密

史尼茲維先生領著院童穿過紅隼館狹長的走廊時，十三號腳步沉重的跟著後面。「一、二！一、二！跟上來，你們這些沒用的小怪物！」史尼茲維怒喊，杓子舉在腦袋上方。

他們正要前往每天去的老地方，位於院所深處遠端的可怕餐室。之後卡邦寇小姐會針對「為了促進進步跟工業發展，草包必須聽從順服」這類的主題，發表為時兩個小時、意在啟發的演說。接著就是無趣至極的辛苦勞動，像是刷地板、在冰冷的水裡用手或爪子洗衣服、修理破損的桌椅、縫補毛毯跟襪子，以及壓榨靈魂的種種工廠事務。

只有星期天跟平日不一樣。那天孤兒照樣早起點名、做平常那些工作，但是讓他們大鬆一口氣的是，完全不用上課。不過十二月的那一天並不是星期日，只是星期一，一點也不特別。

十三號的胃咕嚕叫個不停，因為孤兒院寬敞無比，感覺走半天都到不了餐室。這棟十字形建築有四條長長的走道從中央輻射出去，每一條都用猛禽來命名：鷹、紅隼、遊隼、貓頭鷹。紅隼館從十字架中心往後延伸，是孤兒們就寢的地方，每天早上也在這裡的中庭集合點名。教室跟餐室則在鷹館裡，從中心延伸到前方，卡邦寇小姐的巨犬就在那裡守著大門，咆哮、流口水跟狂吠。

十字架的兩側則由貓頭鷹館跟遊隼館組成，裡面有幾十間工作房，包括院所靠蒸氣發動的自營工廠。孤兒們在壞脾氣工頭骨貪先生的指導下，在那裡組裝奇怪的小裝置，那些裝置看起來像是黑色小甲蟲，沒人知道它們的用途。

也沒人知道頂樓有什麼，因為除了卡邦寇小姐跟她的職員之外，任何人都不准上去。孤兒們眾說紛紜，從附有滾燙油鍋的中世紀刑求室、用來懲罰調皮的草包，到可怕的牢房，不守規矩的生物在那裡被迫吞下一碗碗毛茸茸的有毒大蜘蛛。至於地窖，大家都很確定那裡滿是巨型黑老鼠，那些老鼠喜歡啃腳趾，如果你在下頭待得夠久，牠們會把你當飯吃。

「機靈點！動作快！」史尼茲維先生嚷嚷。他之前吃了卡邦寇小姐的一記楞杖，腿還在痛，心情頗差。

他們在大堂裡，也就是卡邦寇小姐辦公室的所在地，是四條走道會合的地點。史尼茲維在女院長的辦公室前放慢腳步，心中頓時湧現一絲羨慕。女院長的辦公室偌大無比，起居區也是，和他的完全不同。女院長的辦公室不只有隔音設備，而且用某種特殊玻璃建成，可以讓她眺望出去，但別人卻沒辦法從外頭看進來。辦公室有三層樓高，可以通往院所的每層樓，裡面有個螺旋樓梯連接到她位於頂樓的私人房間，從那裡可以前往屋頂上綜觀一切的全景瞭望塔，用她的小望遠鏡和望遠目鏡觀察四面八方。她的房間並不豪華，可是相當摩登潔淨。

史尼茲維睡在沒什麼裝潢的房間裡，那裡小到只能勉強放進床鋪跟五斗櫃。他被隔離在紅隼館裡，就在醫護室隔壁，也是草包宿舍的對面，因為他的職務就是在晚上監督他們，那就表示他幾乎沒辦法睡。他路過卡邦寇小姐位於大堂的宏偉辦公室時，對自己喃喃自語：「我啊，就是怪胎們的保母。」

卡邦寇小姐的辦公室外面，有個巨大的咕咕鐘，十三號垂下視線，這樣就不用看到接下來的情景。當整點他們正好列隊路過時，一隻亮黃色的鳥會從鐘面上方的門後出現。那隻機械鳥會一面啁啾一面跳舞，前後不多不少十秒鐘，接著一個大嘴喙猛彈出來，伴隨恐怖的「啪嚓」一聲，將那隻鳥一口吞下去。

他們終於抵達餐室。「拿起你們的碗，坐下來，閉上嘴巴！」史尼茲維大喊。他猛扯從橫梁垂下來的一條油膩粗繩，用響亮的鈴聲宣布開始用餐。

院所只供應早餐跟晚餐給這些可憐的生物，而且餐點永遠一成不變，早上吃麥片粥，晚上吃淡如水的豆子湯配一塊走味的粗麵包，有時會多一塊生蕪菁、一枚小紅蘿蔔或是一顆水煮馬鈴薯，可是這樣的享受很少出現。每天到了早餐時間，十三號都餓到頭昏眼花。

他在木頭長桌邊坐下，最小的草包們就聚集在那裡。泰瑟寶寶（身上長刺、個性好的小傢伙）、閃閃（半豬、半哈巴狗）、奈吉（主要是臘腸狗）、聶斯比跟史努克（像兔子的雙胞胎）、莫理斯跟牟（樹懶草包），以及魯夫斯（主要是袋熊）。聶斯比跟史努克好意看著他，用嘴型道了個無聲的「哈囉」。十三號勉強擠出一絲害羞的笑容，埋頭吃起冰冷的灰色麥片粥。莫理斯跟牟那對樹懶兄弟其實也跟他打了招呼，可是他們花了好久時間才張開嘴巴，結果他根本沒注意到。

餐室有一片很大的拱頂天花板跟高聳的弧形牆。早期這個房間原本妝點著多采多姿的溼壁畫，修士在這裡練習合唱。可是從很久之前，牆壁跟天花板就被塗上了乏味的深灰色。不過相較於院所的其他地方，餐室裡卻有專屬的特殊花樣。

餐室從地板一路延伸到天花板，到處都是標語，寫的是卡邦寇小姐最喜歡的格言警句，像是：**搞清楚自己的位置！就在底部！時間不待人——尤其是你！那些提供服務跟聽命行事的人有福了！**以及**音樂是萬惡的根源！**

十三號瞥了瞥掛在他桌子上方的標語：**既然星辰遙不可及，又何必去追求？**好問題。他對自己說完嘆了口氣。

他的兩個敵人跟他們的新朋友在附近的桌子坐下。長著黑色圓眼、口氣像地下水道的這個傢伙是誰？十三號可以感覺到他們三個從背後盯著他看，讓他的耳朵抽動不停。**我要假裝自己是隱形的**。他心想，然後默默吃著稀薄的麥片粥。

反正他本來就該保持沉默，因為卡邦寇小姐的黃金守則裡最重要的一條就是沉默。

噪音，包括對話，幾乎不被容忍。除非必要，餐室裡嚴禁噪音，可是這點對某些人來說滿困難的，因為他們把口鼻、爪子跟掌子伸進麥片粥的時候，總是忍不住會發出小小的鼻音。只要有人在用餐時間開口說話或不守規矩，或是笨到向啃包先生——院所那位老是發火的廚師，那顆大大的禿頭像極了油亮亮的粉紅色火腿——討更多吃的，啃包先生就會狠狠賞那些人的屁股幾掌。

高歌、哼唱，或是發出任何一種形式的樂音也是不被允許的。事實上，在卡邦寇小姐的眼中，音樂是最嚴重的違規。違規者會被送到又稱為「大鼠地牢」的地窖接受一個月的單獨監禁，接著連續幾個星期必須負責刷洗廁所。

十三號注意到，他隔壁的兩個小草包正在餐桌下來回傳著紙條。即使在這個悲慘的地方，孤兒們也想盡辦法聯繫。他們會急促低語，靠臉部表情，用腳、手跟掌子拍出暗號，或是傳小紙條、故事跟圖片。即使必須透過隱密的方式，他們怎樣就是忍不住說笑，因為他們對友伴的渴望，遠遠超過對懲罰的恐懼，不管懲罰多麼嚴厲。

這個獨耳孤兒也渴望友伴，可是他的聲音如此輕柔，又說得吞吞吐吐，對方往往很難聽懂他的意思。有些草包根本把他當聾子，更不要提女院長跟史尼茲維。一個叫十三號、說話口吃的生物，又只有一隻可悲的耳朵，要怎麼聽得見？

可是他**一直**在聽。

他傾聽四周的一切，如果聚精會神，進入內心一個安靜隱密的地方，有時候可以聽到非比尋常的聲音。

他可以聽到昆蟲的隱密動靜，昆蟲在地板木片下跟牆壁裡面忙著工作，他好奇昆蟲是不是也聽得見他。他可以聽到馬廄裡的那頭老驢子，在夜裡輕聲嘶鳴催自己入眠；還有兩隻拉馬車的馬在夏天用尾巴揮趕蒼蠅。他從沒見過牠們，可是知道牠們的存在。冬天，他甚至可以聽見中庭裡雪花飄落的聲響。最惡劣的天氣卻會發出最美妙的聲響：噗夫、噗夫、呼咻、噗夫、噗夫、呼咻。落雪的旋律，算不算是某種歌曲？他在心裡忖度。

如果春天湊巧有隻翅膀小巧纖細的鳥兒，在高牆外的那棵樹上啼唱，十三號就可以跟院所裡的鐘聲聽得一樣清楚。他可以聽到每根細枝的安靜裂響，還有鳥兒在樹枝之間飛竄、鼓動翅膀的輕響。最美好的是，他可以聽到小鳥凌空翱翔到新家時，哼唱溫柔的築巢之歌。他聽到鳥鳴時，內心充滿難以承受的渴望，覺得自己飽滿的心就要爆開。

這項特質，或說是天分、詛咒，他不知道是什麼，從他記憶所及，就一直在他內在成長。可是為什麼會這樣呢？其他人也有這種能力嗎？他不覺得，但因為他害怕引人注目，所以從來沒跟人提過。

儘管有卡邦寇小姐的沉默黃金守則，餐室仍充滿了聲響——錫碗碰上桌面的喀啦響，朋友間嚴格禁止的交頭接耳，史尼茲維每隔幾分鐘就放聲尖叫「安靜」一面叭叭擤著鼻子，加上每層樓每個房間每面牆上的時鐘永遠存在的滴答響。

十三號用完餐後，閉上雙眼，集中心神傾聽著。不是去聽周遭逐漸竄高的噪音，或是幾千個時鐘的心跳，而是去聽這棟建築物內部深處的東西：在牆壁間快步奔走的好動小老鼠。院所裡，老鼠急急忙忙的聲音跟吱吱尖叫是很平常的事情，可是那天不一樣。那天，他聽到了很特別的東西——某種神奇新穎的東西。

他這輩子頭一次聽到了老鼠在講話。

我快發瘋了嗎？不是。他判定，**一定是老鼠在講話，而且我聽懂了牠們講的每個字。**

這是什麼意思？十三號以為只有人類跟草包會說話，人類將老鼠稱為「大地的蠢獸」，老鼠的地位甚至比草包還低。會講話的這個事實，是不是就能把牠們歸為草包？如果不是，他為什麼聽得到牠們說話，其他人聽不到？似乎沒人注意到牆壁後面正在進行的活潑對話。

他湊近牆壁，豎耳傾聽。

老鼠似乎在討論牠們熱愛的話題之一：食物。牠們談論的內容很有意思。短短幾分鐘之內，他就發現老鼠：一、對法國乳酪很內行，尤其是牠們稱為「布利乳酪」的那種。二、非常有禮貌，甚至到了有點多餘的地步。三、對某種稱為「詩」的東西很有主見。不管「詩」是什麼，老鼠似乎對它非常熱衷。

然後牆壁後面又興起一場對話，而且愈來愈大聲，最後蓋過了老鼠快步離開時的吱吱叫。他猜想那兩個講話的是大鼠草包，卡邦寇小姐有時會把調皮的草包送到這裡來。十三號偷聽他們的對話，大部分內容都很惡毒，但語氣卻彬彬有禮。

一號鼠：欸，你有沒有看到我上星期找到的那個可口的死掉東西？

二號鼠：噢，有啊，真不錯的收穫！棒極了，我的朋友，棒極了！

一號鼠：唔，我也這麼覺得，但可不是每個人都這麼想。你知道我在說誰。

二號鼠：知道！欸，他真是個愛嫉妒人的傢伙，是吧？你也知道俗話說：羨慕是無知！

一號鼠：沒錯！

二號鼠：所以我的好朋友，你後來怎麼處理？那樣的老鼠需要給他一點教訓。

一號鼠：是啊！你可以想像，我也只有一個選擇。我把他吃了。他罪有應得。

二號鼠：是啊，幹得好！棒極了，老兄！棒極了！

十三號打了哆嗦。**他們搞不好跟那隻可怕的大鼠草包有關連！**突然間，他感覺後腦杓被冰冷溼黏的東西打中，接著那坨溼冷東西沿著脖子往下流。他轉頭看到馬格跟歐力克咧嘴笑著。新朋友就坐在他們之間冷笑，放下剛剛用來拋擲冰冷麥粥的湯匙，打了個呵欠，露出尖如剃刀的牙齒。

十三號用袖子把那團東西抹掉。現在袖子變得又髒又溼。他只有一件襯衫，而且沒時間清洗了。

別去想他們。他告訴自己。**想想別的。**

他把頭靠在桌上，用餐時間只剩幾分鐘，他讓心思飄到自己最愛的聲響：落雪、小鳥、雨水輕打屋頂的淅瀝聲。灰暗、殘酷、瑣碎、恐懼的世界逐漸遠離，而依偎在他內心深處、來自很久以前的那首歌，在他內心再次騷動起來。他真希望自己知道這一切的意義——那首歌、他沒有名字、聽得到他人聽不見的聲音這種祕密能力。

刺耳的鈴響把他從白日夢裡嚇醒。他跟其他草包一起排隊，準備去上卡邦寇小姐星期一上午的課程，由史尼茲維先生帶頭。

現在沒時間空想不會實現的願望，或是想像鳥鳴或落雪的音樂。沒時間去想那些可愛小老鼠、牠們的法國乳酪跟詩，因為今天畢竟不是什麼特別的日子，只是院所裡另一星期的開始。就像十三號到目前為止的人生每一天，永遠有忙不完的工作。

5 星期天乳酪日發生的事

在院所裡，時間單調不變的悄悄往前走。可是在越不過的高牆後方，生活朝向偉大輝煌的未來奔馳。戰爭結束了、國王跟王后加冕即位、改變歷史軌道的發明紛紛誕生。人們創造出機器，把動態畫面投射在牆上。他們設計出靠蒸氣發動、可以飛天的單車，還有天文航海的精密時計、氣壓計、氣體比重計，以及很多以「計」結尾的難以理解的設備。最神奇的是一架祕密機器，可以捕捉世上最美麗的聲響和歌曲，然後在夢裡播放給你聽。

可是十三號對這世界所知不多，除了他從新進院民那裡聽到的故事片段，因為他的世界永遠一成不變：點名、麥片粥、上課、雜務、裝置、豆湯、睡覺。

可是星期天，啊，星期天！孤兒早餐後不用上兩個小時的無聊課程，可以離開紅隼館。每個館各有自己的中庭，可是只有紅隼館讓草包每週自由活動一個小時，而剩下的另一個小時則改到工廠加班，這也是意料中事。

每個星期天，在合理的範圍內，他們甚至可以跑來跑去。雖然院所裡沒有鞦韆組、沙坑或球這類的東西，但年紀小的草包會自己發明很多遊戲，儘管院所並不鼓勵個人發揮想像力。

今天是耶誕節，沒人可以看出這是耶誕節，因為沒有繞著金箔彩帶的樹木，也沒有閃閃發亮的禮物，更沒有一盤盤擺得到處都是的小蛋糕跟甜點。這天也是十三號的十一歲生日，可是他對這兩件重要的事實毫不知情。所以他不是吃生日蛋糕跟耶誕餡餅，或是拆開禮物跟歡唱節慶歌曲，而是在紅隼館中庭的遠處盡頭角落瑟瑟發抖，假裝自己是隻小蟲。

他想像自己就像那些住在宿舍木條地板底下的蟲子，只是個躲在暗處的微小東西，幾乎沒有發出半點聲音。**那就是我**。他告訴自己。**我只是隻小蟲，小到沒人想理會**。

然後他想起之前聽過牆壁後面的迷人小老鼠，決定改當老鼠，跟另一隻老鼠共享乳酪碎塊，邊喝茶邊聊聊詩，不管詩到底是什麼。

高牆外飄起了一場溫和的雪，但在紅隼館中庭裡卻下起雨來。高牆內老是下雨，而且是那種啪答啪答滴落的雨水，雨停之後既沒有彩虹，也不會爆出燦爛的陽光。

什麼樣難以捉摸的魔法，會為某個地方帶來壞天氣，卻在咫尺之遙的另一個地方帶來完美天氣？似乎沒人曉得原因。十三號不禁納悶，這會不會是他的錯？畢竟他的名字很不吉利。

不久，中庭就變得泥濘而滑不溜丟，可是草包們一點都不在乎。有些人在水灘裡跳上跳下，有些人玩捉鬼遊戲，還有人假裝是探險家、海盜、精靈、妖精、乘熱氣球的人、海上的冒險家。

總之，他們難得能像孩子一樣盡情玩耍。

在十三號小小的世界角落裡，人生美好無比。他上方的高處是院所巨大的石頭滴水嘴獸之一，它的陰影成了他的藏身之處。水從屋頂濺下來，落在滴水嘴獸的眼睛跟臉上，然後再從那裡灑進庭院，但是離十三號還很遠，他安全乾燥的待在滴水嘴獸的水簾後面。那道瀑布的一側有個窄縫，要是有必要，他可以在不弄溼身體的狀況下鑽過去。

四個中庭各有四個來自中世紀的滴水嘴獸，是院所過去還是修道院時期所留下來的東西。它們不是猛禽，不是卡邦寇小姐那隻無所不在的老鷹，可是模樣有點像鳥。它們看起來比較像是悲傷的怪獸，有變形的口鼻、大大的耳朵、憂愁下垂的眼睛跟羽翼，臉龐因為天氣跟失修而磨損。當雨下得很大，水就會從鷹館、紅隼館、遊隼館跟貓頭鷹館中庭的十六個滴水嘴獸奔瀉下來。

彷彿孤兒院本身在哭泣。

十三號從口袋裡拿出一小塊乳酪，慢條斯理的啃著。乳酪是他從上個星期天保留下來的，讓大家都很開心的是，上個星期天是乳酪日。乳酪日的意思就是，任性與私生生物保護部（簡稱D．P．W．M．C）的官員來訪視院所。他們偶爾會過來，確保一切運作順暢。訪視尾聲，每個孤兒都會分到一片乳酪。發放下來的乳酪通常是綠的，而且硬得跟石頭一樣，很多生物一口咬下時會弄斷一兩顆牙。可是那畢竟是乳酪啊！而且難得這麼一回，乳酪沒那麼老跟綠，而是接近新鮮。

如果發下來的乳酪是新鮮的，有些生物就會把自己那份當成貨幣，一塊乳酪可以換兩根胡蘿蔔、一張紙或一根鉛筆、不完整的故障玩具，或是一把可以用來鋪床的乾草。連故事和來自外頭世界的消息都有人拿來交換。

可是沒人敢換歌曲，因為那樣太危險了。

卡邦寇小姐要到流明鎮開一場重要會議，對象是神祕的高層人士，於是把院所全權交由史尼茲維負責。他原本想在家跟母親一起享用耶誕烤鵝跟布丁的，現在顯然不可能了，史尼茲維先生很不高興。

儘管史尼茲維先生在草包面前舉止暴躁，動不動出口威脅，但在他的內心其實很害怕草包，更不要說覺得厭惡了。他不喜歡監控「那些汙穢的生物」，也不喜歡聞到他們的氣味，或是跟他們在同一個房間用餐。**天啊，吃起東西唏哩呼嚕，一點禮儀也不懂！他們到底是什麼東西？一半這個、一半那個？他們就是害蟲！是誰整天要跟他們打交道，連在耶誕節都沒辦法休息？就是莫提摩・史尼茲維！**

史尼茲維先生匆匆環視一下中庭，溜回了室內。他找到一處溫暖舒適的地方，遠離冰冷多風的門口，然後拉來一把搖搖晃晃的老椅子。那扇門就在走廊的盡頭，隔壁就是他的私人房間。卡邦寇小姐出門的時候，他常常會溜回自己房裡幾分鐘，去拿本書，或是抹一下米佛邦教授研發的神奇鬍子油。

區區一個小時，他們會闖出多少禍？他問自己，不理會中庭裡逐漸擴散開來的胡鬧。他擤擤鼻子，把細緻的白手帕塞回漿得爽脆的袖口，打開一本叫做《會計師的祕密生活》的厚書，然後開始閱讀。

同時，十三號假裝自己是老鼠。他好渴望能跟什麼人玩耍！可是他乖乖待在自己的角落裡，因為他畢竟是隻老鼠。他吃掉最後一口乳酪，緊張的拍拍耳朵，彷彿這樣做，就可以把耳朵壓下來，讓它比較不顯眼，但他其實站在水簾後面，根本沒人看得到的地方。

不過當他從藏身處往外窺探時，他注意到，過去牆上的某個出口，現在只剩封死的陰影，而馬格、歐力克跟那隻大鼠正來回拋著東西，一面放聲大笑。那個東西看起來像顆棕色小球，大小跟泰瑟寶寶差不多；也就是說，大約是刺蝟的大小，或者可以說是小顆的包心菜。十三號想不通，他們是怎麼拿到這顆球的？是從什麼捐助人那裡拿到的嗎？這樣好心的捐助人存在嗎？還是牆外的孩子不小心踢進來的？

怪了。他想。**我聽過足壘球，可是沒聽說過表面有細毛的那種球，可是話說回來，有好多事情我都沒聽過。**他想起關於貓咪的事，牠們會嘔出叫做「毛球」的可怕東西，哪種貓會大到嘔出比自己腦袋大的毛球？接著又納悶，為什麼他從沒看過貓草包，最後得到的結論是，也許這種草包很少。他自己不就是院所裡唯一的狐狸草包嗎？

馬格那群人的笑聲愈來愈大。

大鼠對馬格點點頭，馬格一直把球丟得愈來愈高。每一次把球往上丟，球就會發出尖吱聲。十三號心想：**那一定是個會發出尖吱聲的球，我確定外頭一定生產著各式各樣的球。**

「丟過來！」歐力克嚷嚷，瞥向大鼠尋求贊同。那顆球反覆的飛來飛去，每次只要一拋球，草包們就抬頭看看大鼠，也就是他們新上任的首領。

只要那顆球飛進空中，某人接到的時候，十三號就會聽到那個聲音。他判定那比較像是嗶嗶聲，而不是尖吱聲。**對，絕對是嗶嗶聲。**

遊戲持續好幾分鐘，直到大鼠踏進圈圈的中央。他快速比了個手勢，彷彿準備指揮樂團。整群人突然停下，每個草包都定在原地不動，他們滿懷期待的仰頭看他。大鼠說話時，比劃著布滿硬毛的灰色雙手，姿態優雅，也令人不寒而慄。

「你們有誰認為自己可以把她丟過高牆？誰想試試看？第一個辦到的，有獎品可以拿喔——大塊的新鮮乳酪。」

整群人瘋狂的歡呼。

「讓我試試！」

「不行，讓我來！」

「我！」

「我先的！」

每個人都想試試看，可是馬格擺出架子。「滾開，你們這些傻蛋！她是我找到的，她是我的。」

大老鼠表示同意。

瞬間，十三號明白了。那顆小小的毛球根本不是球，也不是巨貓因為消化不良而嘔出來的毛球。那是某個可憐的生物，像個害怕的刺蝟一樣，把自己蜷成了球。可是那不是刺蝟，他現在看出來了。是別的東西，或者該說，是**某人**。某個脖子上掛著編號錫片的人，就跟他一樣。

十三號把頭探出去，掃視中庭尋求救兵，但到處看不到史尼茲維，其他的草包似乎沒在留意。難得這麼一次，十三號巴望卡邦寇小姐在場，因為她為了恢復秩序，一定會制止這場殘忍的遊戲。

他探出一腳，穿過瀑布的縫隙，可是很快又縮回來。他又能做些什麼？

歐力克把蜷成球的生物傳給馬格，馬格把她高高舉向空中，準備拋擲、腳踢或誰曉得會做些什麼。十三號驚恐的看著馬格把那個可憐的生物拋得老高，可是丟不過高牆，所以再次用髒手接住。大鼠命令他把那顆毛球回傳給歐力克，因為接下來輪到他。馬格對歐力克低吼，歐力克一把抓走那個生物，舉起來給大老闆。

「住……住……」十三號吞吞吐吐，「住、住手！」可是瀑布、響亮的笑聲跟雨水，淹沒了他的聲音，沒人聽見。

歐力克把生物拋往空中，可是也丟得不夠高。

最後，十三號把腦袋完全伸出來，用最大的嗓門高喊：「**住、住手！放她走！**」

他從來沒放聲尖叫過。

尖叫的感覺還不錯。

大鼠轉過身來，一手舉向空中。眾人的笑聲頓時打住。**糟了**。十三號心想。他趕緊溜回藏身之處。

「剛剛講話的是誰？」大老鼠嘲諷，「誰敢挑戰烏艾爾？」

十三號在陰影裡發抖。在這個節骨眼上，他竟然起了尿意。「請不要找到我，請不要找到我，請不要找到我。」他對自己咕噥。

「大聲點，」烏艾爾說，然後無動於衷的補充。「不然我就把你吃了。」大鼠的臉孔如岩石般嚴峻，表情難以解讀。

十三號的心臟在胸膛裡狂跳。這個生物會不會跟他無意間聽到在牆壁後面講話的大老鼠有關連？就是吃掉自己朋友的那些大老鼠？他一陣哆嗦。然後想到那個可憐的小生物。如果他們把她拋到高牆外面，她全身的骨頭都會摔斷。**你辦得到的，快啊**。他深吸一口氣，側著身子穿過縫隙，盡可能打直身子。他往前跨出幾步，然後說：「放、放她下來！立刻！」

「唷，這不是十三號嗎？」烏艾爾湊了過來，「這個小傻瓜會說話呢！他們都怎麼叫你的？白痴，是吧？你的真名是什麼？小子？還是你的媽咪爹地把他們生出來的小怪胎取了編號，然後扔在路邊等死？」

這群人狂笑起來。

十三號一語不發。他能說什麼呢？他的名字真的**只是**個編號，而且還是最觸霉頭的一個。他沒見過自己的父母，而且搞不好他們真的給他一個號碼，然後就把他拋下了？

烏艾爾嘆口氣。「無聊死了，快把這件事結束掉。」說完便彈彈手指，對著歐力克點點頭，歐力克還捧著那個蜷著身子發抖的生物。「要把某件事情做對，還是得親自上場。咱們用踢的吧？」

歐力克把那個生物丟給烏艾爾，烏艾爾在半空接住。

「住、住手！」十三號嚷嚷，「要不然我就……我就……」

「不然你就怎樣？」烏艾爾的圓眼閃著精光，「說下去啊，我們想聽聽你有什麼話要說。真的。」

「放、放她走就是了！你們弄痛她了。」

「有人想逞英雄！」大老鼠轉向其他人，「我想我們應該幫他個忙，對吧？」草包們一起緩緩鼓掌，雙腳跟尾巴砰砰敲著泥濘的地面，開始朝十三號走來，十三號往後退。

「請、請放她走，」他乞求，「拜、拜託。」

「真是個有禮貌的小子！」烏艾爾冷靜的微笑，「是你媽咪教你的嗎？」他發出嘖聲，翻了翻白眼。「噢，我都忘了！她把你丟在街上。唔，抱歉，我對這個噁心的毛球——」他細看手中的小動物，「有別的打算。」然後把長腿往後伸，準備狠狠一踢。

「快踢！快踢！快踢！」這群人齊聲起鬨。

突然間，十三號聽到世界上最美妙的聲音——院所宏亮的鐘聲，通知草包他們只剩幾分鐘，最好開始排隊。史尼茲維先生回到了中庭，現在正朝他們的方向看來，用手指催促他們動作快。

烏艾爾嫌惡的看著那顆可憐的毛球，一把抛在地上。她落在泥濘裡，響起輕柔的啪答聲。接著烏艾爾轉向十三號。「我要幫你取個新名字，白痴！我們要叫你泥坑頭，因為那裡才是屬於你的地方。」

烏艾爾對著兩個嘍囉點點頭，馬格跟歐力克把十三號面朝下推進一個泥坑裡。

「對了，」烏艾爾說，「我會盯著你的，泥坑頭。不管你去哪裡，我都會在。聽見沒，老弟？」

他轉身越過中庭走回去，馬格跟歐力克像綿羊似的乖乖跟在後頭。

6 亞瑟跟崔英特

十三號站起身，拍拍耳朵。還好沒人把它咬掉——至少今天沒有。

他小心的把那個小生物從泥巴裡撿起來，看不出她的腦袋在哪裡，也看不出她是否有尾巴。她發出一聲尖銳的嗶響，鬆開蜷起的身子，然後肚子朝上癱軟下來。可是她還活著。十三號可以聽到她小小的心臟快速跳動。

他輕柔的撫摸她的腦袋，她全身覆蓋的並非毛絨，而是吸飽泥濘的深棕色羽毛。她是隻小鳥——沒有翅膀的小鳥，翅膀原本的位置變成身體側面兩根長著羽毛的附肢，也沒有羽毛形成的尾巴。她的一邊小翅正在流血，就她之前被丟來丟去的狀況來說，傷勢不算嚴重。芥末黃的雙腳末端有三根長腳趾，勾起的嘴喙細細長長。

小鳥草包的眼皮顫了顫之後睜開來。她抬頭看著那個獨耳生物，他也低頭望著她。在那瞬間，十三號感覺兩人之間有了點什麼，雖然他不確定是什麼。不過那是種美好的感覺，溫暖、神祕、重要。「現、現在不要緊了，」他低語，「他們都走了。」

鈴聲再次響起，示意時間到了。「要我捧、捧著你嗎？」十三號問。鳥兒搖搖頭表示不用。他把她放回地上，一隻腳似乎有點搖搖晃晃，除此之外看起來狀況好得出奇。

十三號在她身邊跪下。「你還好嗎？」

「我不會有事的。」

「我希望自己當初可、可以做更多。」

「噢，不，」鳥兒說，「你好勇敢！對了，我叫崔英特，你呢？」

「其實，我沒、沒有名字。大、大家只叫我十三號或是……」他皺著臉，「我想他們現在都會改叫我泥、泥坑頭了。你才進來的嗎？點名的時候沒看到你。」

「唔，我長得很小，大家很容易漏掉我。」

「噢，是啊，你很小。我是……正面的意思啦，」十三號說，「要不要帶你去醫護室？」

「不，不用麻煩了。稍微跳一跳就可以復原了。」崔英特說。

這時最後一次鐘聲響起，那表示「快排隊不然要你好看！」大多數的孤兒，包括烏艾爾跟他那幫嘍囉已經在門口那裡了。史尼茲維先生正揮著杓子，把落單的院童們集結起來。

「我們現在必須走了！」十三號說。

「唔，我總不能叫你泥坑頭，或什麼蠢號碼吧？想想看……」崔英特說下去，彷彿時間多到用不完。

「我們得快、快一點！我們——」

「你家人都怎麼叫你？」崔英特打岔。

「我、我其實不知道，我沒見過我的家人，可、可是這件事我們可以下次再談，因為……」

「真遺憾！大概五年前左右，我也失去了家人。從那之後，這是我到過的第三間孤兒院。唔，算了。你確實需要一個適合你的名字。想想看。我應該叫你……我知道了！我應該叫你亞瑟！這就對了！」崔英特興奮的拍著小翅。如果她擁有完整的翅膀，早就飛進了天空。

「小、小心！」

「只是有點痛，」崔英特說，「總之，現在你有名字了！你喜歡嗎？我覺得很完美！可是也要你喜歡才行。」

「亞瑟？為什麼叫亞瑟？」

「他是最偉大也最勇敢的國王啊！」

「是嗎？」

「當然了！你不知道那個故事嗎？」

「什麼故事？」

「關於亞瑟王、關妮薇、魔法師梅林、卡美洛特、蘭斯洛特、勇敢的圓桌騎士、王者之劍，還有追尋聖杯的任務。唔，說來話長，其實有很多故事，沒辦法一口氣說完。」

十三號滿頭霧水。「什麼是任、任務？」

史尼茲維先生在中庭對面，指著門口，對他們尖叫。

「我再找時間跟你說，」崔英特說，「可是我暫時要叫你亞瑟！」他們開始朝門口走去。

「我想你其實不應該那樣叫、叫我。我的意思是，我不是國、國王，而且我也不勇敢。要不要就叫泥坑頭就好？這個名字也沒那麼糟糕。」

「你**才不是**什麼泥坑頭呢，」她上氣不接下氣的說，「你挺身面對那些流氓耶！所以你是人中之王，或者該說生物中之王。」

十三號聳聳肩。「唔，我想叫什麼名字都差不多。」

「名字**才不會**差不多呢。我決定了，我要叫你亞瑟，就這麼說定了。」

儘管史尼茲維先生現在狂亂的在腦袋上方揮舞木杓，崔英特依然突然停下腳步，跳到十三號面前。「如果你現在有一把劍跟一副盔甲，我就會把你當作騎士。」她深深鞠躬說。

十三號覺得難為情，但內心一陣竊喜，同時也筋疲力盡，因為他這輩子從來沒跟人說這麼久的話。「我、我們最好快點走！」

兩個身心俱疲的生物，一個小，另一個更小，在淅瀝瀝的雨水中結伴蹣跚走回院內。

7 假髮

有個謠言在「卡邦寇小姐任性與私生生物之家」的孤兒之間瘋傳，那就是卡邦寇小姐沒頭髮。她那頂盔甲般的假髮有一呎半長，跟她轄下的很多生物幾乎一樣高，而假髮側面是一排排香腸般的捲髮，顏色有如新鮮採摘的克萊門婷[1]（那也恰好是卡邦寇小姐的名字，但誰都不准大聲說出她的名字，否則後果自負）。她的假髮或許只有一個優點，那就是它的顏色，雖然醜，但在這個灰撲撲的黯淡世界裡，卻是一抹難得的鮮豔色彩。

有時興致一來，她會戴一頂兔毛做的小白帽，一根棕中帶黑的鷹羽從側面突出來，當然不用說，兔子草包看到這頂帽子就反胃。

卡邦寇小姐在黑板前方的動作有點太大，那頂巨大的橘色假髮跟它的同伴——那頂小帽子，稍微歪向旁邊。發生這種情形的時候，孤兒們就亢奮得不得了，沉浸在難得的喜樂之中，巴望未來有那麼一天，那頂假髮會整個滑落，露出他們想像中潛藏在底下的東西：卡邦寇小姐發亮的粉紅圓腦袋。

孤兒們私底下甚至會用「假髮」來稱呼卡邦寇小姐，彷彿她就是那個恐怖東西本身。那頂假髮等於是她上戰場披掛的盔甲；繞在脖子上的鋼哨、那把鷹頭枴杖、用來監看草包的望遠目鏡，以及放滿粉筆的小皮包也是。皮包裡放滿她專屬的粉筆，誰都不准碰，她常常喜歡強調這一點。院所裡的任何一個院童除了每天該做的算數，或是照著《流浪草包的職業訓練基本手冊》的內容默寫，誰也不准拿來在黑板上畫畫或寫其他東西。這本手冊是院所的「聖經」，由卡邦寇小姐親自編寫。

卡邦寇小姐相信，每個生物都有存在的目的。她手下那些髒兮兮的院童，食物、住所跟教育全都仰賴著她。她篤信以他們身為草包的低賤地位來說，應該讓他們準備過一個受苦與辛勞的人生。如何毫無怨言的吃苦耐勞，正是卡邦寇小姐一心想灌輸給他們的態度。

那是將近二月初的星期三早晨，又稱「假髮」的女院長正站在她巨大的鋼板辦公桌前方，臭著臉俯視她的院童。她上一張辦公桌原本是木頭做的，可是去年有人放火燒了，如今辦公桌拴死在地板上，背後那面長長窄窄的黑板幾乎蓋住了整面牆壁。就像院所的其他地方，在這個冰冷深邃的房間裡一切都是暗灰色的。天花板有好幾個地方會漏水，因為外頭又在下雨了，所以雨水滴滴答答穩定的落在課桌上。

女院長用枴杖砰砰敲了三次地面，示意全班坐下，大家以軍事的準確度聽令坐下。

---

1 Clementine，一種柑橘類水果。

假髮很欣賞軍事的準確度。

亞瑟跟著其他人坐進椅子裡，順從的疊起布滿紅毛的雙手，他的座位不幸的位於前排正中央，可是人生就是這樣無奈，他唯一的安慰就是，他現在在教室裡有朋友了。崔英特就在他背後，棲坐在某人的書桌上，因為她小到無法獨自占用一張桌子。

雖然才認識幾個星期，他跟崔英特已經成了莫逆之交。她跟他說了她家人的事，說她五歲時他們都死了，包括她父母、六個手足跟祖父母，全都因為流感而喪命。

他跟她相處的時候，覺得安全自在又快樂。要是他知道，認識她那天，正巧是他的生日跟耶誕節，他會說崔英特是他收過最棒的禮物。首先，她替他取了一個真正的名字：**亞瑟**，而且還講了許多故事給他聽。她每天都把母親當初教她的神奇故事講給他聽，讓他滿腦子都是那些故事。

那天吃早餐的時候，她就小聲跟他說了亞瑟王小時候的故事，亞瑟王當時有個愚蠢的綽號──「疣」，魔法師梅林把他變成了某種鷹隼，讓他體驗一下當鳥的感受。

「我的母親，」她優雅的啜飲麥片粥，一面壓低嗓門告訴他，「在我們族類裡，可是個受人尊敬的說書人喔。」

亞瑟想到這點便露出笑容。可是當他抬起頭看到卡邦寇小姐，笑容迅速褪去。

在卡邦寇小姐的學校裡，根本沒故事可聽。不說書、不畫圖、不演戲、不跳舞，更重要的是，**不唱歌**。崔英特告訴過亞瑟，確實有些學校是准許這些事情的，有些教室甚至每天都從唱一首歌開始！可是他很難相信會有這種事。

在院所裡，課堂總是從宣布事情開始，卡邦寇小姐會條列新守則跟新規矩。事實上，她訂定了那麼多新規則，不得不在那本神聖的手冊裡加上數不清的附錄。宣布完之後會開始上課，她每天用同樣的問題拷問孤兒們，而孤兒們每天都回以同樣的答案。

「你們為什麼來這裡，草包們？」她會問。

他們異口同聲回答，聲音跟機械一樣不帶起伏：「為了受教育。」

「還有什麼，草包們？」

「學習實用的技藝。」

「還有什麼，你們這些可憐的兔崽子？」

「為了耐勞……」

「還有什麼？」

「……還有吃苦？」

「還有呢？你們這些懶惰的壞蛋，不知感激的蟲子，**還有什麼？**」

在這時候，一陣充滿壓迫感的沉默就會瀰漫整個房間。有些小傢伙，像是亞瑟，會在座位上發抖。他們覺得自己應該回答最後一個問題，可是同時也知道自己不該回答。讓人困惑極了！

最後，卡邦寇小姐唇上會漾起一抹殘酷的笑容，然後說：「沒錯，你們這些沒用的小惡魔，噁心低賤的小東西。要沉默——美麗、寧靜的沉默。學習耐勞以及吃苦，而且默不作聲。那就是最了不起的課程。」

所以那個星期三，卡邦寇低調碰碰假髮的後側，儘量不著痕跡的調整，然後就像過去三十年的隔週星期三，她翻開黑色大筆記本，開始條列當天的新守則。

亞瑟坐在那裡，試著不要打瞌睡，他的鬍鬚開始抽動，似乎有什麼不一樣。他嗅嗅空氣，察覺到某種熟悉的氣味，混雜了發霉、鷹隼香水（卡邦寇小姐最愛的香水），還有從後排傳來的歐力克身上沼澤似的臭氣。他也聞得到烏艾爾的味道，那種味道很難漏掉。可是還有別的，他辨別不出來。不過他轉眼就忘了，讓自己的心思飄到其他東西上。於此同時，假髮依舊滔滔說個不停。

房裡只有一扇窗戶，總是關得死緊。外頭的雨不小，雨勢一直沒變，而且已經連續下了好幾天。不過他喜歡雨滴在窗戶跟屋簷上、在石牆跟屋頂上嬉戲的聲響，還有上方漏水天花板的乒乒響。

那天，他聽到四種不同的聲音：乒乒響、屋頂傳來的低沉砰咚砰咚聲、排水溝啪答啪答高亢旋律，以及打在窗戶玻璃上的輕柔喀答喀答響。

就像一首歌呢。他想。**我要跟崔英特說**。

亞瑟把從未告訴任何人的事情都跟崔英特說了。他把自己的毯子布塊跟鑰匙拿給她看，跟她說了關於那首歌跟星辰的奇怪回憶，但他還沒跟她說過他最深沉的祕密，就是他可以聽到別人聽不見的東西，還有這點讓他覺得自己很特別、心生敬畏又開心，有時還會特別悲傷，雖然他不知道原因何在。他曾經暗示過這件事，可是不敢直接告訴她，萬一她覺得他很奇怪，或是萬一她不相信他，那怎麼辦？尤其是聽得懂小鼠跟大鼠講的話。可是，這些感覺悶在逐漸失去耐性的心裡，有時候讓他覺得自己就快爆炸。

卡邦寇小姐喋喋不休說著某條嚴苛的新規定、幾項嚴重違規的後果，還有去年秋天那個惡名昭彰的「火燒辦公桌事件」。沒人知道那隻反叛的爬蟲類南西後來怎麼了，因為從此沒人再看過她。

亞瑟決定他當天晚點上床睡覺之前，要跟崔英特訴說他的祕密。他想到能夠跟好友——可以這樣形容嗎？——有一場真正的對話，是多麼美好的事啊。

「就讓那件事當成你們所有人的教訓，」卡邦寇小姐以刺耳的聲音結束演說，「現在我們要開始上課了。」

人人端正坐好，只有一個沒有。

我要把所有的事情都告訴崔英特，尤其關於小鳥跟牠們的歌。她會喜歡的。我甚至會把不愉快的事情跟她說。我會說，崔英特啊，有時候我會聽到老鼠在牆壁後面講話，牠們真的滿可怕的。

卡邦寇小姐掃視她的名單，想隨機找個受害者來折磨一下。那天，她並未拷問全班，她覺得讓某個人吃一驚會滿有趣的，乾脆叫名單的最後一個名字好了。

「嗯哼，十三號？」她說。

唔，老鼠也不是一直都很嚇人啦。亞瑟自言自語。**牠們也滿好笑的，其實幾天前就有一隻說……**

「十三號。」她咬牙切齒的重複。

崔英特發出擔憂的嗶嗶聲。可是在那一刻，十三號是隻小鳥，精確說來，是一隻貓頭鷹，就像崔英特說的小亞瑟王故事裡的「疣」。崔英特說過，「疣」曾經變成貓頭鷹、鵝、魚、螞蟻跟其他生物。能夠變成這麼多種東西多好啊！

女院長此刻就在他的書桌上方俯身，但他依然在雲端上漂浮，往下俯瞰索瓦吉森林的城堡。他在心中召喚出一頭公鹿、一頭搜尋獵物的野獸，還有一頭獨角獸，正在樹林間奔馳。

卡邦寇小姐那天心情特別惡劣，因為前天夜裡發生了一件跟齧齒類動物有關的事件，有隻小灰鼠爬進她的假髮裡。她平日就寢之前會把假髮存放在櫥櫃裡的專屬架子上，結果老鼠生了一窩粉紅色的迷你寶寶。早上卡邦寇小姐戴上假髮的時候，所有的粉紅小東西全都沿著她的洋裝滾落。

我並不打算告訴你，她最後怎麼處置牠們。

卡邦寇小姐再次喊出亞瑟的號碼，用枴杖猛敲他的書桌。亞瑟幾乎從座位裡彈了起來。

他以為自己看到卡邦寇小姐枴杖上的鷹眼眨了眨，然後閃過一道亮紅。他現在豎耳傾聽，或者說豎起一隻耳朵。

他吞吞吐吐，聲音安靜膽怯。「是、是，女士？」

「你是又聾又啞，還是只是笨而已？」

他可以聽到馬格、歐力克、烏艾爾在教室後方竊笑。

「我、我不，我不是……」他愈說愈小聲。

「那麼，我們就開始吧？所以告訴我，十三號，」卡邦寇小姐用響亮又刻意的聲音說，彷彿他要不是很遲鈍，不然就是重聽。「你，為什麼來這裡？」

「為、為了受、受教育。」

「還有？還有什麼？」

崔英特從背後發出小小的嗶嗶聲，表示鼓勵。他鼓起勇氣說下去。「學、學習……技藝。」他說著便吞了口空氣。**快結束了，快結束了。**

「還有呢？還有什麼，十三號？你還必須跟我說什麼？」

「為了耐勞？」

「繼續！繼續！」

「耐勞……跟……」

「跟什麼，你這個悲慘的小東西？」卡邦寇小姐使勁抓住枴杖頂端的老鷹，指節都泛白了。「跟什麼？」

亞瑟抬起視線，看到一隻老鼠從卡邦寇小姐腦袋側面的一綹橘色捲髮裡鑽出來。難怪聞起來不一樣！老鼠把腦袋跟上半身從那綹捲髮裡探出來，開始嗅著卡邦寇小姐的耳朵頂端，看起來彷彿準備爬進去。她漫不經心對著耳朵揮揮手，彷彿在趕蒼蠅。

「不、不好意思，女士……你……你有個……」

「什麼？我有個**什麼**？」

「唔，問、問題是……嗯，有個……很難解、解釋，我的意思是……」

「你到底在說些什麼，十三號？」

「你、你的耳朵，」亞瑟說，「是這樣的。有隻……唔，老、老……」

假髮的聲音變得非常安靜，這絕對不是好現象。「你剛說什麼？」

「一隻老、老鼠……你的耳朵……我想──」

「老鼠？我的耳朵？」她現在幾乎像是在竊竊私語，其實更像是安靜緩慢的低嘶聲。這就表示她情緒即將爆發，而且沒人處理得來。「你剛說我有老鼠的耳朵嗎？**馬**、**上**、**回**、**答**、**我**。」

大家做好最壞的打算，等著看會發生什麼事。

後排有個高䠷的傢伙清清喉嚨，舉起布滿灰毛的手。卡邦寇小姐從眼角餘光注意到他。

「怎樣？」她咆哮，「有什麼事？」

「抱歉，女士，」烏艾爾說，裝出謙遜的語氣。「關於那隻狐狸草包，我不得不說點話。有人犯下了嚴重的罪行。」

「唔，說吧。」卡邦寇小姐依然忿忿往下瞪著亞瑟。

「女士，好幾個星期以來，十三號一直在嘲笑你的耳朵。他嘲笑的東西還不只這個。」

卡邦寇小姐的臉成了一朵暴雨雲，她彎身對著亞瑟的臉尖叫。「你好大膽子，你這個愚蠢的獨耳怪胎！想不到你竟敢侮辱我的耳朵！真是無禮！你這個可惡的小賤嘴，你要為這件事付出代價！」

「噢，亞瑟。」崔英特低語。

亞瑟的耳朵顫動，全身開始發抖。

卡邦寇小姐伸出比亞瑟腦袋還大的手掌，揪起他美麗的紅毛獨耳，狠狠一扭，使勁搖晃，然後放開。亞瑟的耳朵傳來一陣劇痛，他一時以為她把他的耳朵扯掉了。他舉起雙手要阻止卡邦寇小姐，但她硬是拔開，再次揪住他的耳朵，這一次扭得更用力。

「住手！拜、拜託！」亞瑟嚷嚷。

「這就是汙辱師長的教訓！」她大吼。

她扭住他的耳朵，繼續揪著不放，把他拖過書桌並提向空中。他懸在那兒，鼻子幾乎要碰上她的鼻子。女院長緊盯著他的眼睛，壓低嗓門說：「你這個小怪物，你……你……臭狗屁股。等著瞧，看我怎……」

突然間，那隻鑽進女院長捲髮的驚恐小老鼠，從躲藏的地方跳了出來，落在卡邦寇小姐雄偉的胸脯上，死命攀在那裡。

牠抬頭望著她，眨眨眼，發出一聲恐懼的吱叫。

又名假髮的卡邦寇小姐，往下瞥瞥老鼠，然後放聲尖叫。

她雄壯的手臂猛力一揮，把亞瑟往上拋開，揮掉胸前那隻生物。那隻小老鼠飛著越過教室，亞瑟則撞上假髮的巨型辦公桌，跌落在地上。

他記得的最後一件事是天崩地裂、燒灼般的痛楚，而崔英特喊著他的名字，然後整個房間漸漸陷入黑暗。

8 麵包跟奶油

「亞瑟！亞瑟！是我，崔英特。」

亞瑟醒來時，發現兩顆藍寶石般的眼珠子正盯著他。太陽才剛剛升起，他一定錯過了點名時間！他恐慌起來。他很確定卡邦寇小姐會狠狠揍他一頓，崔英特怎麼會在這裡呢？

這裡？

崔英特停棲在他的胸口。「我在哪、哪裡？」他問。

「醫護室。」她的聲音聽起來模糊怪異，「真高興你醒來了。我本來好擔心，整晚都待在這裡。」她開始上下彈跳。

「請、請不要跳來跳去，崔英特，我看得頭都暈了。」

「抱歉！」

「你的聲音好模糊，崔英特。發生什麼事了？」

「別擔心，不會有事的！只是一點小擦傷。唔，也許用**擦傷**來形容不適合，不過……噢，可惡！是很糟糕，糟糕透了！」

亞瑟感覺耳朵裡有種深沉灼燒的感覺，彷彿有人倒了熱燙的灰燼進去。他伸手往上摸摸，碰到厚厚的繃帶，整個包住他的耳朵跟頭頂。

「噢，」他說，「我懂了。」

還有別的東西感覺滿奇怪的，不過是好的那種奇怪。他意識到，他這輩子頭一次躺在柔軟的東西上面，那是一張有真正床墊的四柱床，套著柔軟溫暖的床罩。在紅隼館裡，如果你能找到一把乾草，墊在木頭岔開的硬邦邦床板上就算幸運了，其實床板是以前養豬場的飼料槽。亞瑟跟其他生物一樣，睡在沒有暖氣的房間裡，只有裝滿鵝卵石的麻布袋當枕頭，身子蓋著扎人的薄毯，毯子混雜了煤灰、髒腳跟尿液的氣味。

可是現在這個完全不同！他在毯子底下動動布滿紅毛的腳趾，它們從來不曾這麼溫暖過。

「很不錯吧？」崔英特說。她從他胸口跳下來，坐在他身旁的床面上。

亞瑟環顧房間。他在做夢嗎？他聽過醫護室是個可怕的地方，可怕到沒人敢抱怨自己生病。他這輩子一直拚命要閃避。可是如果那個說法是真的，現在這裡又是哪裡？

他左邊有張小桌，上頭有個形狀像公雞的紅罐子。罐子上貼了張紙條寫著：**吃塊餅乾吧！很美味喔！**

「崔英特，什麼是餅乾？」

「什麼是餅乾？噢，亞瑟，你有好多東西要學。我都還沒跟你提過派呢。」

「派。」亞瑟說著掀開罐子的頂蓋，取出一塊餅乾。他嗅了嗅，然後沒把握的咬了一口。

「真好吃！」他驚呼。

那只是簡單的葡萄乾燕麥餅乾，可是亞瑟從來沒吃過，簡直驚為天人。他慢條斯理的咀嚼，這樣才能細細品嚐到最後。吃完的時候，他發出快樂的嘆息，環顧整個房間的模樣。

桌子對面有扇窗戶，掛著藍白印花窗簾，窗櫺上有個花瓶插滿絲綢做的花。房間裡的一切都充滿了色彩，舒適溫暖。有個角落放了張搖椅，上頭有個美麗的紅藍抱枕；另一個角落裡有張跟他一樣的床，只是上頭沒人。橘黃色牆面裝飾著櫻桃木邊，橫梁上掛著一捆捆的草藥。亞瑟吸口氣，這個房間聞起來神祕又美妙。

房裡甚至有張畫，掛在他床鋪附近的牆壁上。是一張美麗的手工著色版畫，畫面裡有兩位微笑的雙胞胎女孩，頭上戴著大大的無邊草帽，手牽手站在蘋果樹下，整片風景看起來彷彿沐浴在金色光線中。亞瑟沒見過這麼美好的東西。他在院所度過的這些年間，不曾看過**真正的**畫作；也就是說，由真正的藝術家繪製的圖畫、素描或版畫。他是看過一些圖片，就是草包們偷偷摸摸畫成的圖，可是這不一樣。他覺得自己簡直可以直接走入畫框，跟那兩個樹下的女孩打招呼。

「亞瑟？」崔英特用嘴喙輕啄他一下。

「抱歉，崔英特，我不是故意不理你的。」

「你覺得怎樣？」她問。

「你可以大聲一點嗎？對了，你到底是怎、怎麼進來的？宿、宿舍晚上都會鎖門啊。」

崔英特又戳亞瑟一下說：「我用嘴喙開鎖的。唔，當然不是靠我自己啦。泰瑟寶寶、奈吉、聶斯比跟史努克，就是**善良的**那幾個，他們疊羅漢把我往上撐，所以我才搆得到門。」亞瑟想像那個畫面，笑了出來。「我晚點再把全部的事情都告訴你，我最好去參加點名，不然你知道會發生什麼事。」

就在那時，一個身穿藍白護士圍裙跟頭戴藍白護士帽的可愛年輕女子出現在門口，薑黃色的長辮綁著蝴蝶結，披垂在背上。亞瑟抬頭看，她的臉上綻放著善良的光芒。「我的小病人怎麼樣啦？」她說，音量大到讓亞瑟纏著繃帶也聽得見。「噢，抱歉，我是你的護士萊娜特，我還不知道你的名字。」

她往下瞥瞥夾板。「我從我阿姨那裡，我是說卡邦寇小姐，收到的紙條上只寫著一個號碼。」崔英特跟亞瑟互換眼神，「上頭寫著十三號，可是不可能是這樣吧。」

亞瑟還來不及回答，崔英特就跳起來說：「他叫亞瑟，我是崔英特。我只是來探望我朋友，他叫亞瑟，噢，我已經說過了。對，唔，這就對了！」

「謝謝你。很高興我們弄清楚這件事。對了，我不確定你昨天晚上怎麼進來這裡，崔英特……可是我不會跟任何人說的。」她對他們兩個微笑，將柔軟涼爽的手貼在亞瑟的額頭上，檢查他是否發燒。「你有個很忠誠的朋友呢，亞瑟。」

萊娜特輕柔的解開他的繃帶，檢查他的耳朵。換上新的敷料之後，這次留下一個小開口，好讓他聽得更清楚。處理完之後，她說：「不用多久，你就會回到原本的生活，所以不要擔心。」

「抱、抱歉……那張畫……」

為什麼只要遇到陌生人，他總是會口吃呢？亞瑟指著樹下女孩那張版畫。他無法想像卡邦寇小姐會同意在院所裡掛任何圖畫，更不用說藍色花朵的窗簾、黃色牆壁跟絲綢花朵了。

「噢，那個啊！」萊娜特笑了，「唔，是這樣的，這全都是新的。」她用手大大一比，「這樣說好了，舊醫護室是個不怎麼好的地方。我聽說以前的護士很霸道，可是現在我來了，況且卡邦寇小姐從來不進來。我想她永遠都不會進來。我阿姨不怎麼喜歡醫護室。不管怎樣，至少要有點美麗的東西，不然很難活下去，是吧？」

「她、她，我是說，卡、卡邦寇小姐……是你**阿姨**？」亞瑟問。

「對啊，她是我母親的妹妹。」萊娜特指著版畫，「左邊那個是她，右邊是我母親。」她搖搖頭，「其實還滿悲哀的，她們兩個三十年沒講過話了。我很驚訝她竟然會僱用我；她很討厭我母親。我母親說，卡邦寇小姐僱用我別有用心，可是我的想法是，那是一種善意跟和解的徵兆，至少我希望是。」她惆悵的說，拍鬆亞瑟那顆世界上最柔軟的枕頭。

「抱、抱歉，可是……可是畫中的她看起來那麼——」

「快樂？我知道，跟現在的她不一樣。」

「她長大以後怎麼會變、變得這麼……？」亞瑟難為情的垂下視線，「抱、抱歉。」

崔英特插話。「對啊，請告訴我們！」

萊娜特在床鋪邊緣坐下，手搭在亞瑟的手上。「小傢伙們，你們一定要記得，連最大的人都曾經非常、非常小。面對世界上的那些卡邦寇小姐時，記得這一點會有幫助。總有一天你們會明白。」她傾過身來，輕柔的撫摸亞瑟毛茸茸的臉頰。「現在，悲傷的話說夠多了！你們兩個一定餓壞了！」

亞瑟很困惑，對於護士萊娜特講的關於卡邦寇小姐的事、對於她對他充滿善意，都感到困惑。過去不曾有人類善待過他。她離開房間，幾分鐘過後端著兩只一大一迷你的盤子回來時，他甚至更驚訝，上面堆滿了一片片新鮮出爐的麵包，抹著滿滿的奶油。

「早餐來嘍！」她宣布，然後又補充。「崔英特，不用擔心點名或是今天剩下的時間。我會替你編個理由。亞瑟今天早上正需要有個伴，而且我也用得上幫手。」

亞瑟從沒嚐過奶油，更沒吃過這麼新鮮的麵包。他咬下塗滿奶油的柔軟麵包，感受那種美好鹹味帶來的慰藉，讓他從頭到腳趾頭渾身感到溫暖。他想要永遠待在那個房間裡，纏著繃帶、躺在床上，這樣每天都可以吃到奶油，盯著護士萊娜特那張仁慈美麗的臉龐。才咬下一口麵包，讓他難以招架的悲慘就隨之融化。

「我真的應該更常受傷。」萊娜特離開之後，他對崔英特說。

「唔，」崔英特用嘴喙在朋友的胳肢窩搔癢，「我可能有更棒的點子！」

9 奇特的提議

亞瑟在醫護室休養了整整美好的一週。不用組裝裝置、不用上課、不用挨木杓、不用被霸凌，也不用被鷹頭枴杖打。崔英特每天晚上都從宿舍溜出來，在他睡覺前講故事給他聽。他在這裡的最後一晚，崔英特送他一個禮物，是她在他入睡之後熬夜製作的。那是個玩具老鼠，零件是她自己找來或是花了好幾星期跟人交換來的，妥善藏在她的床鋪裡。那隻老鼠裝了輪子跟發條，只要他拉拉上頭的繩子就會滾來滾去和吱吱叫。「我就想說你會喜歡，」她說，「我知道你有多喜歡小老鼠。」

他替玩具鼠取了「梅林」這個名字，為了紀念崔英特講過的那個魔法師。那個星期，萊娜特把他的耳朵照料得很好，等他離開的時候，幾乎徹底痊癒了。要離開那個明亮舒適的醫護室，讓他覺得傷心，裡頭的床鋪柔軟、有可口的麵包跟湯、掛著兩個小女孩的奇特圖畫，當然還有仁慈又溫柔的護士。

院所裡的生活緩慢而枯燥的前進，除了一件事之外，那就是亞瑟現在有人可以分享想法了。崔英特講的種種故事，關於勇敢公主跟騎士、火鳥、飛馬、美人魚、巫師、精靈，甚至是跟他長得很像的聰明魔法狐狸，為他打開了一整個新世界。他也學到很多外頭的人日常生活裡體驗到的神奇事情。最讓他著迷的就是冰淇淋、旋轉木馬、乳酪烤土司、音樂廳跟派餅。

「派是最棒的了，」崔英特確認，「它們滿是甜美的奶油，有想像得到的各種可口東西當餡料。可是我沒辦法用語言來形容，必須親自嚐嚐看才知道。」

儘管卡邦寇小姐立下沉默黃金守則，他倆還是把握機會盡可能聊天。有天晚上，狐狸孤兒終於敞開心門，向朋友說了自己的奇特天賦。過程竟然出乎意料的簡單。他匆匆耳語，她歪著小小腦袋專注傾聽。他也告訴她，他可以聽懂老鼠講的話。

「你聽得懂牠們說的話嗎？」他問。

她搖搖頭。「聽不懂，亞瑟，這種能力很特別，非常、非常了不起。我確定跟你的命運一定有關係。」接著崔英特按照她一貫的作風，開始跳上跳下。

「總有一天，」亞瑟說，「你會興奮到跳穿天花板、摔到地上，或是其他什麼的，我不知道。可是可能滿危險的。」

崔英特笑了。接著她向他點出這件事：不管他何時跟她聊天，幾乎都不會口吃。事實上，隨著日子過去，他跟每個人說話愈來愈少結巴，音量也稍微變大。當然，除了卡邦寇小姐、史尼茲維跟烏艾爾之外。

四月某個晴朗的星期天傍晚，輕風徐徐，吹拂著周遭的山丘跟田野。高牆外的神祕世界裡，天氣愈來愈明亮溫暖。那晚，外頭的空氣瀰漫著濃濃的氣味，是鹿的麝香以及春天肥沃潮溼的土壤。可是在院所裡，亞瑟只能聞到發霉牆壁跟沒洗雙腳的氣味。高牆裡，感覺依然像冬天，氣溫降到冰點以下，沒人理解這個現象的成因，可是大家都當成生活的現實，就這麼逆來順受了。

不過，有聲音，美妙的聲音。

從床上，他聽到了樺木在風中嗡嗡響，還有青蛙呱呱叫。他聽到貓頭鷹、蝙蝠以及其他夜行生物的呼喚，牠們都因為春天而沉醉。在牠們的聲音裡，在牠們夜間狩獵的啼唱裡，在牠們探險、狂喜跟愛的歌曲裡，他可以聽見春天。

那天晚上，草包們像平時那樣在紅隼館裡冰冷堅硬的床鋪上入睡，那些床鋪整整齊齊排成好幾列。崔英特的床在亞瑟對面的地板上，那是個簡單的粗劈木盒，因為她小到沒辦法擁有一張真正的床。他很希望距離可以更近。他相信，這陣子以來因為有她的陪伴，他才沒做惡夢。

崔英特來到院內以前，亞瑟的夜晚充滿了寂寞跟恐懼，他會汗流浹背、渾身發抖的從惡夢中驚醒。那些夢是黑暗喧鬧的東西，充滿了撞擊的聲響、瀰漫著煙霧與灰燼，動物在他四周繞著圈子，然後一面號叫一面跑開。細節偶爾會有變化，可是永遠有個影像：火紅光線像巨大的柱子一樣朝他逼來，就像一個從烈火誕生的無臉怪物。

今晚在黑暗中，亞瑟可以聽到可憐的泰瑟寶寶在哭。崔英特出現以前，有多少夜晚，亞瑟都拚命忍住淚水？他會緊抓嬰兒毯布塊，往上盯著在光禿冰冷的房間裡、可以安慰他的一個東西，就是他床鋪對面，那扇接近牆壁頂端的小圓窗。那扇窗戶永遠關著，但至少可以看到一片天空。

那晚，他看到散落在天際上的燦亮星辰，還有上頭刻了個兔子形狀的銀色月亮。他在胸前緊抓著小小的藍色布包，另一手握著梅林——他鍾愛的發條老鼠，然後墜入夢鄉，在扎人的薄毯下方瑟瑟發抖，但是看見月光以及知道朋友就在同一房間熟睡，都為他帶來了安慰。

亞瑟在半夜醒來，因為有人戳著他的身側。「崔英特？是你嗎？」

崔英特從床面跳上亞瑟的胸口。「亞瑟！你不會相信的！」

「相信什麼？」他揉揉眼睛，瞇眼瞅著房裡的一個時鐘。「崔英特，現在凌晨兩點耶。」

「運氣真好！運氣真好！」

「噓！」亞瑟說，「小聲點！」

崔英特急亂的上下揮動小翅，月亮照在她身上。「替我歡呼吧！替我們歡呼吧！聽聽我發現的東西！」

「噓！你想害我們被逮、逮到嗎？」

房間外面傳來腳步聲，然後門下閃現一道燭光。亞瑟憋住氣息。腳步聲的回音順著走廊傳回來。

「好險！」他說。他焦慮的搓著耳朵。熄燈過後講話是違規的，懲罰是挨楞杖或木杓，或是整個星期沒東西吃。烏艾爾跟年紀大點的草包睡在隔壁房間，可是那不表示小草包們之間沒有間諜。

亞瑟試著坐起來，可是崔英特還站在他的胸口上，透過薄毯感覺得到她又尖又長的趾甲。亞瑟發出喪氣的咕噥，覺得情緒暴躁。他原本做了一個美妙的夢，夢到了那間醫護室，還有超級大塊的奶油麵包。

「告訴我你到底在說什麼，可是必須小聲說，可以嗎？」他說。

「好啦，」崔英特說，「注意聽喔。天大的消息是……」崔英特克制不住情緒，又開始跳上跳下。「我找到一個洞！一個洞啊，亞瑟！你敢相信嗎？就在高牆上！」

亞瑟再次試圖坐起身，可是崔英特跳個不停，他只好躺回堅硬的枕頭。

「崔、崔英特，別再跳了啦。」崔英特從他胸口跳下來，砰咚落在他身旁。「這就對了。告、告訴我，你為什麼對一個洞那麼興奮？」

「其實是個隧道，可以通到棒得不得了的東西。猜猜看可以通到哪裡！」

他的臉龐一亮。「可以通、通到派那裡嗎？」

「派？」崔英特搖搖頭，「不是，亞瑟，不是通到派那裡！比派更棒。」

亞瑟瞪大雙眼。「比派更好？那是通到哪裡？」

「通到美妙無比的地方，亞瑟。一個神奇精采的地方，超過你最狂野的夢想。」

他想了片刻，然後說：「醫護室嗎？」

「不是，亞瑟！才不是醫護室！」

她盡可能拉長身子往上探，對他耳語：「通到**外頭**。」

亞瑟愣住了。除了樺樹頂端跟天空，他從沒見過外面的世界，也想不起那是什麼模樣，因為就他記憶所及，他一直在院所生活。他一定曾經看過外頭。他試著回想點什麼，但腦袋一片空白。

崔英特解釋她在下課期間怎麼找到那個洞。卡邦寇小姐封死的一扇舊門右邊幾呎那裡有一堆碎礫，洞就在後頭。她到現在才明白，那個洞可以通往高牆底下的一條隧道。「亞瑟，」她說，「我趁沒人注意的時候，爬到下面那裡往外看。我都忘了這個世界本來有多美麗！」

走廊再次傳來腳步聲。不管是誰，就停在他們的門外。亞瑟用毯子遮住崔英特，閉上眼睛，假裝睡覺。

門嘎吱打開，有個端著蠟燭、暗影籠罩的身形駐足片刻，環顧房間，然後退開，隨手關上門。那個身影發出叭叭聲，打了個噴嚏，然後悄悄轉身穿越走廊。亞瑟長長呼了口氣。「好險喔，」他低語，然後急切的說，「說下去。」

崔英特宛如連珠砲一般。「一切都好綠喔，亞瑟！黃金綠，不像他們逼我們吃的噁心豆子湯那種綠。記得醫護室的花嗎？」

「當、當然。」他說。

「想像一下一片又一片長滿花朵的田野，放眼全部都是喔。」

「不可、不可能吧，怎麼可能有那種事？」

崔英特低聲說下去。「高牆另一邊有條馬路可以通到流明鎮，聽說那裡的塔樓跟街道都是某種魔法石做成的。市場裡，有堆得跟山一樣高的乳酪跟派，足足有兩層樓高呢！而且到處都有玩具店、雜耍人跟魔術師、會飛的機器，還有我跟你講過的音樂廳。還有……還有一條河，上面有大大的木船，掛著鮮豔的船帆，河流一路會流到大海。大海耶，亞瑟！想想看！」

亞瑟覺得心神不寧。崔英特不會騙他的，不過話說回來，這聽起來就像她講過的那些編出來的故事。可是如果不是故事……

房裡的孤兒們一排排整齊睡著，他聽著他們穩定的呼吸聲，還有滴答不停的鐘聲。他聽到兩床之外有個小生物在睡夢中嚷著「媽媽」。**這才是真實的**。所有人待在這個房間裡，在這個不快樂的冰冷地方。明天早晨才是真實的。卡邦寇小姐會尖聲喊出列在名單最後的倒楣名字。史尼茲維揮著木杓，烏艾爾、馬格或歐力克——不管是哪個，在他去吃早餐的路上絆倒他，把某種黏呼呼的東西放進他的長褲裡，才是真實的。下半輩子都在刷洗馬桶，在灰色冰水裡手洗衣物，組裝甲蟲裝置，才是真實的。至少在院所裡，他知道每分鐘、每一天、每一週、每一年要做什麼。

可是……他自己不是聽到鳥兒歌唱跟築巢嗎？他不是聽到蜜蜂啜飲花蜜、夏季微風、樹木發出的樂音嗎？遠方的樹木？他不是納悶過，那個近在咫尺的世界是什麼樣子？

崔英特繼續說了幾分鐘，把她聽過關於外面那個神奇世界的其他美妙事情都告訴他。她說完的時候，嘆了一大口氣。「好了！我說出來了！全部都說了！」

「做得好！崔英特，做得很好。」

「還有別的事情。」她說。

「什麼事？」

「我想外頭還有我的家人，事實上我滿確定的。」

「什麼？」

「我有個舅舅是修補匠，他是我媽媽的弟弟，住在流明鎮西邊，靠近大海那裡，至少以前是啦。我家族來自那裡。我不是應該去找看看嗎？」

亞瑟思索一下。在城市、山脈、遙遠城鎮跟田野構成的廣闊世界裡，萬一他還有家人呢？在這道堅不可摧的高牆跟大門後方，萬一真的有不可思議的東西呢？可以通往他起源之地的道路？他可以查出自己的真正身分，還有未來的方向，也就是通往他命運的道路？

他有命運這種東西嗎？

恐懼一把攫住他的心。那種想法對他沒幫助，甚至很危險，因為有夢想就有盼望，而夢想就跟他與其他人每天埋頭製作的甲蟲裝置一樣沒用。他搖搖頭。

「噢，崔英特。」他只能這麼說。

崔英特往上跳，湊近他的耳朵。「亞瑟，」她低語，「我們要不要？」

「我們要、要不要什麼？」

「走啊！」

「走、走去哪裡？」

「當然是到外頭去啊！」

「你是說……我也一起嗎？我們要怎、怎麼走？」

「透過那個洞啊，亞瑟！把我找到的洞當成一扇門。門就是為了進入跟離開的。我們百分之一百需要離開，」她頓了頓之後補充，「而且永遠不回來。」

亞瑟看著月亮消失在雲朵後方。遠處，可以聽見風穿越樹木的咻咻聲，是他從自己所屬的陰暗狹小角落裡，目前看不到、永遠都可能沒機會看到的樹木。不久後，冰冷潮溼的灰色早晨將再度降臨。他想到紅隼館外頭的中庭，石滴水嘴獸在雨裡哭泣。他試著想像高牆邊那堆石礫後面是一扇真正的門，而不是個洞，就是可以開往某個神奇地方的門。可是腦海裡浮現的只是個巨型的石頭碉堡，有扇拴得死緊、牢不可破的門，還有後頭無邊無際的黑暗。

停頓許久之後，他開口了。「很晚了，我們應該睡了。外頭聽起來很棒，真的。我知道你可以成為一個了不起的修補匠。可是要我……走、走的話——」那個字他幾乎說不出口，「請不要再問我了，抱歉，我就是沒、沒辦法。」

「可是亞瑟……為什麼？」

他低頭望著崔英特，滿懷悲傷跟懊悔的說：「我不想走，既然星、星辰遙不可及，又何……唔，你知道剩下的半句。」

「這我可不確定，亞瑟，」崔英特說，聲音中混雜了失望、挫折、怒意跟愛。

「為什麼？你是什麼意思？」

「因為昨天晚上，我聽到你邊睡邊唱歌。」

10 改變心意

真的嗎？他真的在睡夢中開口唱歌嗎？他是否在不知情的狀況下，犯下了如此嚴重的違規行為？卡邦寇小姐痛恨這種行為，可能會害他被扔進大鼠地牢一個月。倘若他真的唱了歌，他到底唱了些什麼？他真正知道的只有一首歌，他連歌詞都不記得了，至少在他清醒的時候是不記得的。

可是如果他被逮到，那些事情就都無所謂了。這裡嚴格禁止任何類型的音樂。所以在夜裡，他睡著以前，試著用意志力叫自己忍住別唱。可是那年四月的每天早上，崔英特都告訴他，她聽到他唱個不停。

知道這件事，是否讓我們這位小主角夢想逃離呢？他是否試著去想像那座白色大城市？無庸置疑。可是他又能拿什麼來做比較呢？對他來說，那座城市只是個從崔英特故事裡浮現的模糊影像，就像卡美洛特，一個位居山丘頂端的魔法城堡跟城鎮，四周圍繞著下了魔咒的森林，裡面有獨角獸、夜鶯跟惡龍。這種幻想固然不錯，可是虛無縹緲。

亞瑟拒絕離開，這對他們友誼造成了些微的損傷。崔英特平日熱情洋溢，現在有時候卻安靜、情緒化，是很反常的表現。可是她拒絕放棄，逕自開始計劃如何脫逃。她日日夜夜都在籌劃，總是把計畫修改得更精良、大膽。到了月底，她已經很清楚他們該怎麼做。

五月燦爛輝煌的迸放開來，草包們雖然看不到外頭，也可以感覺到生命力的爆發。星期天下課期間，紫丁香的香氣飄越高牆，吸引他們跑到中庭遠端。這些可憐的生物只是站在那裡嗅著空氣，臉上一副幸福至極的表情。有些人不知道那個香氣是什麼，可是對他們產生強大的效果。那香氣在他們心中挑起某種痛楚，讓他們充滿了難以滿足的渴望，尤其是亞瑟，他在高牆的另一邊不只聞得到紫丁香的氣味，還聽得見蜜蜂從花裡吸取蜂蜜。他聽到遠離那棵樺樹的樹木中有鳥兒在啼唱，聽到樹液在樹木裡上升，聽到它像溪流淌過岩石跟小石子一樣向上衝。空氣就是他的圖書館，裡面蘊藏豐富的聲音。當他聽到這些聲音或「歌曲」時，可以聽到自己的血液像樹液一樣升到心臟那裡——他想像自己是一棵樹，手臂就是枝椏，上頭滿是高歌的鳥兒。

不過，崔英特還是沒辦法說服朋友離開。每次提到這件事，他就會把頭撇開，清清喉嚨說：「抱歉，崔英特，我就是沒辦法。」

有一天，他們肩並肩在長長的輸送帶邊工作，就在巨大無窗的裝置室裡。堆積如山的甲蟲裝置靠在他們背後的鋼片牆壁前，因為品質達不到工頭骨貪先生的標準而被捨棄。那堆東西看起來就像一大堆死蟲子，彷彿除蟲員剛來過院所一遭。

裝置室不像孤兒院的其他房間，炎熱潮溼，熱得並不舒服。草包們被迫忍受長時間的工時，灼燙的蒸氣朝他們臉龐直撲而來，讓他們很難看得見或聽得見。

崔英特跟亞瑟頭頂上的標示寫著：裝置品質管控。那天他們分配到的工作是檢查生產線上其他人迅速組裝出來的甲蟲，趕在那些閃亮的黑蟲進入「怪物」的口中以前。

草包們把那個蒸氣發電的龐大機器叫做「怪物」，那座機器每天都會吞下幾千個裝置。怪物本身看起來就像自己吞下的小黑蟲的巨型板金版本。

機器座落在房間中央，張著大口，孤兒們時時心懷恐懼，因為萬一有人跌進輸送帶，被吸進那個毀滅一切的黑暗隧道該怎麼辦才好？只有在這個房間裡才不會聽到鐘聲，因為怪物的聲音毫不停歇，吵到令人苦不堪言。

怪物低嘶、尖鳴、哼氣、打嗝，為了追上怪物的步調，草包們以極快的速度拚命趕工。每五分鐘，它就會發出刺耳的哨聲，爆出蒸氣。它高速吞著甲蟲，用力合起嘴巴時會發出震耳欲聾的砰砰聲；不管聽了多少次，亞瑟總是會嚇得跳起來。然後它會開始晃動。它的「嘴巴」上方有兩顆會發出紅光的玻璃球，這些「眼睛」會從紅變成白中帶綠，然後機器就會發出可怕的喀啦響，接著那雙眼睛跟機器頂端的球莖狀東西會噴出火光，像熱燙的餘燼一樣飄落在草包們身上。

雖然這些事情固定會發生，卻每每嚇壞大多數的草包們。那一刻，包括崔英特跟亞瑟的所有人都會轉向它，就像人們忍不住盯著電光閃閃的暴風雨，但這時應該要找個安全的地方躲起來。可是這些小草包又能去哪裡？那一刻，不管他們身體表面長著皮毛、羽毛或鱗片，全都豎立起來，一陣電磁能量猛烈竄進那個怪獸的肚子，迴盪在整個房間裡。

隨著蒸氣的巨響跟銳利的哨聲，那張嘴再次打開，怪物的另一端出現一張金屬網子，裡頭有幾百隻甲蟲，像是從海裡打撈起來的小黑魚一樣顫抖著。除了蟲眼射出的奇怪白綠光芒，那些甲蟲看起來就跟之前沒兩樣，只是現在充飽了電磁。

亞瑟納悶，它們是不是給白色大城的孩子玩的玩具？如果是，哪種孩子想要玩這種東西呢？

骨貪先生，孤兒們都簡稱他「骨貪」，正在房裡大步走著，在草包們瘋狂組裝一隻又一隻的甲蟲，順著生產線推去時，對著他們大呼小叫：「動作快！給我努力幹活啊，臭東西！」

他是個O形腿的矮胖男人，頂著一顆包心菜般的大腦袋。在裝置室刺眼的光線中，他的頭頂看起來好似發著淡綠色光。他只吃包心菜湯跟豆子，大多時間待在室內足不出戶，引用他自己的話：「外頭只是給那些野蠻跟不文明的東西活動的地方」，他的臉因為太久沒晒太陽，浮現老蕪菁的色調。他的舉止也很像十字花科蔬菜：苦澀、屁多得不得了。

每隔十五分鐘，骨貪就會到處巡視，對草包們緊迫盯人，吼著要他們加快速度。每巡一回，他就會回辦公室，拿出他收在辦公桌頂層抽屜的棕色大瓶子灌個幾大口。幾個小時之後，他走起路來會有點搖搖晃晃，而他「快點、快點」的催促聲，聽起來會更像「快演、快演」。

就工作速度來說，沒人比得過崔英特。她的嘴喙跟雙腳十分靈活，工作速度快到有時看起來就像一團模糊的棕色東西。

「你是怎麼辦到的？」亞瑟低語，「你甚至沒有手耶。」

「說得好像手有多重要似的。」她說著便戳戳他的手臂。亞瑟壓下笑意。

一會兒過後，等骨貪完全喝醉了，崔英特試著再提逃走的話題。房間裡的聲音難以忍受，可是正好用來跟朋友醞釀祕密計畫，要是崔英特可以說服朋友加入她的行列就好了。

她正停棲在他身旁的高凳子上。亞瑟站著靠在輸送帶上，盡可能加快速度工作，可是他累了。他們已經連續工作了三個小時，卻還有五個小時得撐。「這樣，就沒人會偷聽，」她說，「好了，亞瑟，先聽我把話說完……」

「我知道你要說什麼，我不想談、談這件事。」

她瞥了他一眼，什麼也沒說。他們繼續工作，亞瑟拿起甲蟲檢查有沒有瑕疵，然後順著輸送帶將它們推往怪物的嘴，崔英特用她的嘴喙做同樣的事。

警示的哨聲響起，表示怪物塞滿甲蟲。它膨脹了好多，將它固定成形的螺絲跟插銷彷彿即將爆開。他們下方的地板開始搖晃，亞瑟覺得聲音就像海濤一般朝他湧來，如同水壩放出滾滾水流。

他用一手遮住耳朵，另一手蓋住崔英特的棕色小腦袋。

「謝謝，」她在震動停止之後說，接著用嘴喙推推他說，「亞瑟，拜託。你是世界上最會傾聽的人，卻不肯聽我說。你難道不能就聽我這麼一次嗎？」

亞瑟往下盯著眼前那堆甲蟲，心裡突然間覺得好難受。她說得沒錯。他訂立了自己的沉默黃金守則，他就跟卡邦寇小姐一樣壞。所以這一次，他聽了進去。

他們假裝全神貫注於工作上，崔英特一面解釋計畫。她說，到時她會負責轉移別人注意力，同時亞瑟要從碎礫後方的洞口逃離，之後她也會跟著逃出去，可是會用完全不同的方式，不過針對這點她說得很模糊。

「太危險了，」亞瑟搖著腦袋說，「我可能鑽不過那個洞。再說，你還沒告訴我你會怎麼出去，我們一定會被抓的。」

「我想不會，」崔英特說，蓬起自己的羽毛，稍微在凳子上蹦跳。「照我的計畫進行，我們就不會被抓。」

「可是、可是『假髮』的望、望遠鏡又該怎麼辦？她可以看得好遠，崔英特，你難道不能讓事情維持現狀嗎？現在有你在這裡，狀況已經好很多了，況且等我們成年了，她就必須放我們走。」

骨貪從辦公室冒出來，搖搖晃晃站著。他繞圈巡視，隨口大聲辱罵草包們，然後再次退回辦公室。

「亞瑟，你看不出來嗎？」崔英特說。

「看出什麼？」

她用嘴喙指指那群年紀較大的草包，其他人都管他們叫「咕噥包」，他們打從出生就來到這裡，現在都將近十八歲了。他們幾乎不開口講話，一開口，就會發出像是疲憊老人的低沉咕噥。

「他們在這裡待太久，都沒感覺了。」崔英特說。

「我們不會永遠都在這裡的，」亞瑟說，「才不會。」

「你不懂，」崔英特說，「他們永遠不會放我們走的。如果會，那也是因為她要送我們到什麼可怕的地方去。你難道沒注意到，過去幾個月，有些孤兒失蹤了嗎？」

「注意到了，可是……」

「可是什麼？解釋看看啊。」

「唔，」亞瑟說，「他們一定是有家庭收養了，對吧？至少我、我是這麼希望的。而且不管怎樣，那些年紀大一點的，唔，他們可能只是……只是到某個地方去，我不知道，去工作了吧。而且等我們長大，我們也會去某個地方，不、不是嗎？」他愈說愈小聲，他沒想過等他們成年了會到哪裡去。「我的意思是，你從來沒看到超過十八歲的草包，不是嗎？喏，這就證明我說得沒錯啊。」

「亞瑟，那不會證明任何事情，」崔英特堅持，「假髮可能把老咕噥包變成奴隸，或者……或者把他們都殺了！」

「別胡說了。」

「唔，那小的那些又怎麼說？上星期有五個突然消失不見。他們違反了某個笨規定，結果發生什麼事了？我確定她把他們抓起來，永遠關在某個地方。我們在這裡談話的時候，大老鼠可能都啃掉他們的腳趾頭了。我們不能留下來，就是不能。」

亞瑟盯著房間另一邊。四周站著一排排的草包，雙腿疲憊，組裝一隻又一隻的甲蟲，將身體、腿跟天線兜在一起。他想像自己下半輩子都在做這件事，然後想像被鎖在某間牢房，大鼠把他的腳當飯吃。他全身竄過一陣哆嗦，從耳尖到腳趾頭。他突然停住動作，拋下剛剛拿起來檢查的那隻甲蟲。

因為他稍微中斷了製作流程，眼前的裝置馬上開始堆積。他檢查也沒檢查，就把那堆東西推向怪物的大嘴，希望不會有人注意到。哨聲跟蒸氣呼呼吹響，他再次掩住自己的耳朵跟崔英特的腦袋。

他想到崔英特雖然不能飛，卻是小鳥草包，而且她應該享有自由，就像高牆外頭樹林間的小鳥。他想起在樹木裡流竄的汁液，也想起別的，使得一滴淚水淌下他的臉頰。他想起很久以前聽過的那首歌曲，當時他還不用在脖子上掛著一個代表霉運的數字。那首歌依然像顆鑽石一樣發亮，就在他心口的深紅口袋裡。

「亞瑟，」崔英特低語，「還有一件事你該知道，之前一直沒機會跟你說。」

「什麼？」

「廷塔傑路十七號。」

「什麼？」

「就是你出生的地方，亞瑟。你是十一年前，十二月二十五日在流明鎮廷塔傑路十七號出生的。真抱歉，亞瑟，可是檔案裡沒有你出生時取的名字，也沒有你家族的姓氏，只有地址跟日期。可是至少你現在知道自己在哪裡出生，又是什麼時候出生的。你想找出那個地方還是不想？」

那晚，亞瑟在床上輾轉反側，他無法停止思考崔英特稍早說的那件非比尋常的事。她跟他說過，在聶斯比跟史努克的協助之下，前一天晚上闖進了卡邦寇小姐的辦公室，花了幾個小時翻閱卡邦寇小姐的檔案，最後才找出他的出生地。她覺得唯有透過這個方式，才可能勸他離開。她為他冒了很大的風險。萬一她被逮到怎麼辦？卡邦寇小姐的寢室就在辦公室上面。想到原本可能發生什麼事，他就一陣哆嗦。

他躺在那裡思考這一切的時候，聽到牆壁後面開啟一場奇怪的對話。他可以聽到兩隻友善大鼠，跟餐室裡的那些大鼠不一樣。他專注的聽他們說話。

一號鼠：哈囉，老兄！什麼風把你吹來這一帶啊？飛黃騰達了，是吧？我總是說啊，力爭上游這種事，沒東西比得上。

二號鼠：你說得沒錯。力爭上游，那就是關鍵所在。我啊，就專門跟些勢利眼稱兄道弟！

兩隻大鼠爆出了幾聲狂笑。

二號鼠：我跟老婆還有家裡幾個小的，再也受不了地窖裡的狀況了，鏗鏗鏘鏘、砰砰作響，肯定有什麼計謀。

一號鼠：就是腦袋頂著一個醜不拉嘰東西的那個大傢伙嗎？

二號鼠：就是她沒錯。她忙著打造更多大怪物。是這樣的，我家老婆跟小孩都被吵得睡不著覺。他們做出來的大怪物就跟之前一樣，只是大了三倍。他們說以後還有更多！她打算建個正式的工廠。

一號鼠：唔，還真沒聽過這種事！這世界變得還真快啊。你甭去在意，聽到沒？那是人類的事情，不干咱們的事。好了，等你們一家安頓好了，過來我家走動走動，我老婆會替你們準備點好吃的。我家永遠為你們敞開大門，連敲門都可以省了。

亞瑟盯著黑暗，為了尋求安慰而握著玩具鼠跟藍色布包。那是個不見月光的寒夜。他一次又一次想著大鼠不祥的話語：**她忙著打造更多大怪物……他們說以後還有更多！她打算建個正式的工廠。**

他聽到底下傳來奇怪的聲響，這種情形已經持續好一陣子了，不是嗎？鏗鏗鏘鏘、反覆搥打，各種東西弄得砰砰作響？可是他一直沒把這些聲音放在心上。他一直固守著原本的想法，卻看不清擺在眼前的事實：卡邦寇小姐沒有計劃在他們成年時放他們自由。她何必這麼做呢？這裡有這麼多工作要讓他們做。

而且外頭那裡有個廷塔傑路十七號的地方。亞瑟壓低嗓門說：「廷塔傑路。」聽起來就像魔法。

他盡可能不發出聲音，悄悄走到崔英特睡覺的地方，輕輕搖晃她。「醒醒！」他低語，「崔英特，你說得對，我們必須離開。我知道我們非走不可，所以接下來怎麼辦？」

11 大逃亡

高牆外面，五月是鴿子跟清晨露珠組合而成的靜寂，是在明亮空氣中的瓢蟲，是藍鈴花以及毛地黃在砂土中盛放，是羔羊在山丘過去的牧草地上蹦跳追逐。五月是那片高遠遼闊的藍天，下方有矮林跟石南灌木，還有通向流明鎮白色大城的那條馬路。

燦爛輝煌的五月正召喚著兩個小孤兒，要他們遠走高飛。

崔英特指示亞瑟為這趟旅程準備一個裝有衣物糧食的包袱。他把自己可以找到以及可以換來的食物，全塞進他那條扎人的舊毯子，還有他唯一的物品：藍色布塊、金鑰匙跟發條老鼠梅林。他用條繩子把那包東西纏在腰間，藏在薄薄的舊夾克底下。

那個星期天，下課時間一開始，亞瑟站在角落裡，就在他最愛的滴水嘴獸下方，等著崔英特的信號。她說她會在點名過後藏在某個地方，然後趁下課的時候溜進中庭。「我要到最後一刻才會出現。等時候到了，你自然就會明白。是個驚喜！」她會設法讓大家分心，以此當作訊號，那時他就要溜到那堆岩石後面，爬進那個洞裡，他悄悄把那個洞想成「我絕對會卡在裡面之洞」。她承諾要在外頭跟他會面，也就是隧道的出口。

「相信我！會很棒的！」她說，然後跳上跳下了一陣子，興奮的嗶嗶叫。「我等不及，等不及了！」直到亞瑟撫搓她柔軟蓬鬆小腦袋上的羽毛，讓她平靜下來。

中庭裡，就跟平日一樣，卡邦寇小姐跟史尼茲維先生在紅隼館的入口附近來回踱步，眼觀四方，看看有沒有搗蛋的人。烏艾爾跟他那幫人馬在中間閒晃，偶爾因為無聊而互推一把。院所裡溫和的小草包們玩著他們溫和的小遊戲，盡可能遠離烏艾爾跟其他人。

一切皆如往常，直到崔英特趁史尼茲維跟女院長沒注意時，溜過他們身邊，當然唯一注意到的是她朋友，他正在垂著眼睛的悲傷滴水嘴獸的陰影裡等候。

亞瑟看到他那個瘋狂勇敢的同伴身上穿著什麼，露出燦爛笑容。她告訴過他，她發明了某種「祕密武器」，可是她的新衣裝如此不尋常、如此獨特，他幾乎無法相信自己的眼睛。**也許這個計畫真的會成功**。他看著崔英特悄悄走到中庭中央的那群惡霸那裡，一面告訴自己。

馬格正在對死黨們吹噓，說他把死老鼠藏在剛來一年的院童的枕頭裡。崔英特用嘴喙戳了馬格的腳，然後溜得不見人影。

「你幹麼那樣啊？」馬格對歐力克說，他就站在身旁。

「怎樣？」歐力克說。

崔英特再次戳了馬格、歐力克，然後又是馬格，接著蹦蹦跳去戳這幫人裡的其他幾個。

「你用棍子戳我，就是你！」

「才沒有！」

「明明就有！」

以此類推。

崔英特閃來閃去，先戳這個，再戳另一個，直到烏艾爾的夥伴們以為對方有錯。這場混戰持續下去，烏艾爾站在一旁，興味滿滿的做壁上觀。

中庭中央爆出一陣騷亂，尾巴、牙齒、爪子齊飛。馬格、歐力克跟同黨夥伴們痛打對方，空氣裡淨是尖鳴、號叫、狂吠。「你要付出代價！」跟「看我怎麼修理你！」還有很多的驚嘆詞跟辱罵聲，此起彼落響不停。像泰瑟寶寶這樣的小草包們趕緊閃躲，史尼茲維跟卡邦寇小姐拿著木杓跟枴杖衝上前來。

這一定就是崔英特的信號。

亞瑟開始朝高牆走去，儘量裝出一副若無其事的樣子。他走向高牆底部那堆碎礫，信心開始動搖。**我希望洞口夠大。萬一不夠大怎麼辦？萬一我卡住怎麼辦？萬一裡頭有蛇怎麼辦？**他的耳朵開始顫抖，心思轉向卡邦寇小姐。**萬一我被抓怎麼辦？她會把滾燙的燕麥粥倒進我的耳朵，然後用枴杖打我，把我丟進怪物嘴裡。如果這樣我還活著，她就會把我活活餓死，更不要說她會怎麼對付崔英特了。**

他回頭一瞥，納悶自己是不是應該放棄。可是崔英特的計畫真的生效了。她在短短幾分鐘內，製造了徹底的混亂，再來她就會使出自己的祕密武器。**鎮定。**他告訴自己。**不會有事**

的。他在腦海裡聽到崔英特的聲音：要勇敢！記得跟你同名的國王：亞瑟，永恆之王。

他四下張望，確定沒人在看，然後穩住自己，溜到那堆岩石後面。那裡有個洞，就跟崔英特形容的一樣。洞的大小看起來恰好足以讓他通過。崔英特說得沒錯，高牆底下真的有條隧道。他忖度，在他之前，有誰曾經試圖逃離？他們是否成功逃出去？

與此同時，史尼茲維正用木杓隨意對著草包們左打右打。

「造反啦！」卡邦寇小姐嚷嚷，「我說，給我住手！馬上給我住手！」她拿起脖子上掛的大銅哨，猛吹半天，刺耳的聲音大到令人痛苦。馬格跟其他人定在原地不動，一臉受挫茫然，烏艾爾偷偷溜之大吉。

卡邦寇小姐調整稍微溜往左邊的假髮。「是誰開始的？快點承認，不然你們全都會受罰！」

有個小聲音從下頭傳來。「是我開始的，你這個大惡霸！是我，崔英特！就是我沒錯！」

卡邦寇小姐東張西望，檢查聲音的來源。

「不好意思，女士，」史尼茲維往下指著崔英特說，「是那個愚蠢的小鳥生物，就是老跟獨耳啞巴鬼混的那個。看她全身上下都是……」他彎身看得更仔細，「唔，我也說不上來。」

接著他對崔英特說：「你在玩什麼把戲？盔甲騎士嗎？」

「哼，別只是杵在那裡啊，你這白痴，還不快逮住她！」卡邦寇小姐尖叫。

史尼茲維先生試著要把崔英特抓起來，可是她跳到他抓不到的地方。每個人現在都盯著崔英特，包括卡邦寇小姐。他們看到的是一隻沒翅膀的小鳥，全身套著用金屬、條狀皮革、時鐘零件跟其他零星東西拼湊起來的詭異盔甲。她胸口有四粒鈕釦——紅、綠、黃、藍。

「來抓我啊！」崔英特嚷嚷，然後往後跳開。

崔英特用彎彎的長嘴，壓下小小的藍鈕釦，鈕釦發出喀答聲，轉動的齒輪發出有韻律的鏗鏘響。她戴著頭盔的腦袋上方，升起像是原本收摺起來的雨傘。接著崔英特按下綠色鈕釦，雨傘打開來，化成了螺旋槳。

令大家驚奇不已的是，這隻沒翅膀的小小鳥兒竟然離地升空了，雖說動作彆扭。

崔英特在卡邦寇小姐臉前懸浮了片刻，然後開始在她腦袋上方繞圈飛行。螺旋槳在卡邦寇小姐四周攪動那麼多空氣，使得那頂插著老鷹羽毛的小白帽從她腦袋上飛離。

卡邦寇小姐幽魂般的臉龐漲得通紅，開始用枴杖朝崔英特瘋狂揮打。史尼茲維想辦法要打崔英特，可是她動作太快。

崔英特在他們腦袋上方繞行不停，螺旋槳像隻巨蜂一樣旋轉嗡鳴。接著喊聲開始揚起。

「打她！打她！打她！」馬格跟他那幫夥伴同聲頌唸，就像那天他們想把崔英特丟到高牆另一邊一樣。

亞瑟聽到騷動，繞過那堆岩石望出去，想確定朋友沒事。他可以看到崔英特繞著卡邦寇小姐的腦袋直轉。女院長歇斯底里揮著雙臂，史尼茲維先生則徒勞的想抓崔英特的雙腳。

好崔英特！她現在隨時都能飛過高牆了。他縮身躲進石堆後面，正準備爬進洞裡時，突然感覺一雙尖銳的爪子刺進他肩膀，將他往上揪出來。

下水溝的氣息。腐爛的肉。骯髒的襪子。

「要去度假嗎？」烏艾爾問，「哎，小泥坑頭是不是很調皮啊？」他把亞瑟拖到中庭中央，卡邦寇小姐跟史尼茲維正在那裡跟一身盔甲的小鳥纏鬥。

「打攪一下，女士，」烏艾爾說完輕拍卡邦寇小姐的手臂，一鞠躬。「我找到另一個傢伙，他剛剛想從高牆底下逃走呢。」

崔英特驚恐的往下一看。

「你！」卡邦寇小姐喝叱，「早該知道你是幕後黑手。你向來就是個偷偷摸摸的小跳蚤。」她轉向史尼茲維，「把那隻會飛的害蟲留給我處理。你把這傢伙鎖進那個地方，確定他有一大堆同伴，如果你懂我的意思。」

史尼茲維先生揪起亞瑟的頸背，邁向門口。

卡邦寇小姐細看眼前那隻渾身灰毛的大鼠。兩人眼神交會的那一瞬間，心靈莫名的互通——因為同類相吸，即使在黑暗中也是。

也許應該說，在黑暗中尤其如此。

「幹得好，草包，」卡邦寇小姐說，「我身上沒帶名單，你叫什麼名字？」女院長記不得任何人的名字，這點是出了名的，即使打從出生就在這裡的那些咕噥包。

「在下叫烏艾爾，女士，」大鼠深深鞠躬說道，「聽候你的差遣，也許你還記得那場可怕的『鼠耳』事件──容我這麼稱呼。那個狐狸草包當時應該也讓你丟了臉。」

「不幸的，我確實記得，事實上是記得太清楚。唔，烏艾爾，你剛剛可能替自己掙得了一塊新鮮乳酪的獎賞。」

「恕我直言，女士，我不需要乳酪。知道自己可以幫上忙已經足夠。」大鼠再次鞠躬，轉身回到圍觀群眾之間，因為到了那時，整個孤兒院的人都已經聚集起來。

亞瑟被史尼茲維拖著走向門口時，依然聽得到烏艾爾跟卡邦寇小姐的對話。亞瑟覺得噁心想吐。卡邦寇小姐從什麼時候開始會主動分人乳酪了？而且還是烏艾爾！他想像自己被放在托盤上遞給烏艾爾，也想像大鼠猖獗的地窖。他現在相信，崔英特說得沒錯，卡邦寇小姐要不是為了某種險惡的目的，將草包扣留在大鼠地窖裡，不然就是正在進行更糟糕的事情。他逐漸走向自己的厄運時，膝蓋發起抖來。

接著非比尋常的事情發生了。

崔英特落在了卡邦寇小姐頭上！

「史尼茲維！」卡邦寇小姐吼道。

整群孤兒在一旁看得入迷。

史尼茲維放開亞瑟，拋下木杓，衝去幫卡邦寇小姐。

亞瑟緊跟在他後頭要去幫崔英特，心存一絲希望，盼望自己不會再被逮到。

「我來抓她！」史尼茲維嚷道，抓起卡邦寇小姐的枴杖，壓下把手上的兩顆鷹眼，另一端彈出一根長桿跟一張網子。他退後幾步，因為枴杖現在長多了。「史尼茲維來救援了！好了，不好意思，女士，別動，千萬別動……」他把眼鏡往鼻子上推，網子舉在頭上，瞄準目標。

亞瑟融入人群，看到崔英特用腳緊緊攀住卡邦寇小姐的假髮，又按下胸甲上的另一顆鈕釦，螺旋槳開始加速。

卡邦寇小姐咬緊牙關，一道細細的口水從嘴裡流出來。「快啊，你這白痴！」她說，聽起來比較像「怪啊，你這白資！」接著她咬字更清楚的低嘶：「小心拿好枴杖啊！」

史尼茲維出風頭的時刻到了。他臉上掛著得意的神情，彷彿在說：**這種事情做得好，包準升官。**

烏艾爾站在附近竊笑。史尼茲維瞄準目標的時候，烏艾爾壓低嗓門說：「蠢蛋一個。」動搖了史尼茲維的信心。

網子落下以前，崔英特飛離卡邦寇小姐的腦袋，最後網子只撈到了卡邦寇小姐的假髮。群眾立刻噤聲。史尼茲維先生震驚的把網子裡的東西拋向空中。

那頂假髮迅速而確實的飛起。

卡邦寇小姐發出被勒住似的叫聲，所有的目光轉向空中，她急忙去抓自己的兜帽，狠狠扯著蓋過腦袋，然後拔腿逃離中庭，一面對史尼茲維尖叫：「逮住他們！」

風勢愈來愈強，揪住了亮橘色的假髮，將它不停往上吹，愈吹愈遠。史尼茲維追在後頭，頻頻想用網子撈捕，卻一再失敗。

那頂假髮顯然很有主見。

假髮往上飛翔時，每個人都難以置信的盯著天空。除了一個人之外。烏艾爾看著卡邦寇小姐衝往門口時，漾起了笑容。他在她還沒戴上兜帽的那一瞬間，瞥見了她的腦袋瓜。不是他跟其他人原本想像的發亮粉紅圓球，而是灰撲撲的腦袋，上面蓋滿了灰色跟棕色羽毛，就像蒼鷹寶寶的柔軟羽絨。

他把這份資訊留存起來備用，然後轉身跟他所謂的朋友們會合。

一個身穿藍白服裝的修長身影衝過了卡邦寇小姐身邊，薑黃色長辮在背後飛揚，進入了中庭。醫護室的窗戶正好俯瞰著中庭，護士萊娜特從窗戶目睹這番場面。她放了點東西進亞瑟夾克的右邊口袋，這個動作沒人注意到，連他自己也沒注意到。「亞瑟，你必須離開！」她嚷道，「現在就是你的機會！」

他的朋友在空中徘徊。「亞瑟，」崔英特大喊，「她說得沒錯，我們必須離開！我可以抬著你越過高牆，抓穩了！」

「什麼？」

「我的腳啊！抓住我的腳。就是現在！」

「不行，我太重了！我們會掉下來的！你走吧，不用管我！」

「沒有你，我才不會走，」崔英特說，「好了，跳上來！寧可摔死，也不要下半輩子都待在這裡！」

亞瑟瞥了瞥史尼茲維，他還是舉著網子東奔西跑，彷彿可以用念力讓那頂假髮降落。可是假髮在雲朵之間舞動，看起來好像很開心，草包們也被假髮逗得很開心，拍起手來。隨著愈來愈多草包加入，鼓掌也越發起勁，亞瑟注意到，有些人甚至一臉樂不可支。

他用眼角餘光瞥見烏艾爾、馬格跟歐力克直直朝他走來，一面推開人群。現在不行動就永遠沒機會了。

他踮著腳尖，往上伸手，抓住他朋友的黃腳。

崔英特的螺旋槳呼呼轉動，亞瑟心臟狂跳，兩人開始上升，到了上方的高處，朝著大石牆飛去。崔英特因為朋友的重量，動作有點緩慢而彆扭，亞瑟死命抓著不放。可是儘管如此，他們還是成功飛入空中。

他們抵達牆壁頂端以前，崔英特跟有點害怕的亞瑟往下看著任性與私生生物們，他們現在都敬畏的仰頭眺望。

「再見！再會了！」崔英特嚷道，「想辦法出去吧！千萬不要忘記追求星辰啊！」

中庭裡爆出歡呼。令亞瑟訝異的是，很多生物除了高喊崔英特的名字，也喊著他的名字。「加油，亞瑟，加油啊！」他們大喊。

他們在替他打氣呢！

而且他們都叫他**亞瑟**。

戴著扁帽的那些院童，把帽子拋得老高。在院童草包們狂野快樂的歡呼聲中，這兩個朋友飛過高牆，抵達了不起的外頭。遠處，一頂亮橘色假髮隨風飛越天空，跟氣球一樣漂浮著。如果你不清楚狀況，搞不好還會誤以為是長相怪異的小鳥。

假髮盤旋片刻之後，直直朝著太陽往上飛去。

第二部

奇異小子學習關於
旅人、贓物販、滑頭跟
竊賊的危險生活

12 祕密寵物

卡邦寇小姐直接跑進房間，把自己鎖在裡面。她抓起梳妝臺上一個又一個物品，那些她失敗的發明物模型，也就是從未建造出來的機器，使勁丟到房間對面，只留下一個沒碰，就是甲蟲裝置怪物的迷你版本。

從來沒人試圖從院所裡逃離！卡邦寇小姐對這件事非常不滿。

我會逮住那些怪胎的。她對自己說。**他們會後悔自己曾經出生在世。那個史尼茲維死到哪去了？我的枴杖還在那個鼻水流不停的蟾蜍手裡！**

她動作迅速的把左邊的櫥櫃打開，環顧裡面的東西。有一側，從地板到天花板的一層層架子上放著相同的橘色假髮，就跟飄過高牆那頂一模一樣；另一側則是相同的兔毛帽子。她選了頂新帽子跟假髮，然後關上櫃門。

她沒有理會右側的櫥櫃，那邊她三十年來從沒開過，然後往床上重重一坐。她開始拚命梳理假髮，壓低嗓門嘀嘀咕咕。「流氓！臭害蟲！好大膽子竟敢破壞我的權威？」

門上響起試探的敲門聲。「女士，」有個帶鼻音的單薄聲音說，「卡……卡邦寇女士？」

史尼茲維站在女院長房間外頭，猛吸鼻子一面扭絞雙手。

卡邦寇小姐大步走到門口，可是沒有開門。「你把他們關在哪裡？」她咬牙切齒的質問，「我希望你把他們關進地窖了。得給他們一個教訓才行！現在把我的枴杖給我。**馬上**。」

「是，女士。馬上，女士。你的枴杖在這裡，安安全全。要不要我……」

「留在門邊就好，你這隻糞金龜！好了，跟我說你剛剛怎麼處理那些傢伙？」

「我，唔，女士，是這樣的……重點是……我——」

「有話快說！」她透過門板怒斥。

「不好意思，女士……」史尼茲維清清喉嚨，「我不得不承認……我沒逮到他們。可是如果可以容我解釋一下——」

「**什麼？**沒逮到他們？那兩個愚蠢的小草包？哼，那你到底來這裡幹麼？去抓他們啊！坐馬車去，快！」

「可是，女士……廚子啃包駕馬車上市場了，而且……」

「唔，那就坐驢車去啊！把我的狗也帶上，可以嚇嚇那些小怪物。院所不容許這種事情發生！我們必須殺雞儆猴，我絕不容忍任何形式的反抗行為。如果我們不防患於未然，最後這種事會像傳染病一樣擴散。好了，去吧，沒逮到他們，你就甭回來了，聽見沒有？」

「可是卡邦寇小姐，我們難道不能……我是說，我們肯定可以找到更多草包來滿足你的需求。我們失去兩個，可以找兩個新的來替補。他們毫無價值，你比任何人都清楚。拜託，女士，求求你……」

「搭驢車上路！要不然就輪你進地窖！」

「可是……可是……我會過敏啊，女士！我是說，對驢子，對狗，還有……大自然！拜、拜託，我們能不能——」

臥房裡傳來奇特的低吼聲。**是什麼呢？**史尼茲維一時納悶，女院長難不成把她的一頭獒犬帶進房裡了。

「史尼茲維！」

「是，卡邦寇小姐？」他溫順的說。

「去把那些叛徒抓起來！你在浪費我的時間，把我的枴杖留在門外！」

史尼茲維丟下枴杖，衝下階梯，到馬廄的一路上鼻子叭叭擤不停。

卡邦寇小姐取回枴杖之後，輕輕放在地上。她坐在床上等待那個聲響，她喜歡它的程度勝過於寂靜。那是某個生物——**她的**生物的聲響。它在枴杖裡舒展身子，腦袋先冒出來，扭蠕著身子，掙脫窄仄的監牢，身子濡溼、透著珍珠光澤，有如蝴蝶出蛹。那是種古老的生物，擁有葉片般的翅膀，血脈明顯可見，色澤是森林綠，大小可比大型山貓。它的臉此時出現於杖頂，較不像鷹，而更像中庭裡的滴水嘴獸。那是一頭鷲獅，半人半怪物，有嘴喙般的鼻子跟黑色小嘴，嘴裡有兩排細小尖牙，銳利如刀。即使擁有四隻貓族的短腿，以及愈來愈細的蛇般長尾，身上的肌膚就像樹皮，節瘤、結疤跟細枝朝著四面八方突起，順著脊椎則是尖銳的黑叉刺。

至於它的尾巴尖端則儲存著致命的毒液。

它完全掙脫束縛之後，甩了甩身子，伸展身體，然後亮著雙眼，仰慕的抬頭望著卡邦寇小姐。「小姐！」它用輕柔沙啞的聲音低語。

它跨過棄置的中空枴杖，一舉躍入卡邦寇小姐的懷裡，這個生物發出介於呼嚕跟低吼的輕柔聲響。

「瑪多克斯！」卡邦寇小姐如釋重負般的嘆口氣說。她撫搓這個生物的翅膀，搔搔它富彈性的耳後。「我本來好擔心啊。」

「好了，好了，小姐，」蠍獅呼嚕，「我現在就在這裡。有什麼心事，都告訴瑪多克斯吧？」

隨著夜晚降臨，萊娜特敲響卡邦寇小姐的房門。「克萊門婷阿姨，」她柔聲喚道，「你還好嗎？我帶晚餐來給你。哈囉？」可是卡邦寇小姐並未回應，透過房門，萊娜特只聽得見阿姨呢喃著奇怪的話語。「可憐的女人，又在自言自語了。她真的需要度個假。」

她把放著餐點的托盤放在卡邦寇小姐房間外面，然後下樓去。

大堂的大咕咕鐘終於在半夜響起，它的嘴喙一口吞掉當天最後一隻機械鳥時，卡邦寇小姐戀戀的輕拍自己的新假髮，就像輕拍好友的手，然後收回櫥櫃的特殊架子上，就在其他假髮旁邊。接著她向鑽進被罩裡，窩在她腳邊的那個生物道晚安，不久就睡著了。

到了早上，那個叫做瑪多克斯的生物又回到卡邦寇小姐的枴杖裡，琥珀色眼睛變得呆滯無神。卡邦寇小姐頭上頂著新橘色假髮、臘腸般的捲髮、新白帽，一根鷹羽得意的從帽子側面探出來，如同既往迎向新的一天，除了一個例外。她留了指示給史尼茲維，等他回來的時候，必須把那「兩個惡棍」鎖在地窖裡，然後把大鼠草包——就是聞起來像抽水馬桶那個帶到她房間，因為她有個「合作提案」要商討。

13 逃亡

關於外頭，第一件讓亞瑟印象深刻的事，就是春天那種不可思議的光線。他在灰濛濛的昏暗地方成長，外頭這個世界看起來簡直就像沐浴在金光之中。大地真的閃閃發亮，陽光帶來的暖意，正在他身體裡流竄、給他力量，是他在短短的人生中幾乎不曾感受過的。

他注意到的第二件事是地平線。他從沒看過地平線，第一眼還滿嚇人的。遠處山丘上的綿羊、田野中的男男女女，看起來就像小小螞蟻。這個世界看起來遼闊到難以置信，他時不時必須閉上雙眼，以便適應它的大小。

崔英特用飛的，亞瑟用跑的，他們沿著一條穿過蓊鬱谷地的路走，谷地裡到處是小樹叢，然後到了山丘頂端，這條路在那裡跟北向的主要道路會合，可以通往白色大城。至少他們希望如此。因為他們手上沒有地圖，而且崔英特是從遠地被帶到院所裡的，他們對當地的地勢都毫無所悉，只是根據院所裡草包之間的傳聞，來判斷路線該怎麼走。

距離他們逃出孤兒院已經超過一個小時，亞瑟需要休息。他停下來調整呼吸時，崔英特在附近盤旋。他們掃視道路，看看卡邦寇小姐有沒有派人追來，可是眼前不見人影。

亞瑟心慌意亂。她一定派了什麼人來追捕他們，不是史尼茲維，就是骨貪。她為什麼沒有呢？她現在是不是正從高塔監視著他們？話說回來，他跟崔英特又有什麼重要的？她在彈指之間就可以找到另外兩個奴隸來取代他們。

那間孤兒院的石頭碉堡就在谷地下方，亞瑟看了胸口一痛。從遠方看去，他之前的家像是幾個世紀以前就遭到遺棄、逐漸瓦解的悲哀地方，那裡充滿了那麼多不好的回憶，可是它並未真的遭到遺棄，其他人依然困在裡面。而他束手無策。

崔英特在他上方，螺旋槳高聲嗡嗡響，好似一群憤怒的蜜蜂。亞瑟朝她喚道：「我想你應該下來，會有人聽到你的，而且這樣我也沒辦法聽清楚。」

「我怎麼會這麼呆呢！」崔英特馬上說，「而且我們應該遠離大路。我不確定草包可不可以走大路。我以前年紀太小，不懂得規則。」

「你說得對，」亞瑟說，「我們什麼都不曉得。」

「我們一到山丘底部就在灌木叢跟溝渠之間活動。我馬上下來。」

崔英特用嘴喙按下胸口的黃鈕釦，螺旋槳逐漸放慢轉速，最後動作笨拙的降到地面，最後落在荊豆叢頂端。「哎唷！」她嘎嘎叫著，亞瑟扶她站起來。「我暫時先不把這套裝備脫掉，以免萬一。你準備好了嗎？」

「等一下。」他說。

亞瑟把毯子綁在一根強韌的樹枝上，弄成了鋪蓋捲，接著揪住脖子上印著十三號的吊牌扯了扯。可是不管多用力，都沒辦法把線扯斷，於是他把整個東西越過腦袋拿起來。他垂眼看著紅色毛手裡的小圓片，數字幾乎磨光了。他納悶，如果他繼續當十三號，沒逃出來，最後會變成什麼樣的人。「我有個真正的名字了，」他壓低嗓門說，「我叫亞瑟。」

他揩掉一滴淚水，用盡力氣把徽章拋過山丘。它落在下方廣闊綠色谷地的某個地方。「我真希望有生物會把那個東西拿去用。」他想，「也許烏鴉會把它帶到巢裡。」

他抬起崔英特，把她放在他肩上，這樣她就可以在上頭棲息一陣子。亞瑟累到跑不動了，所以只是快步走。崔英特的爪子扣住他的肩膀，有點刺痛，可是他生性不愛抱怨。

既然崔英特的螺旋槳停下來了，亞瑟可以聽到小鳥歌唱，小生物在原野上東奔西跑，還有其他美妙的聲響。他也聽到像是大型生物快速衝過原野的聲音。

當他們抵達山丘底部時，他終於發現是什麼了。

「是史尼茲維！」亞瑟嚷嚷，指向右方。

史尼茲維跟他的驢車正在一整片又長又高的野草之間奔馳，一坨坨泥土飛濺起來，距離他們不到四分之一哩，而且正逐漸逼近。

亞瑟盡可能拔腿狂奔，崔英特緊抓他的肩膀，可是史尼茲維瞥見他們了，他現在離開原野，上了馬路，不久一定會追上他們。亞瑟注意到，前面道路穿過一片長滿野花的土地，藍色黃色的花兒在微風中搖曳，讓他冒出一個主意。

「崔英特，」亞瑟說，「抓緊嘍！」

亞瑟從馬路上往下一跳，直接衝往花兒。

史尼茲維雙眼紅腫，失控的滴著鼻水，劈啪揮動鞭子，催促驢子加快速度。他空不出手來擤鼻子，狀況慘到難以置信。他一手握著韁繩，另一手往肩後拋出一塊塊牛排餵食卡邦寇小姐的獒犬，好讓牠們保持安靜。狗綁在鉤子上，一邊一隻，牠們扯緊繩子想要掙脫。

「好了，你們這些蠢雜種，」他對牠們嘀咕，「馬上就給你們點心，等一等。」史尼茲維一手拉著韁繩，駕著驢車進入野花田裡，另一手伸過去解開狗的牽繩，在奔馳的驢車裡要做這件事並不容易。他摸索著最前方那隻狗的繩子，一邊醞釀著一個巨大的噴嚏。拖車進入了野花叢的深處，比剛剛他穿過的高大雜草還糟糕，接著最慘的狀況發生了，驢子踢起一大把的花粉，史尼茲維爆出一連串的噴嚏。

狗兒依然綁在拖車上，使盡力氣朝著反方向拉扯。牠們瘋狂吠叫，用力拉扯，拖車側面開始彎曲，驢子踢啊踢的，史尼茲維則是噴嚏打不停。

這時，他忍不住放開了韁繩。

單薄的拖車瞬間完全解體，驢子拖著挽具逃離，史尼茲維則滾落在地，狗兒們不是攻擊兩個逃逸的院童，而是跑進田野裡，歡欣鼓舞的汪汪狂吠。

史尼茲維跌在一堆木板跟破損的輪子之中，接下來他會待在原地，意識不清，直到隔天早晨才醒來，身上淨是狗毛、花粉跟糞便，不僅腦震盪、兩邊手腕扭傷，還斷了一隻腳。

「噢，亞瑟，太高明了！」崔英特嚷嚷。

「謝謝！」亞瑟咧嘴笑，「不過趁他還沒醒來，我們最好趕快離開這裡。」

「我想，他現在沒辦法追我們跑了。」崔英特說。

他們爆出響亮、美妙、過去被禁止的笑聲，然後繼續上路，內心比之前任何時刻都要輕盈。

14 對著星辰許願

馬路愈變愈寬，兩個旅人穿過另一座谷地，眼前有各種令人目眩的色彩，是亞瑟從未見過的。他們路過這些花朵時，崔英特就把花名告訴他，這樣他也能認識它們：藍鈴、櫻草、雞蛋花、金盞花、紫丁香。

空氣裡滿是濃濃的春天香氣。亞瑟聞到紫丁香的氣味，摘下一朵，放進口袋當紀念，底下就是萊娜特放進去的東西；是張小紙條，裡頭包著一枚金幣，他不知道那裡有這份禮物。

當他們離開第二座谷地，進入農場的領域時，已經接近傍晚時分。亞瑟吸進山羊寶寶跟綿羊寶寶帶有奶味的氣息、牛糞的刺鼻味、乾草的甜味，心中希望他們可以待在這裡，躺在草地之間休息、傾聽跟做夢。自從史尼茲維跟驢車潰敗之後，就不見有人追蹤他們的跡象，可是他們知道自己必須繼續前進，以防萬一。

沿途上，亞瑟看到各種神奇的生物：一雙刺蝟在灌木後面快跑；寬背馬匹拉著犁，重重踩過肥沃潮溼的土壤；籬笆後面有一群牛，用昏昏欲睡的節奏嚼著反芻的食物。牛對著一簇簇的牧草，捲起像蛇一樣的黑色厚舌頭，潮溼的黑色口鼻在微風中發出哼聲，亞瑟看得入迷。他忖度，自己是否有辦法理解所有這些生物的語言，就像他聽得懂大小老鼠那樣。

他們一面往前走，大地的音樂就在四周起伏，牛鈴叮叮噹、牧羊人對著狗兒喊「過來啊過來」、公牛低沉的吼聲、遠處森林某種野生動物的叫喊。

他覺得自己聽到遠處有烏鴉在叫，想像被他丟棄的徽章塞進了鴉巢裡，做為烏鴉送給伴侶的閃亮禮物，還想到擁有朋友真是美妙。

「亞瑟，」崔英特說，她還棲在他的肩上。「我想把這個東西脫下來，你可以幫幫我嗎？」崔英特用嘴喙按下紅鈕釦，她的飛行裝就從順著背部的鉸鏈車邊彈開。

亞瑟幫她褪去飛行服。「你是怎麼做出這個東西的啊？」他說，一面把崔英特的裝備收進他的鋪蓋捲裡。

「祕訣就在嘴喙裡啊，亞瑟，都在嘴喙裡。」

他們看著對方，又笑了起來。

他們判定，如果卡邦寇小姐要派別人來追他們，她一定早就這麼做了，所以他們停下腳步在乾草捆的陰影裡歇一歇。

「你是怎麼做的啊，崔英特？」亞瑟問。

崔英特說，她學會怎麼開鎖之後，在深夜闖進了裝置室，並且找到了金屬碎片跟備用的零件。「而且我有幫手。」她解釋那些年紀幼小的孤兒們，尤其是兔子似的那對雙胞胎——聶斯比跟史努克，把他們在一間工作房裡找到的皮革殘片跟各種零碎東西偷帶出來。「我把所有東西藏在那一大堆故障的甲蟲下面，骨貪每隔一個月才會清理那堆東西一次。」

「要是沒有你，我該怎麼辦才好？」亞瑟說。

「就跟你說了，不是我一個人的功勞，」崔英特說，「聶斯比跟史努克，還有其他幾個人都幫了忙，而且他們都幫我守密。守住我們的祕密。」

亞瑟不知道該說什麼才好。

「你一直都有朋友，只是你不知道而已。好了，來吧，」她邊說邊用嘴喙推推亞瑟，「我們上路吧。」

他們再次出發，緊貼著灌木叢跟溝渠走。

眼前的道路永無止盡，通往山脈、城市跟大海，還有他們的目的地，不管那是哪裡。他們必須往北走，到主要道路岔開的地方，就他們所知，步行要花上兩天。到了那裡，崔英特要往西走，到海岸去找舅舅，亞瑟則要繼續前往流明鎮，步行至少又要兩到三天，不過他們兩人都不確定。等崔英特拜訪過舅舅之後，他們就要在城裡會合，至少他們是這麼計劃的。

兩人默默無語向前行，亞瑟開始覺得腳瘦得不得了，而且好想吃點東西。「崔英特，」他把腦袋歪向右邊，她就棲在那側肩膀上。「我覺得吃飯時間到了。」

「我們來看看幾點了。」她回答。

「沒有時鐘要怎麼知道時間呢？」

「亞瑟，有很多方式可以辨別時間。」接著她向他解釋日晷、蒲公英絮球（看看要幾口氣才能把種籽都吹走）、花鐘（花朵綻放跟閉合有固定的時間）。

一個思緒連向另一個，這是常有的事，於是在毫無預警的狀況下，掛著幾百個時鐘的那個恐怖地方在他心頭浮現了。亞瑟想起他跟崔英特拋在後頭的孤兒們，他想像自己回到任性與私生生物之家，打開厚重的黑色大門，把大家全都放出來。可是他知道這只是幻想。而且他很清楚，路上不管有什麼危險正等著他，他都不見得救得了自己。他只知道自己必須勇往直前。

那天當太陽在天空低垂，亞瑟可以聽到男男女女呼喚田野上的狗跟牲畜回家，農夫們正準備回家吃晚飯，可是他跟崔英特還是繼續往前走。白天的鳥兒已經歸巢，將天空讓給夜禽跟蝙蝠，大地一片寂靜。暮色四合，找歇腳處的時候到了。

亞瑟聽到流水淌過岩石的聲音，兩人順著一條大路旁邊的小徑，進入一處安靜涼爽的樹林，有條溪流穿越林間。亞瑟沿路用樹枝畫X做記號，這樣到時才能循原路回頭。

他口渴極了，幾乎說不出話，只是跪在溪流邊，像頭野獸一樣喝水——他身上確實帶有一部分野性。

兩個旅人環顧四周想找棵完美的樹，小心跨過渺小的斑點蠑螈、覆滿苔蘚的樹根和蘑菇。但再怎麼小心都還是會踩扁一些蘑菇，涼爽的蕈類平撫了他雙腳的痠痛。

最後他們在一棵古老的大橡木底下找到了歇腳處。崔英特展開了一塊小小的紅手帕。「我只能找到這些。」她說，裡面是一些麵包屑跟鈕釦大小的乳酪。亞瑟端出自己昨晚蒐集的零星糧食：三個彈牙的小胡蘿蔔、兩片走味的麵包，還有半個水煮馬鈴薯。他們貪婪的埋頭吃著這餐粗食，亞瑟擔心這是他們這陣子能夠吃到的最後一餐。

他們找到了一處鋪滿苔蘚的柔軟地點，依偎在樹木纏繞的粗厚根部之中，然而這裡比院所裡的任何床鋪都軟，除了醫護室的那幾張床之外。他們緊緊依偎在一起，因為午後氣溫轉涼，而他們只能共用亞瑟的薄毯來禦寒。

他們仰躺在地，透過樹頂間那個圓圓的空隙往上盯著星辰。亞瑟想起他在院所床鋪對面牆上的那扇窗戶，想起自己有多少夜晚都盯著月亮，內心充滿了渴望。

亞瑟聽到一個令人不安的聲音。是貓頭鷹的啼鳴。他跟崔英特看著牠的輪廓閃過，雙翼大展，背後襯著靛藍色天際，繼而消失不見。

「都是卡邦寇小姐壞了牠們的名聲，」崔英特說，用嘴喙往上指著。「貓頭鷹、鷹、隼等等的。連魔法師梅林都有貓頭鷹朋友呢。」

一陣強風竄過樹林，兩個旅人有點害怕，往灰色舊毯底下鑽得更深，彼此湊得更近。兩人得到安撫之後，靜靜躺著不動，往上凝望四周閃耀的夜空。

突然間，崔英特從毯子底下蹦出來。「亞瑟，快許願！馬上就許願！」

「什麼？」

「許願啊。今天晚上剛剛好，快啊！」

「不，我不行！」亞瑟搖著頭，「這樣不、不好，一點都不好。」他坐起身倚在樹幹上。崔英特在他身旁用力坐下。

她堅持，如果他很渴望某個東西就必須許願，這個概念是亞瑟不熟悉的。他思索了好一陣子，他曾經祈願有個朋友，後來那個朋友終於出現。也許崔英特說得對。可是話說回來，他現在又該許什麼願呢？他真心想要什麼？

他思索半晌，最後終於說：「好了，我想我有個願望。可是……可能很傻。」

「別這樣說！你的願望哪有可能很傻呢。挑顆星星許個願吧。很簡單的，根本不用大聲說出口。」

亞瑟跟崔英特往後躺回毯子底下，繼續透過樹頂仰望。天上的繁星點點好難選擇，最後亞瑟終於選定了一顆，可是他不知道它的名字，也不曉得它屬於哪個星座，因為他在孤兒院裡從未學過星座。他指著它說：「那邊那一顆好了。」

「很好，亞瑟！你選的是天狼星喔，是穹蒼裡最亮的星辰。現在誠心許個願，來吧。」

「噢，好吧，」亞瑟用力嚥嚥口水之後開始說，「我希望、我希望知、知道……」

他頓了頓。他想知道好多事情，他之前都沒意識到，自己祈願的事情這麼多。既然他現在知道自己的出生地，就想知道他的家人是不是在某個地方，而且自己為何沒名字，又只有一邊耳朵？也想知道他還是個小小狐狸時，是誰唱了那首美麗的歌曲？還有他為什麼可以聽見別人聽不見的東西？他有太多疑問，可是如果他把所有問題總結成一個，那就是：自己為何被生下來？

亞瑟深吸一口氣，抬頭望向星辰。「我希望——我會大聲說出口，崔英特，因為你是我在整個大大的世界裡，最好的朋友。我希望——」他又吸口氣，「我希望知道我為什麼在這裡？我在這個世界上應該做什麼？我的命運是什麼？好了，我說出口了。」

「很好，亞瑟，很好！」

冷風吹來，兩個朋友用毯子把自己包得更緊。

「換你嘍。」亞瑟說。

崔英特尋覓天空，很快找到自己想許願的星辰，那不是她頭一次對它許願。它熠熠發亮，位於天鵝座的尾巴裡。她閉上雙眼，輕聲啁啾，然後陷入沉默。

「如何？」亞瑟問。

「如何什麼？」崔英特問。

「你許願了嗎？」

「當然啊。」

「還有呢？」

「還有啊，亞瑟……」她抬頭看他，明亮的雙眼在月光中閃爍。「我剛剛那個願望是替你許的。」

15
松果

隔天早晨，亞瑟突然驚醒。一個長相細緻、有雙精靈耳朵的孩子，正俯看著他，握著充作木劍的東西指著他的臉。

男孩有個小小朝天鼻、綠色眸子、黑色捲髮，髮間纏著葉子跟細枝。他的襯衫跟長褲是用花紋碎布拼縫起來的，是深淺不一的綠，鈕釦是用橡果頂端做成的，每顆都塗了不同的色彩，還缺了顆門牙。

「哈囉！」男孩先是爽朗的說，接著裝出嚴峻的語氣，「修補匠、商人、覓食者，還是敵人？如果你是敵人，我就要跟你戰個你死我活。」

亞瑟往上盯著男孩，崔英特從毯子底下蹦出來。男孩警覺的往後一跳，視線在兩人之間來來回回。「你們是何方神聖？這樣我才能回去通報首領。而且……而且首領她殺過一萬個人喔！」

亞瑟瞪大雙眼，緊張的輕拍耳朵，還有些發抖。男孩看起來並不危險，可是誰也說不準……

「別怕！」男孩皺著眉頭堅持，伸出一手扶亞瑟起身。跟其他人類看起來不太一樣的精靈男孩身高跟亞瑟相當。

「先回、回答你的問題好了，」亞瑟說，「我們是……」他看看崔英特。

「我們是旅人！」她說，「如果你真的想知道，我們是探險家。可是我自己有點算是修補匠啦——唔，說『發明家』更貼切——至少我希望總有一天可以變成發明家。其實我最近才發明了——」

「我喜歡探險家！」男孩插嘴，腦袋一歪，滿臉疑惑。「探險家都做些什麼啊？」

「什麼事都做一點，」崔英特說，「我們到處旅行，行俠仗義，前往不知名的國家，到那裡探索一番，就是這類的事情。可是你知道探險需要很多糧食，唔，而我們的糧食用光了。」

黑髮男孩的嘴巴張得如此之大，小鳥都可能飛進去。「現在我明白了，你們就像羅賓漢，或是……或是圓桌騎士！這樣的話，勇敢的探險家，我會替你們找點吃的東西！」

聽到對方一提到吃的，亞瑟臉龐一亮。

男孩告訴這些旅人不要擔心「首領」。「其實她是我的姆姆啦，」他紅著臉說，「目前由她當家，其他人昨天都出發去找糧食了，明天才會回來。我當然不能去，因為我年紀不夠大，所以必須留在這裡守護這棵樹。不是什麼了不起的事情，對吧？」他嘆口氣說。

「我覺得滿了不起的啊，」崔英特說，「樹林有時候滿危險的。」

男孩的臉龐一亮。「對了，我叫松果，你們叫什麼？」

「松、松果？」亞瑟說。

「我知道，那是個蠢名字。」他搖搖頭，幾撮小塊苔蘚從他頭髮掉到地上。「我們的名字都像那樣——栗樹、樺木谷、櫸木、榛樹、鼠李——我都叫他小李。當然還有松果，那就是我。你們大概知道狀況了吧。」

「她是崔、崔英特，我叫、叫亞瑟。」

「亞瑟？像是那個有名的國王嗎？哎呀，很高興認識你們！拿好你們的行李，我家就在這邊。」

亞瑟仰頭看看松果指的那棵橡木，還有它雄偉茂盛的葉傘，這棵樹似乎無止無盡的伸向天空。鳥兒四處飛竄，松鼠在枝椏之間彼此追逐，聚精會神時，甚至可以聽到汁液像河水一樣在樹木核心裡流動。這個神奇的東西竟然是某人的家呢！

亞瑟跟崔英特收拾行囊的時候，松果摘了些淺橘色的蘑菇，塞進口袋。「我姆姆——我是說首領——會喜歡這個的！你們準備好了嗎？」他往上伸手碰碰樹木，然後把手伸進厚厚一層混亂的綠藤後面摸索，接著喃喃低語：「姆姆說：『永遠要感謝這棵樹。』」他合上雙眼片刻，彷彿在禱告，然後按下刻進樹皮裡的橡果，比他們高出許多的笨重拱門嘎吱打開。

松果比著手勢要他們進去。「歡迎！」他得意的說，然後告訴裡頭的某個人。「姆姆，我們有訪客！過來看看。」

他們踏進由巨大樹幹挖空而成的圓形寬闊房間，裡面相當舒適。這棵樹木原本就很巨大，進到內部後甚至感覺更大。這裡瀰漫著亞瑟從未聞過的氣味：松枝花環、雪松五斗櫃、迷迭香，以及來自樹林深處的蘑菇。不過他的心中有種大家所謂的「似曾相識」的奇怪感覺，彷彿過去來過這裡，或是到過類似的地方。感覺安全熟悉，而且美妙無比。

儘管底部挖空，這棵樹木還是生氣勃勃，亞瑟可以聽見枝椏在風中發出嗚聲。他踏進房間中央心想：真正的家就是這個樣子啊。他站著說不出話來，崔英特則是蹦蹦跳跳，到處探索。

有好幾個供睡覺用的狹小空間，簾子跟松果身上的衣服一樣，是用各種綠布拼縫而成。繞著房間的弧形牆面上掛了好幾幅樹皮畫作，有些畫著不同種類的樹木，有些畫著穿綠色拼布衣服的孩子。其中有一張是松果還是嬰兒的時候，他吸著小小的樺樹樹疤當奶嘴。房間中央有張大圓桌，一旁的椅子是磨亮的殘幹。

松果注意到亞瑟在看他的照片，於是說：「我媽是家裡的藝術家，我爸什麼都會一點，覓食、叫賣、木匠，也會修補一點東西。」

雖然他們站在樹木裡面，但這裡卻一點都不陰暗，房間裡到處都有形狀像松鼠跟小鳥的照明。靠近天花板那裡以及弧形樹皮牆上，有好幾個洞可以讓光線進來，外頭還有樹皮遮雨棚，可以阻擋雨水。

入口對面有個大大的壁爐，木造與錫製的各種工具都掛在壁爐橫架上方。火堆上方有一只鐵鍋懸在鍊子上，松果打開鍋蓋，攪了攪裡頭的東西。房間剎時充滿韭蔥、馬鈴薯、蘑菇跟乳酪的誘人香氣。

這時，一個頂著毛糙白髮、圓胖矮小的人，穿著拼布圍裙，從其中一個小空間裡走出來。「別碰那個湯，松果！那是晚餐要吃的。」

「姆姆，這是我的新朋友，他們……他們是探險家喔！」接著松果壓低嗓門對訪客說，「這就是首領，不過她沒殺過人啦，至少我想她沒有。」

「噢。」亞瑟如釋重負的說。他在姆姆面前微微鞠了個躬，似乎把姆姆逗樂了。

松果扯扯姆姆的圍裙，開口乞求：「他們可不可以留下來吃早餐，拜託拜託啦？」

姆姆搓了搓松果的頭髮，對亞瑟跟崔英特點點頭。「當然可以，你這個傻呼呼的小松子。」

松果興奮的跳上跳下。「你們聽到首領說的了！你們可以留下來吃早餐、茶點、中餐跟……午茶、晚餐、睡前宵夜，然後明天我們就可以出發去探險，因為我也是探險家……我哪裡都還沒去過，可是我很快就要出門探險。不過現在我們可以先玩。你們喜歡玩什麼？我需不需要用到我的劍？還是要玩『找橡實』、『樹捉鬼』、『抓松鼠』，或是『拋棍子』？」

突然間，他不再蹦蹦跳，而是皺起眉頭。「我只知道跟樹有關的遊戲，」他說完嘆口氣，但下一秒臉龐再次亮起。「你們一定知道很多遊戲，你們最喜歡哪個？」

亞瑟只能吞吞吐吐說：「真……真不錯！我是說你們家。」

男孩燦爛一笑，看著姆姆。她說：「這個地方很普通，不過是屬於我們的地方，我還算滿意。好了，你們三個都坐下吧。」

姆姆在大圓桌上擺出一個大大的蘑菇派，一罐冰涼的新鮮牛奶，還有一碗南瓜籽。「小傢伙們，湯還沒煮好，先吃這個吧。好了，喏，吃個痛快吧。」

崔英特停棲在桌子邊緣，因為椅子對她來說太大。種籽讓她很興奮，開始往嘴裡猛塞。他們用餐的時候，姆姆就在爐子邊忙來忙去，松果則不停說著自己在森林裡的生活，包括動物、覓食、兄弟姊妹。

崔英特一直靜得出奇。早餐過後，她問姆姆：「要去那座叫流明鎮的白色大城，你知道走哪條路最好嗎？亞瑟要到那裡找尋自己的命運，我要往西去找我舅舅。」她給了朋友一個要他放心的眼神，「可是之後我們就會碰頭，馬上就會。」

「松果，去拿那張老地圖過來。」姆姆說完又轉向亞瑟，「但地圖很舊了，訊息可能不正確。」

男孩在一個大雪松五斗櫃裡撈撈找找，拿著一個綁了皮繩的長卷軸回來。他把大家的碗盤推到一旁，將地圖放在桌上攤開。這是非常老舊的羊皮紙做成的，邊緣都碎裂了。亞瑟、崔英特跟松果彎身看著地圖，細心研究著。亞瑟以前不曾看過地圖，可是這份地圖簡單到讓人意外，一看就懂。崔英特用嘴喙指著北方的一點。

「我們就是要去那裡，看起來馬路在那裡分岔。」她說，然後用嘴喙輕敲另一點。「一條通往大海，另一條通往城市。」

「可、可是那座城市——」亞瑟說，「看起來好遠啊。沒有比較短、短的路嗎？」

通往流明鎮的道路確實很長，比他跟崔英特最初想像的還要長很多，那條路繞著一座大森林的邊緣彎曲。他從地圖的圖例可以看出，絕對不是兩三天就能走完的路程，也許至少需要一個星期，或許還更久。「我走不到的。」他說著坐下來，雙手抱頭，覺得想哭。

姆姆舉起手搭在他肩上，慈祥的掐了掐。「好了，好了，我確定你們會找到方法的。」

「那你可以跟我一起走，」崔英特說，「我們可以一起去找我舅舅！之後再去那個城市。一起去，亞瑟，我可以幫你找到廷塔傑路。」

「那是什麼？」松果問。

「就是我……我想我是在那裡出生的。」亞瑟說。

「噢，」松果說，「我是在這棵樹裡面出生的！」

亞瑟先看看松果，再瞧瞧崔英特。要是他沒跟她一起走呢？那會怎樣？他安靜了片刻，思緒在腦海裡翻轉。如果他跟她一起走，那麼他們就完全不用分開。可是話說回來——他感到一股奇特的迫切感。這些年來，他都不知道自己來自何方，現在既然知道了，他想馬上到那裡去。他想像松果那樣用篤定的態度說：**我是從這棟屋子、這條街道、這個城鎮來的。這就是我。**

也許如果他明白那件事，也會明白自己的命運。

「我必須去，崔英特，我就是必須去。」亞瑟搓了搓她棕色小腦袋頂端的羽毛，這個朋友一直對他那麼好。他全心全意希望她說得對——他們很快、很快就會再見面。

「等等，」松果依然在思考亞瑟的問題，「我知道該怎麼辦！看到地圖上那個大森林了嗎？你可以穿過森林啊！它叫做『野樹林』。可是不用擔心。爸以前在城裡叫賣的時候，一直都走那條路，都平平安安回家來了。」

「沒錯，」姆姆說，「他的確是。」

崔英特戳戳亞瑟的胳肢窩，他露出笑容。「那就好了，亞瑟。看吧？事情到最後都會解決的。搞不好你會在我找到舅舅以前，就先走到那個城市呢。」

松果拿出一片樺樹皮，替旅人畫了一份粗略的地圖副本，然後把舊地圖捲起來，收回五斗櫃。「拿去吧。」他說著便把樹皮地圖遞給亞瑟，亞瑟穩穩當當的塞進鋪蓋捲裡。

松果皺起眉頭，陷入沉思。「現在我想起來了，我爸對兩、三年前來到這裡的旅人說過一件事。那個旅人，他……」他瞥了瞥亞瑟，「跟你有點像耶。」

「是草包嗎？」亞瑟說。

松果聳聳肩。「我猜是吧。總之，我爸告訴他，如果他戴上帽子，保持低調，就不會有事。另外還講到別的，我忘了是什麼。」

亞瑟抖著耳朵。「謝謝你的建議，可是我只能將就，因為我沒有帽子。」

亞瑟渴望的望著火堆上的那鍋湯，希望他們可以多停留一下。崔英特迎上他的目光。他看得出來，她也認為他倆現在該上路了。儘管史尼茲維摔到谷地裡之後，卡邦寇小姐跟她的同夥沒來追捕他們，這也不表示他們已經脫離險境，誰曉得「假髮」有什麼盤算？

「抱歉，松果，可是我們真的得走了。」亞瑟邊說邊拿起鋪蓋捲。男孩一臉喪氣。

「別傷心！我們會再見面的！」崔英特說，「我的意思是，你自己也是探險家啊。探險家出門在外……探險的時候，總是會碰上的。」

這番話似乎讓松果開心起來。

姆姆替旅人張羅了食糧，足夠撐個兩三天或更久。堅果、莓果、種籽、栗子麵包，還有一些新鮮的羊乳酪。「好了，可要機靈點喔。」她囑咐。

「等等，」松果碰碰亞瑟的袖子，他跟崔英特正要走出去。「這個拿去，以防萬一。」他從牆上的鉤子取下一頂紅色毛帽，遞給亞瑟。「剛好可以戴在你的……唔，你知道我爸說過什麼：低調點，就會一切順利！拜拜！」

亞瑟向他跟首領道謝，把帽子塞進鋪蓋捲裡之後就跟崔英特上路了。

他們穿越樹林，循著亞瑟之前在泥地裡標示的記號，不久就回到馬路上，這條路之後將帶著一人往北前往白色大城，另一人往西到大海。

16 朋友的分別

那天，旅人往北走，經過農地跟田野，一路上沒說什麼話。他們遇到幾輛正要上市集的驢車、幾輛簡易馬車，還有由六匹白馬拉動的白色與金色四輪廂形大馬車。崔英特跟亞瑟一看到有人靠近，就趕快躲進乾草捆、樹籬或能夠找到的任何東西後面，因為他們還是不曉得外頭世界對草包的看法。

地勢開始向上傾斜。這兩人來到一座古雅的村莊，有茅草屋頂的房子跟小小商家，他們真希望自己可以停下腳步，但還是避人耳目，往前趕路比較妥當。他們最不想要的事情就是被送回任性與私生生物之家。

當他們抵達那個令人害怕的岔路時，已經是傍晚時分。亞瑟幫忙崔英特穿上飛行裝，開始分配剩下的食物。

「給我種籽就好，亞瑟，」她說，「我只要種籽。」亞瑟把她捧起來，讓她坐在他的掌心裡，就像他們在紅隼館中庭第一次見面那樣。她抬頭望著他疲憊焦慮的臉龐。「噢，亞瑟，請不要擔心！一切都會很順利的。你等著看吧。」

亞瑟別開臉片刻，擔心自己可能會哭出來。

「你確定不要先跟我一塊走嗎？你不用自己上路的，你知道。」

「我知道，只是……我覺得我必須先到那個城市去，查出我是誰，才能去做其他事情。我沒辦法解釋。可是我害怕……我們……」剩下的句子卡在喉嚨裡，可是崔英特知道他要說什麼。

「我們會再見面的，亞瑟。我保證不用多久就能找到我舅舅，一有辦法，我就會傳話過去。然後我們就可以安排我到城裡跟你會合的事。」

「可是要怎麼做？在那麼大的地方，你要怎麼找到我？」

「我們都一起經歷過這麼多事情了，你覺得這麼簡單的事，我會解決不了嗎？」

亞瑟試著微笑，但沒辦法。

「不可以愁眉苦臉喔，」崔英特說，「我升空的時候想看到你的笑容。我想帶著這個畫面往西飛。」

他露出微笑，但覺得自己的心彷彿要裂成兩半。

他們道別之後，亞瑟看著朋友全副武裝，先跳了一會兒，接著笨拙的升騰入空，螺旋槳旋轉不停，攪起四周的葉子跟塵土。

「亞瑟，」她朝下呼喚，「要勇敢！不要忘記，永遠、永遠不要失去希望！我們很快就會見面，我保證！」

亞瑟揮手道別，仰頭看著崔英特，直到她成為空中的小點，只是一隻往西飛向無垠大海的鳥兒。

沒有崔英特，這天剩下的時光靜得難以忍受。他好想念她，可是仍舊懷抱著繼續往前的動力。

他無法解釋，可是那股動力一直都在——他來到世界上時聽過的那首歌，就是在星辰之間漂浮的那首歌。那天獨自走在漫漫長路上時，當他的心思變得黝暗，回想起院所跟卡邦寇小姐、史尼茲維、骨貪、啃包跟烏艾爾時，就有那首歌陪伴著他。

縱使心懷憂傷，當他注意到精緻美麗的東西，也許是一隻鳥兒、一棵樹木，或是路邊一朵簡單的花兒，就感覺到那首歌浮上了心頭。

夜幕降臨，多虧有松果的地圖，他找到了大森林的入口。他蜷縮在樹幹底部，鑽進毯子底下傾聽著。獨自在黝暗的樹林裡，他感覺夜晚的歌曲就像渴望滔滔湧出，蟾蜍跟小鼠在樹葉間窸窸窣窣，鼴鼠在地底下扒動，蝙蝠在空中俯衝，土撥鼠、刺蝟跟田鼠似乎都在呼喚親愛的人**回家吧、回家吧、回家吧**。

他在野樹林裡又跋涉了兩天，納悶自己到底出不出得去，因為松果在老地圖上指給他看的小徑，可能隨著時間久遠而消失了。可是到了第三天，他如釋重負的看到陽光透過森林的開口傾灑進來。透過開口可以看到陽光普照的田野上有棵樹，這種樹他以前只看過一次，就是在醫護室那次。在畫作裡，它重重掛著結實纍纍的蘋果，這一棵則是長滿了粉紅花朵。

亞瑟穿越果園走出黝暗的樹林，踏上馬路。到了中午，他的身上濺滿泥巴，疲憊不堪的抵達名為流明鎮的白色大城。

17 白色大城

這個城市高高矗立在山丘上。

從遠處望去，它在陽光中閃閃發光，白色塔樓跟尖塔熠熠生輝。在遠古時期，這座城市是用流明石建成的，那是一種純粹的石頭，人們相信它源自光線。大家認為流明石堅不可摧，而且似乎從內部發出光芒。

亞瑟面前是一座龐然的白色拱門，也就是這座城市的城門，他仰頭盯著刻在上頭的文字：

流明鎮

IN LUCUS A NON LUCENDO[1]

刻在城名下方的文字，他看不懂。他在院所裡沒學過拉丁文，只學了這些「實用的」事情，像是用骯髒的冰水將襯衫洗乾淨，或是用很快的速度計算甲蟲裝置，或是學寫「勞役」、「沉默」、「順從」這類重要的字眼。也許有人願意解釋這些字給他聽，也許在這個奇怪的新地方，他可以交到一個朋友。

他站在拱門下方，一腳在城門內，另一腳在城門外，不確定下一步該怎麼走。眼前，大約一百呎之外，有個寬敞的廣場，中央矗立了一根白色尖石碑，高到尖頂消失在雲霄之間。底部刻著一圈拱著背的生物，有動物也有草包，看起來彷彿集體用背部扛起這根柱子。尖石碑兩側各有一座噴泉，中央有個雕像，亞瑟左邊的噴泉裡有個男人屠殺惡龍的雕像；右邊的噴泉雕像是個男人用箭射進獅身鷹首獸的心。

亞瑟無法判斷哪個比較嚇人，男人石像或是那些怪獸。他也納悶，自己是不是精神錯亂才來這裡。他移到拱門側面，在往前走以前，想先好好觀察一番。

廣場對面有條堂皇的大道，是流明鎮的主要幹道。這條大道和從大道分岔出去的街道，也都是用流明石打造而成，在午後陽光中閃閃爍爍。這種炫目的效果幾乎強到令人難以忍受，亞瑟必須用手擋光才能放眼去看。

大道兩側矗立著宏偉的白色建築，尖塔參天。有些設有空中花園，豔紅花朵溢出陽臺，落花像一滴滴鮮血掉在下方的白石街道上。

這些建築表面刻有浮雕飾帶，是神話時代裡，人類跟動物神祇交戰的故事場景。也有滴

---

1 意思是「不合邏輯的推論」。

水嘴獸，皺著臉俯瞰下方。亞瑟想起院所裡那些備受冷落的悲傷滴水嘴獸，雨水像淚滴似的從它們的哀傷雙眼落下。可是流明鎮的白色滴水嘴獸閃閃發光，在這個小孤兒眼裡，既嚇人又美麗，他定在原地不動，身無分文、孤身一人。

人們在廣場裡跟街道上閒逛，可是他們當中沒有任何草包。女士戴著綴有珠寶的束髮帶，以及花朵妝點的複雜大無邊帽，有的手持陽傘或推著裡頭坐著圓胖寶寶的推車，有的跟丈夫或朋友手挽手散步。亞瑟注意到，其中有些女人在帽子底下戴著精美的假髮。他想起卡邦寇小姐，身子一陣哆嗦。

男人戴著白色高帽，穿著時髦的奶油色外套，抽著象牙長菸斗一面漫步。每個男人的帽子頂端都棲著一隻小白鴿，一腳用金色細鍊繫在帽緣上。亞瑟從他駐足的地方，看不出那些小鳥是真是假。他馬上想起崔英特，巴望她就在身邊。

有些男人用鑲鑽牽繩，帶著整潔美麗的白貓散步，那些貓咪尊貴冷漠，隨著人類同伴的步調昂首闊步。亞瑟試著想像貓咪私底下會聊些什麼。**也許總有一天**。他想。**他也能聽懂貓咪的話，就像他能聽懂小鼠跟大鼠的話。也許他甚至能跟牠們以及其他動物說話。**他不知道自己這種天賦有什麼意義，不知道隨著時間過去會不會改變，只知道查出這件事，似乎跟他的命運脫不了關係。

突然間，有個男人騎著奇怪的東西路過他身邊。那是一輛單車，是亞瑟過去在院所裡從未見過的古怪機械裝置，前方有個巨型輪子，後面有個很小的輪子。就亞瑟看來，同時奇特又快速得不得了。接著就在幾呎外的地方，他看到另一個男人駕著更奇怪的機器。男人的單車後頭有個蒸氣發動的引擎，當男人拉動連向把手的槓桿時，單車就會升入空中。亞瑟心生敬畏的看著男人往上騰起，在男士女士散步步道的上方高處飛翔，後頭拖著一道蒸氣雲。

亞瑟深吸一口氣，輕拍自己的耳朵。他想起松果的忠告。他拉出那頂新紅帽，往頭上一戴。天氣暖烘烘的，但寧可熱得不舒服，也不要惹禍上身，因為他確定，沒把紅色毛耳露出來，就已經會招來足夠的麻煩。比起在五月的熱天戴上毛帽，他對糟糕更多倍的事情已經習以為常。

他脫下夾克捲起來，塞進鋪蓋捲。他對在穿過城門之後要往哪裡去毫無概念，但他可以聽到崔英特安慰的聲音，像鈴鐺一樣在腦海裡響起，告訴他要勇敢。

亞瑟從躲藏的地方走出來，拉起衣領、垂下腦袋，直接穿過大門，踏進了流明鎮這個白色大城。這座光之城充滿力量，他的命運就在城裡某個地方。他希望自己找得到，也希望一切順遂。

18 城市之心

亞瑟穿越廣場，往北朝著市中心走。起初他很緊張，可是怪的是，似乎沒人注意到他。彷彿他多年來假裝自己是隱形的，終於成功變成隱形了。人們要不是看起來像陷入沉思，不然就是客客氣氣交談著，所有的孩子都很安靜守規矩，忙著玩氣球或放風箏，或是忙著舔比他們腦袋還大的巨型棒棒糖。那些沿著閃亮步道漫步的人們，臉上都有種滿足跟做夢的神情。

唯一注意到亞瑟的生物是隻貓。牠跟主人在街上跟亞瑟錯身而過時，貓咪對他瞇細眼睛，發出低嘶。雖然他不懂貓咪的語言，至少現在還不懂，但他從牠發出的聲音知道，低嘶的意思不是「哈囉，很高興認識你！」所以他繼續往前走。

他離開大道，踏上一條平靜的小街，街道兩旁都是散發香氣的樹木，悄然無息。除了幾條街以外傳來轟隆聲，還有下方某處隱約的答答聲，放眼不見人影。

路旁林立著巨柱豪宅，用粉紅跟白色大理石建造而成。每個庭院都用細如細金工藝的鍛鐵柵門圍起來，房子前方是精心維護的草坪，有整齊的小小花圃，還有修成貓形的樹雕。**為什麼是貓？**他好奇。

他在玫瑰色的房子前面頓住腳步，往柵門裡一瞥。這是這條街上最美的房子，貼著扇形飾片的角樓、彩繪玻璃、雕刻懸臂梁，還有種滿花卉的陽臺。每個陽臺上都放著一個大金籠，裡面養著鳴鳥。亞瑟動也不動站著，鳥兒的合唱讓他聽得入神。

突然間，他之前聽到的隆隆聲變大了，他轉身看到一輛大馬車朝他衝來。駕駛看到亞瑟時，猛力拉住韁繩，馬車嘎然停下。

「喂！」馬夫大喊，「你想幹麼，在這一帶探頭探腦？」

「我、我在找一棟房子，先生，」亞瑟脫口而出，「廷、廷塔傑路十七號。你、你知不──」

「身上最好要有吊牌，草包，不然你麻煩就大了。」駕駛插嘴。

「不、不好意思，先生，」亞瑟說，「我不懂你的意思。」

「不懂我意思是嗎？」馬夫回答，「很好笑！好了，你給我聽清楚。城裡的這一帶，不是你該來的地方！所以趁你被抓以前，快滾！」

亞瑟張嘴想問，那他**應該**去城裡的哪一帶，可是馬車早已快速衝過轉角，眨眼間就消失了。

大理石街道逐漸變成了鵝卵石道路跟高聳的石砌建築，再來是四層樓高的紅磚房子，房子前側有華麗的商店，亞瑟從來不知道世上竟然有那些商品存在。有家店賣的是大大小小的自動裝置，每個都為了特定的任務打造而成，像是修剪薊草、擦亮獎盃、替八字鬍上蠟、替貓美容、拉緊女用馬甲，或諸如此類的事情。

有家店特別抓住了他的目光，上頭的招牌寫著**川豆比的幼兒火車與玩具店**。

他盡可能拉長身子，往櫥窗裡窺探。眼前是一片神奇樂土，有娃娃、娃娃屋、各種絨毛動物玩具、彈簧小丑盒、提線木偶跟迷你劇場、玩具火車組、桌遊、音樂盒、木馬、穿著蕾絲襯裙的瓷兔。大部分的玩具亞瑟都不認識，它們如此令人著迷，要不是因為店員舉起掃帚趕他走，他就會留下來看著那個櫥窗，永永遠遠。

他閃身躲入一條巷子，從另一條不同種類的街道出來，比較雜亂，但更有活力。街道對面的那間龐大綠屋吸引他走過去，他一路閃躲馬車、拖車跟單車來到對面。那棟建築前方有三個宏偉的巨柱拱形入口，中間那個拱門上方，掛著一個大招牌，寫著**皇家音樂廳**。他想起崔英特跟他說過音樂廳，但是當時他不太相信，人們聚集在一個地方聽人唱歌的念頭太奇特。院所裡是禁止唱歌的。

這棟建築貼著海報，宣布即將上演的節目，有歌劇歌手、熱門的歌舞表演、魔術師、心靈感應師、軟骨表演師、空中飛人等。亞瑟不知道那些是什麼，可是這個地方迷住了他。他環顧四周，想確定沒人在看，然後試拉一扇門。門鎖著。他再次抬頭望著那個招牌，發誓下次要再回來。

音樂廳隔壁是個活力十足的地方，叫做「跳舞烏鴉沙龍」，門上的招牌畫著戴禮帽跟拿枴杖的黑烏鴉；再過去則是一家叫「豬與醃瓜」的酒吧，隔壁是一家叫「銅鯉」的酒吧。

有個男人從最後一個地方踉蹌走出來，一副就快吐的樣子。亞瑟謹慎走過去。「抱、抱歉，先生……我、我在找一個叫廷塔傑路的地方，你有沒有聽過？」

男人一把揪住亞瑟的胳膊。「什麼？你在這裡幹麼？」他口齒不清的說，聲音跟骨貪先生還滿像的。男人把腦袋往右一歪。「滾，草包，快滾！這不是你能來的地方。走啊，快走！」男人稍微推推亞瑟，然後回到店裡。

亞瑟順著男人推他的方向走，深入城市的中心。空氣裡瀰漫著馬糞，以及從每個屋頂的高高煙囪吹出來的煤煙。一輛馬車疾駛而過，然後又一輛，臭兮兮的穢物濺到亞瑟的臉龐跟衣服上。他盡可能把臉抹乾淨，繼續往前走。

不管他往哪裡看，都看得到時鐘。每個入口都有時鐘，每個角落都有鐘塔，人們甚至在手腕上綁著時鐘，或者男人會從口袋裡拉出時鐘，有的時鐘則掛在金鍊上。**這裡沒有蒲公英毛絮或是花鐘**。亞瑟暗想，連帶想起了崔英特。

噪音、氣味跟騷動愈來愈強烈。許多車夫拉著馬跟馬車，劈啪甩動馬鞭，出聲招攬乘客；用蒸氣發電的公共汽車上載滿了人；農人趕著一群群牲畜上市集；掃煙囪的跟擦鞋的用單調的聲音唱誦這項或那項服務，一次一毛錢；清道夫在車流之間穿梭；男人在臨時拼湊的桌子上，賭博或表演魔術把戲；攤販推著推車叫賣商品；小丑踩著高蹺、拋耍柳橙；賣花姑娘兜售著紫羅蘭跟小雛菊；男人販賣寫在羊皮長紙捲上的歌曲，半毛錢一份。

噢，這個世界滿滿都是聲音！亞瑟的紅帽幾乎擋不住那些噪音。他用手壓住耳朵，幫忙擋掉聲音。每個角落跟街上都有彈奏各種樂器的樂手，笛子、提琴、豎琴、風琴、風笛、手風琴、哨子、喇叭跟鼓。孩童唱歌換錢；手搖風琴手帶著猴子表演，有時候三個一排，每個都用不同的調子彈奏著不同歌曲。一切如此混亂，亞瑟甚至聽不出他們在彈奏音樂。音樂在院所裡可是滔天大罪，至少對卡邦寇小姐來說。在這一切喧鬧的聲響底下，是腳蹄踩在鵝卵石街道上、永不停息的喀答聲。在這一切上方，還有一百個教堂時鐘的整點報時，鐘聲隨風飄盪。

有時走起路來險象環生，尤其在跨越街道的時候，亞瑟必須閃躲推車跟馬車、農場動物，還有沿街隆隆行駛的雙層公車。他只看到區區幾個草包，那些人背著或頂著巨大的籃子，裡面裝著石頭跟磚塊，臉龐疲憊陰沉。**其他草包都到哪去了？**

他不知道該往哪裡去。可是那一刻，比起找他出生的那棟房子，他更想找東西吃。當一陣美味的香氣飄過，他就照著自己鼻子的意思行動。他繞過轉角，流明鎮市集就在兩根巨柱之間。

亞瑟吸進所有的氣味——新鮮烘烤的麵餅、司康跟小圓麵包；杏仁蛋糕、醋栗派、櫻桃餡餅、烤蘋果、薑餅、草莓奶油；濃郁可口的乳酪、烤肉，還有各種你想像得到可吃跟可喝的東西。放眼淨是堆積如山的水果跟蔬菜，有蕪菁、綠葉蔬菜、包心菜、豆類，一堆堆的栗子、蘋果、柳橙跟一捆捆的韭蔥。

有個男人拉著一個大拖車路過，上頭堆滿亮橘色的小紅蘿蔔，一面誦唸：「紅蘿蔔跟豆子、紅蘿蔔跟豆子！一束一毛錢，我的紅蘿蔔跟豆子！」

噢，如果現在可以來根紅蘿蔔該有多好！或是麵包，噢，護士萊娜特的奶油麵包！噢，如果我可以嚐嚐派就好了！

接著他就看到了那輛拖車。

是亮紅色跟黃色的拖車，掛在上頭的招牌只有一個字：派。

一個身材結實的金髮婦人，別著油膩膩的圍裙，正拉著派車穿過人群，朝著他的方向走來。「布丁跟派，布丁跟派，來嚐嚐我的布丁跟派！」她扯著嗓門對人群大喊，「甜果派、榲桲派、蘋果派跟莓果派，餡餅有鹹也有甜！」

亞瑟真不敢相信自己的運氣！高高疊起的派，頂端冒著熱氣，四周圍著一圈可口的水果布丁，就像護城河圍著城堡。他趕緊走到拖車那裡。「打、打攪了，女士。不、不好意思。」

女人理都不理他，繼續唱誦著自己的商品，偶爾轉轉保溫器的把手，好讓它繼續運轉。有個客人來了又走。亞瑟扯扯她裙子，再試一次：「不、不好意思，女士。」

「搞什麼？」她低頭一看，見到衣服帽子沾滿泥濘的草包正仰望著她。女人試著把自己的裙子扯開，但亞瑟掐著不放。

「拜、拜託，」他說，「我只是想——」

「放開我！我沒在施捨給乞丐的！」

「抱、抱歉。」他說著放開她的裙子，彆扭的鞠了個躬，「我不是乞丐，我想公公平平的拿東西交換。拜、拜託。」

她腦袋一歪，雙手搭在臀上。「那就來看看吧。動作快，我可沒有整天的閒功夫。」

他急忙解開破爛的包袱，把毯子放在地上，上頭有崔英特的發條老鼠梅林，還有松果的地圖，跟他旅途上蒐集的一堆彩色石子。他舉起夾克，好讓賣派的婦人檢查。「我、我想用夾克換個派。我、我只有這個，我肚子好餓。」

她揪住他的衣領，在他臉前揮拳。「想拿那塊髒死人的破布來換我的派？真厚臉皮！我的派好得不得了！我看起來像是賣髒衣服的人嗎？好了，快滾蛋，要不然我叫警察了，我會叫的！」

有個流浪兒不知打哪兒竄出來，臉龐跟衣服都因為煤灰而黑麻麻，眨眼間就從地上撈起毯子跟裡面的東西，轉身消失在人群裡。

「哼！」女人用鼻子哼了一聲，「活該！」然後猛踢亞瑟的小腿，害得他跌進她的推車，撞歪派餅底下的保溫器。

堆得如山高的派抖動起來。

隆隆作響，搖搖晃晃。

接著往空中一爆。

派餅嘩啦啦的崩落，餅身像維蘇威火山一樣大爆發，餡料、奶油香的派皮跟布丁，灑得整個地上還有五呎之內的人身上都是，包括賣派的婦女，她正扯著嗓子尖叫要警察過來。

就在那一刻，亞瑟做了件跟他未受汙染的心相反的事。他從地上抓起一個沒摔壞的派，用夾克蓋住，然後拔腿就逃。

他衝過人潮洶湧的市集，鑽過拖車底下，在人們跟畜群之間推推擠擠，閃躲雜耍小丑的高蹺。可是就在他抵達廣場另一側時，他絆到一根紅蘿蔔，跌了一跤，把派整個砸爛了。

他又累又餓，不知所措。**讓他們抓到我吧，我沒辦法多走一步了。**他頹倒在一根路燈旁邊，把臉埋在黏呼呼、沾滿莓果的夾克裡，哭了起來。

接著傳來一個和善的聲音。「可憐的小傢伙。可憐、可憐的小傢伙。」一個頭戴烘焙帽、別著烘焙圍裙、面色紅潤的矮小婦人傾過身來，碰碰他的手臂。她往他懷裡塞了個暖暖的小麵包。她正站在拖車旁邊，車上堆著高高的小麵包跟長麵包。他抬起頭，想向她道謝，可是話語卡在喉嚨裡。

「好了，好了，小可愛。吃吧。你很快就會好起來的，你會的。」她這樣說的時候，他的心變得輕盈了點。

她看著他把小麵包撕成兩半，把一半放進夾克口袋晚點吃，那是他在院所裡星期天乳酪日養成的習慣，再快速吞掉另一半。

「可憐的小傢伙，這塊給你在路上吃。」

「謝謝你，」他滿心感激的說，害怕自己又會哭起來。「你、你知道廷塔傑路在哪裡嗎？我家人以前住那邊。」

「我一時也說不上來，小傢伙，不過你往河邊走就能找到路。」

他擠出笑容，向她道別，然後起身離開。

她握住他的手臂，彎身湊過來，要他當心叫做「狗海」的東西。他想像是一大片狂吠的狗，就像院所裡口水流不停的獒犬。「如果你看到他們就趕緊逃，跟我保證你會照做？」

他完全不知道她在說什麼，可是向她保證會乖乖照做。

「這樣才是好孩子。好了，快上路吧，沿著前頭那條街走吧。」她指向從廣場延伸出去的一條窄街，「祝好運，記住我說過的，別忘了快逃。」

亞瑟順著街道遠離那個混亂又迷人的地方，那裡滿是攤販、小偷，以及危險的派。

亞瑟遊蕩了好幾個小時，穿過這條、那條街，有時繞著圈子走，最後才明白下行的街道都會通往河流，上行的街道都會通向山丘頂端的白色塔樓。他試著問人塔廷傑路怎麼走，可是每次發問的時候，那個人要不是不理他、將他推開，不然就是告訴他「回到他屬於的那一邊」。到了這天快結束的時候，因為走在硬邦邦的鵝卵石上，他的雙腳起了水泡也都淤青了。他急著要找到歇腳處。

東方的天空色彩變淡，溼黏的霧氣悄悄飄進城裡。亞瑟穿上夾克，扣好鈕釦，勇往直前。他路過燭光溫暖照亮的舒適住家，可以聽到客廳彈鋼琴的樂音飄過空中，父母對昏昏欲睡說著禱詞的孩子們喊著「晚安、晚安」。他心裡好奇：這麼自在、這麼舒適、安全跟溫暖，會是什麼樣子？

點燈人點燃了整個城市的瓦斯燈，不管是富裕或貧窮的鄰里。亞瑟像個賊似的在陰影裡悄悄走動，對神祕的「狗海」心懷恐懼。**現在該往哪邊走？**他忖度，然後只是不斷的往下、往下、往下行。

19 月亮跟一首歌

他還沒看河流，就先聽到河流的聲音。

也聞到了河流的氣味。

就像院所裡清洗日的溼衣服一樣，河流散發著死魚跟其他形形色色噁心東西的臭氣。河水是髒兮兮的咖啡色，水波上閃著油光、漂著垃圾跟汙物。

這就是崔英特跟他說過的輝煌河流嗎？就是木船揚著鮮豔船帆的那條河？

沿著河岸聚集了小群小群的男女跟孩童，他們圍著用紙、火種跟碎煤點燃的火堆。幽魂似的火焰往上竄，映亮他們悲傷削瘦的臉龐。

隨著夜幕低垂，他們依偎在一起，不是在幽暗的角落裡，不然就是在深處有蒸氣往上升的人孔蓋上，或是倚著河岸上棄置的船舶邊。他們是這座城市裡失落的靈魂，無處可去，沒工作、沒家人、無家可歸，只剩彼此的體溫可以挨過冰冷潮溼的黑夜。

亞瑟尋找可以過夜的地方。現在沒有被子了，只有夾克跟嬰兒毯布塊，還有藏在襯衫口袋、貼著胸口放的金鑰匙。他看到有艘破爛的小艇，陸續有人拆解船身拿來引火用，索性就往小艇旁邊的潮溼地面一坐。

他拿出另一半小麵包迅速吃完，正準備吞掉第二塊小麵包時，注意到有群人聚在一艘棄船附近。從他席地而坐的地方看去，他們看來就像一隻身體凹凹凸凸的野獸影子，瓦斯燈的光束在微風中流動，十二雙眼睛在照明底下閃著黃光。

其中一個人，是個歪牙的男人，盯著亞瑟並伸出手。亞瑟試探的走近那群人，遞出手中的小麵包，男人一把抓走，馬上撕成六小塊，分每人一塊。

「感謝，感謝，」男人咕噥，「祝福你的心。」

亞瑟對男人點點頭，回到自己的位置。他可以聽到那群人裡，一個一身破布的老女人用淡漠的聲音說：「心？這個世界不再是給有心的人住的地方了。」她對自己嘀咕了一會兒後睡去，一切又陷入靜寂。

亞瑟拉住髒兮兮的夾克，將身子裹得更緊，然後往下躺在地上，背部抵著舊小艇。

他望著船舶在夜裡的影子，水面上的黝暗形狀上下起伏不停。有艘船在河面上來回駛幾次，船首發出昏暗的紅光。他可以看到船上有人影下來，沿著河岸搜尋，他不知道那些人要找什麼，心中納悶，他們是不是也很寂寞，不然為什麼沒跟家人一起在家裡？他想起松果，在舒適的樹木裡蓋好被子躺在床上；還有崔英特，在舅舅位於海邊的家裡平安無事。那棟房子是什麼模樣？她在那裡快樂嗎？他希望很快就能接到她的消息。他也想起院所裡的孤兒們，有那麼一瞬間，他巴不得回到那裡，回到那個充滿殘酷與掛鐘的恐怖地方，至少在那裡，他有張床、毯子跟一碗冰冷的燕麥粥。

他躺著不動，傾聽水波帶有節奏的拍響，就像他不安的心在跳動。他從來沒見過河流，他心想，儘管這裡臭氣薰天，悲哀的受到忽視，還是有某種壯麗的感覺。風向改變的時候，亞瑟甚至可以聞到城市之外的海洋氣息。**崔英特現在一定就在那邊了**。他想。那是一種鹹鹹的新鮮氣味，那個味道代表著希望跟冒險，代表著其他土地、船舶、海鳥、故事跟飛越藍綠海浪的海豚。

河流對面的某個地方，有個女人對孩子唱起搖籃曲：「**睡吧，我的寶貝，睡吧。夢你神奇的夢，睡吧……**」她的嗓音甜美清澈。亞瑟定定躺著，驚奇的聆聽，因為動聽的歌曲而情緒激動。多麼不可思議啊！他暗想，在這個城裡，大家竟然可以公開唱歌，而不會受到懲罰。這個念頭令他驚愕不已。

他想起久遠以前自己聽過的搖籃曲，希望自己還記得歌詞。那首歌結束時，亞瑟盯著河面上舞動的光線，試著讓自己入眠。他往上一看，看到月亮高掛在城市上方，那個曾經在無數夜晚為他帶來安慰的老朋友。而他許過願的星辰，因為上千盞瓦斯燈的光芒而變得無法辨別——可是無所謂。他閉上雙眼，想到跟崔英特共度的那個神奇夜晚，那時他對星辰許了願。他漸漸飄入夢鄉時，有月亮、那首歌，還有對朋友的回憶，就已經足夠了。

20 昆塔斯

「唷，唷！這邊有什麼？是死還是活？我好奇，我好奇……」

一隻戴著油膩紅絨毛帽、一身燕尾服的草包大鼠俯看睡著的生物，用棕色大腳趾推了推他。亞瑟發出嗚咽，翻身仰躺之後打起鼾來。

「睡得跟寶寶似的，」大鼠喃喃自語，「我很喜歡他們睡得這麼熟。」

這隻大鼠對草包來說很高䠷，將近五呎[1]，外套背部有兩道細縫，像翅膀的皮鰭從縫裡伸出來。河面上的風勢增強時，那兩根皮鰭隨之波動。

大鼠嗅嗅空氣：煤煙、炸魚跟咖啡。這個世界正在甦醒。

街道過去的地方，喚醒工正用長桿答答敲著窗玻璃，要把睡夢中的苦力、魚販、其他買不起時鐘或手錶的人喚醒。大鼠查查自己的懷錶，那是個閃亮的銅製東西，上頭刻著這些字眼：「獻給露露，我害羞的新娘，永遠愛你，方沃斯」。他試過要除掉這些刻字但不怎麼成

1 152 公分左右。

功。他把錶舉到耳畔，錶在一個小時前停擺了。他往上瞥瞥背後的鐘塔，然後轉動懷錶側面的小旋鈕，齒輪喀答轉動起來。

「時間不等人啊，昆塔斯老弟，行動吧。」

他搓搓毛茸茸的雙手，貪婪又期待，然後開始動工。

他從自己的外套裡拉出一個小布袋，這件外套到處是密袋、古怪的小工具，還有象牙柄的小折刀。他繼續往下彎身，往那個睡夢中的生物湊得更近，視線突然定在那頂帽子上。「這是什麼？這是什麼？噢，昆塔斯，你就愛料子好的紅帽子啊！」他開始往帽子伸手，但制止自己。「你知道規則的，昆塔斯！規則可是你自己訂的喔。」

他偷走亞瑟口袋裡的東西時，一面輕輕唱著歌：

口袋、銅板、漂亮東西為第一；
把布袋塞到滿是東西。
第二目標就是高帽子、窄緣帽子。
無邊女帽跟男士小圓帽，這些是等人摘取的成熟果子！
再來上酒吧享用羊肉配麥酒
最後戴禮帽穿燕尾服回街頭。

大鼠先在亞瑟的夾克左邊口袋裡摸摸找找，什麼都沒有。接著他檢查右邊口袋。「這邊有什麼呢？」他一邊自言自語，一邊小心把裡面的東西抽出來：一朵壓扁的紫丁香、三顆小石子、一小片地衣。這些東西對他來說都沒用，於是一把扔在地上。不過卡在口袋底部有個大獎，用一小張紙包著。**好運道、好運道啊，昆塔斯！**這可是一枚扎扎實實的金幣呢。「這個可是好東西。」他興奮的喃喃，咬了硬幣邊緣一下，然後收進口袋。大鼠從背心抽出鏡片，掃視護士萊娜特留的紙條，然後雙眼一亮。

「今天出運嘍，昆塔斯。沒錯！今天是你福星高照的日子。」

他把紙條塞進背心，繼續搜尋。

亞瑟醒來時，大鼠正要搜他的襯衫口袋，他的藍色小包袱就藏在那裡。亞瑟發出語意模糊的叫喊，用雙手掩住臉龐。「拜、拜託不要吃我！拜託，我求你！」

「吃你？你在胡說什麼？」大鼠說，「我沒有要傷害你的意思！我是來幫你的，真的。」他清清喉嚨，挺起胸膛說：「剛剛看到有小偷翻你的口袋，我把他趕走了。」

亞瑟透過雙手的縫隙瞅著大鼠。**是**隻大鼠沒錯，但不是烏艾爾。

「好了，來吧，」大鼠說，「不用害怕。喏，讓我扶你起來，這樣才乖。」

亞瑟讓大鼠扶他起來。他覺得有點頭昏腦脹，渾身痠痛。他拍拍身上的塵土，往後退一步。「你、你是……有……有**翅膀**的大鼠草、草包？」

大鼠噗哧一笑，不帶惡意。「首先，是鰭，不是翅膀。其次，你是個沒尾巴的好笑小狐狸人。那又怎樣？說實在的，我們不都一樣嗎？好了，來吧，我的小子，我只是想幫你。在城裡，你看起來需要一個夥伴陪同，尤其到處都有小偷。」

「反正我身上也沒什麼好偷的。」亞瑟聳聳肩說。他想起自己前一天偷過的派，心頭湧上一陣羞恥。

大鼠挑起一眉。「嗯，你說沒什麼好偷的？連個銅板也沒有嗎？」

「即使我看到，也不會知道是銅板。」亞瑟說。

「欸，」大鼠說，「不願冒險很難成事啊。可是瞧瞧你，都快餓壞了，我還在講什麼小偷的事。」他從自己的一邊口袋裡拿出走味的麵包皮跟小塊乳酪，遞給亞瑟。「給你一點好吃的，這樣才乖。盡情的吃吧。」

亞瑟幾秒鐘內就把東西掃個精光。

「謝、謝謝你，」亞瑟難為情的說，「我滿餓的。」

「看得出來。嗯……」他搔搔多毛的棕色口鼻下方，「好了，你有什麼打算？」

「什麼意思？」

「你這樣一個有禮貌的小傢伙獨自在大城市裡幹麼？」

「我在找一個叫廷塔傑路的地方，你知道在哪裡嗎？」

「廷塔傑是嗎？那邊有家人是嗎？」

「也、也不算。」亞瑟說，「我、我想應該沒有了，可是我還是想找到那個地方。」

「唔，我還不確定，可是我可以幫你一起找，如果你想要的話。」

「可以嗎？」亞瑟雙眼一亮，「拜託，先生，如果你不介意的話，我會很感激的。」

大鼠露出深思的模樣，捋著一根鬍鬚。「我相信，那條街——如果就是我想的那條——還滿難找的。而且注意，是在危險的地方，不能自己一個人去，這點很肯定。需要有個嚮導。是這樣的，小子，自己一個人在城裡打轉，不是件輕鬆的事。要在這個地方亂走亂逛以前，要先學會不少事情。」

亞瑟的臉一沉。

「開心點，小子！我會幫你的。可是重要的事情先辦。你需要來盤熱菜跟好酒，然後我們可以想想要拿你怎麼辦。可能要花點時間才能找到你那個地方，而且你可能想要有張好床過夜。這樣不是很棒嗎？羽毛床跟枕頭，就像國王一樣享受？」大鼠說。

亞瑟瞪大雙眼。

「聽著，小子，」大鼠說下去，「這是個邪惡的時代，邪惡的時代啊。身邊最好有個朋友作伴，如果你懂我意思。」

亞瑟仰頭盯著大鼠，充滿不確定，又懷抱著希望，依然飢腸轆轆。

「欸，我都忘了禮貌了！」大鼠驚呼，然後摘下帽子，使勁一鞠躬。「我叫昆塔斯，專門從事買賣。小伙子，你貴姓大名？」

亞瑟不確定該說什麼。在這個滿是陌生人的城市裡，他叫什麼名字都可以，他甚至可以替自己編幾個假名，可是他並不想。在他的心裡，可以看到崔英特明亮的臉龐跟藍寶石般的雙眸。「我、我叫亞瑟。」他猶豫不決的摘下帽子，行了禮之後又把帽子戴回去。

大鼠看到亞瑟的耳朵時，挑起一眉，可是沒說什麼。「亞瑟啊，」他慢吞吞的說，彷彿是個外國字眼，而且有點不討喜。「亞瑟，亞瑟……算不上是個名字，是吧？唔，不過，名字又有什麼重要的？先讓你好好吃頓早餐再說吧，瑟仔。我知道個好地方。往這邊走，跟我來。」

亞瑟不確定。他該信任這隻大鼠嗎？崔英特會怎麼做？她會說，要勇敢。這隻大鼠說會幫他找到廷塔傑路，也許這隻大鼠是他命運的一部分。雖然他無法想像，可是他經歷過更奇怪的事情。

接著大鼠說了神奇的字眼。「聽著，瑟仔，你有沒有聽過乳酪烤土司？」

亞瑟的耳朵一豎。「沒有，先生！我沒聽過。不、不過，拜託，先生，我會很喜歡的！」

「好了，那你就吃乳酪烤土司吧！昆塔斯向來說話算話！」

亞瑟轉向街道，可是昆塔斯揪住他的胳膊。

「不是往那邊，」他低聲說，「我們要越過臭底橋。跟我走，照我說的做，這樣才乖。」然後勾住亞瑟的手臂，「注意了，如果沒朋友，這個城市是個靠不住的地方。噢，對了，我們過橋到另一邊以前，最好掐住鼻子。」

橋的入口站著一個身材魁梧的警察，腰帶上掛著短棍。昆塔斯對男人舉帽致意。「早安啊，弗路普警長。」昆塔斯邊說邊塞了枚銅板進男人的手心。

警察點點頭，手指輕拍鼻翼，壓低嗓門說：「注意了，老兄。風向變了，當心點。」

「好的。」昆塔斯說，微微挑眉，再次舉帽致意之後，帶著亞瑟繼續往前走。

21 高帽跟普眾

亞瑟跟大鼠過橋的時候，太陽在城市上方升起，沿著欄杆，有一群群林鴿跟烏鴉爭搶死魚碎塊。這座年久失修的橋散發著悲哀的氣氛，兩側的雕像被煤灰弄得黑漆漆，那些雕像是女人臉龐搭配天鵝身體與翅膀的生物。

「整個城裡有十三座橋啊，小子，十三座。可是草包只能走這一座，別忘了這點，違規的後果不堪設想呢。」

「好。」亞瑟說，忍不住覺得這座城市跟自己的命運有些關連，因為這裡有十三座橋。這算好運還是霉運？

昆塔斯告訴他，更往上游去，河水就會新鮮清澈，可是流過臭底橋下的水是泥濘的顏色，氣味就跟昨晚相同——東西死掉、垃圾、油脂混雜而成的惡臭。

那個氣味讓亞瑟想起烏艾爾的氣息，他把那個想法推開。

「昆、昆塔斯先生，」亞瑟說，「這條河叫什麼名字？」

昆塔斯放聲一笑。「就跟這座老橋一樣啊：臭底河。可是不是一直都叫這個名字。原本叫什麼我也說不上來，很久以前就失去名字了。可是這座橋的名字我還記得，好幾年前叫金天鵝橋，看到那些天鵝女士雕像了吧？雖然表面沾滿了髒東西，底下可是扎扎實實的黃金做成的呢！」

他們越過橋之後，有個腦袋形狀像茶杯的惡劣矮男人正在等他們。他的腰間是個用皮帶繫住的銅盒，肩上坐著一隻機械猴子。猴子跳到他們前方，開始吱吱尖叫。「付過路費！付過路費！付過路費！」

「你聽到猴子說的了，」男人喝叱，「付過路費，我可沒整天時間。」昆塔斯遲疑的從背心掏出兩枚半分錢，銅板一拋進猴子的掌心，猴掌馬上猛地合起來。猴子攀上男人的腿，打開盒子，將銅板丟進去，再跳回男人的肩上。

「這些專收過路費的猴子，」昆塔斯邊說邊把亞瑟拉開，「我真不喜歡這些小騙子。」

他們不用走多遠就找到吃的。沿著河畔有棟破敗的建築，就像船一樣外牆呈弓形，褪色的招牌寫著「天鵝與哨子」。門上有幅粗糙的圖案畫著一隻金天鵝，整個建築物底部因為水藻而泛綠，彷彿有人剛剛才從河底把它打撈出來，用力放在河岸上。

裡面的一切都以天鵝為主題，天鵝燈、每張桌子都刻著天鵝，甚至陶製餐具上頭也都有天鵝。這個地方骯髒陰暗，但亞瑟不在乎，他聞到油炸馬鈴薯、烘烤麵包，還有各式好料的氣味從廚房飄出來。最棒的是，酒館中央有三個樂手正用提琴、豎琴跟鼓彈奏一首輕快的舞曲，就像他昨天晚上聽女人唱搖籃曲一樣，他也將音樂好好聽進心裡，讓它流過他全身，就像太久沒喝水或缺空氣的孩子。

「你還好嗎？」昆塔斯問。

「我只、只是喜歡音樂。是這樣的，我以前住的那個地方……」他頓住，「算了。這裡真不錯。」然後面帶笑容說，「謝謝你。」

正值清晨時分，整個地方坐滿苦力、魚販跟這類的人，想在上工之前快快塞點東西進肚子，可是放眼不見草包。

「我可、可以嗎？我是草……？」

「你是說在這裡吃東西嗎？」昆塔斯哈哈大笑，「當然沒關係，看看那邊的麗莎。」他邊說邊指著朝他們這桌走來的胖女服務生。

亞瑟看到她有個豬鼻子跟迷你的粉紅耳朵。

「還有尾巴呢，」昆塔斯說，「而且她還很得意。欸，瞧瞧我。瞧瞧我背上的鰭。我有沒有把它們藏起來啊？沒有，我很引以為榮。你儘管把帽子摘了，老弟。在河流這一邊，沒人在乎你有一個還是二十個耳朵。」他環顧房間，然後壓低嗓門，「只要你付錢打通關卡就會好好的，小子，好好的。還有要結交有權勢的人當朋友，如果你懂我意思。」

亞瑟點點頭，可是完全不懂大鼠的意思。

昆塔斯點了豐盛的早餐：炒蛋跟馬鈴薯、蘑菇、豆子、炸番茄、醃鯡魚、土司，最後還點了乳酪烤土司。「聽著，親愛的，」他對女服務生說，閃了閃那枚偷來的金幣，然後塞回自己的口袋。「把乳酪烤土司弄得又濃又香，這邊這個小伙子可是乳酪的行家喔。」

「噢，可開心嘍，」麗莎說，「看來，昆塔斯今天走運了。」她對大鼠眨眨眼，大鼠也眨回去並咧嘴笑著。

早餐送來的時候，亞瑟脫掉帽子，埋頭猛吃。食物油膩、雞蛋半熟、馬鈴薯太生，可是對亞瑟來說，已經如同天堂美饌，尤其是乳酪烤土司。熱呼呼的土司燙到他的舌頭了，可是他不在乎。土司奶味很重，絕對又濃又香，是他這輩子嚐過最美味的東西。

亞瑟填飽肚子後心滿意足，跟大鼠提起一點關於他旅程的事——他走了多遠，從什麼樣可怕的地方來。昆塔斯一臉佩服，不停說著：「說下去，說下去，我洗耳恭聽，真的。」或是「你這小子真勇敢，自己一個人進**野樹林**！」

亞瑟沒提崔英特的事。他不確定談自己的經歷時，為何沒提起她。也許因為他喜歡被人稱讚勇敢，也許因為他從經驗知道，有些事情最好藏著別說，即使你還不知道原因何在。

結帳的時候到了，昆塔斯拿出他從亞瑟夾克裡偷來的金幣，闊氣的結了帳。

「好了，剛剛那是一頓高帽早餐。」他們離開的時候，昆塔斯說。

「高帽？什麼是高帽？」

「『什麼是高帽？』聽聽他說的話！大家都知道什麼是高帽啊。唔，不會吧，可別告訴我，你也不知道什麼是普眾？」

「普、普眾？不知道。」亞瑟搖著腦袋說。

昆塔斯嘆了口氣。「有這麼多事情要學，時間卻少得可憐。今天的頭一堂課：高帽。那些人戴著跟你站起來一樣高的白帽，他們的態度高高在上，住在山丘上那些閃亮白房子跟漂亮粉紅的住家。可是往那邊瞧瞧，」昆塔斯指出窗外，橋下河畔那些陰影籠罩的地方。「看到那些蹲在黑暗裡的傢伙了嗎？那些就是『普眾』。是流明鎮低層裡的最低層。可別成為他們其中一個，千萬不要，這輩子都不要，懂了沒？而且相信我，還有比那個更慘的事。」

亞瑟想到昨天晚上，在碼頭邊窩在一起的人們。他想起送他小麵包的和善烘焙師，還有她警告過他「狗海」的事。他要怎麼學會所有該知道的事？這個城市顯然是個神祕複雜的地方，他知道自己需要幫忙。接著大鼠昆塔斯彷彿懂得了他的心思，湊過來並說：「你需要的是個嚮導，一個老師。我正好是適合的人選。你覺得如何，小子，瑟仔？」

「真的嗎？那就太好了，先生，可是……」

「是的，小子？怎麼了，有疑慮嗎？」

「只是……你保證會幫我一起找到那條街嗎？是這樣的，這件事情很重要，我非找到不可。」

「我當然會幫你！我這個人說話算話。可是你首先需要受點訓練。這個城市裡是有規則的，如果你不知道怎麼應付，永遠都找不到那條廷廷坦格里路什麼的。所以你覺得怎樣？要跟我一道走，還是留下來自力更生？」

「我、我想跟你一起走，昆塔斯。真的可以嗎？」

昆塔斯猛拍亞瑟的背一下。「聰明的小子！聽好了。有我的幫忙，你在一個星期內就會對這個城市瞭若指掌，沒有一個地方不認識。讓昆塔斯當你的嚮導。可是暫時呢，我們最好先到歧路莊園去。」

「歧路莊園？」亞瑟說。

「就是我家，小子。**家**。如果你好好表現，也可以把那裡當自己的家。」

22 鴿子跟灰塵

昆塔斯查了查懷錶，發出嘖嘖聲，然後交代亞瑟把帽子戴回去。亞瑟尾隨大鼠穿過迷宮般的窄小街道，街道旁邊淨是些陰暗低矮的房子，半被霧氣遮住。流明鎮的另一側沒有清道夫，道路跟房子一律蒙著灰塵，甚至連人、草包跟動物都蓋著厚厚一層混雜了煤灰的白粉塵。在這裡，河流的這一側，世界灰得不得了，就像卡邦寇小姐的院所。

還有到處都是鴿子，從每個屋頂、鳥巢、窗櫺跟煙囪頂飛起。不管亞瑟往哪裡看，除了看到鴿子跟灰塵，還是鴿子跟灰塵。

昆塔斯吹著一曲小調，一面領著亞瑟路過空蕩蕩的商家，褪色的招牌上寫著**店面出租**，店門都掛著吊鎖，窗戶護板關起，牆壁骯髒腐爛。那些營業中的商店，看起來則是無人理會，店裡一片陰暗。

他們攀過一道矮石牆，穿過雜草叢生的廢棄公園，接著路過濟貧院跟紅磚公寓，那裡的欄杆上掛滿破布，也路過扛著包袱的人們以及拉著笨重拖車的草包。霧濛濛的空氣混雜了腐爛水果跟魚肉的氣味。沿著臭氣薰天的街道走的時候，每個角落跟每棟建築的時鐘都滴答滴答響不停。

在某條街道上，他們路過一個穿戴著骯髒灰帽跟燕尾服的男人，對著鍊在牆上的大黑熊劈啪甩著鞭子，強迫牠為逐漸圍觀的群眾跳起緩慢笨拙的華爾滋。亞瑟莫名想幫忙那頭可憐的野獸，可是昆塔斯把他拉走，一面說著：「動作快，我親愛的。我們無能為力。來吧。」

「昆塔斯，」他們走了一陣子以後，亞瑟說。「草包都住哪裡？」

「你等著看吧，」大鼠說，「快到了，就快到了。」

不久之後，他們來到一個陰鬱的區域，四周圍繞著帶刺鐵絲網，一棟又一棟的廉價公寓外牆漆著同樣黯淡的灰色，屋頂上有一排排臨時拼湊的煙囪，頻頻吐出黑煙。這些建築完全是用廢棄物品拼組起來的——木片、金屬、一段段水管、舊鞋、陶器碎片、故障的玩具跟鍋具。亞瑟看到的生物只有兩三個毛茸茸的臉龐，從上方的小小窄窗往外窺看。

「這是哪裡？其他人都到哪去了？」亞瑟問。

「在河流對岸賣命做工吧。他們還算運氣好的呢！」

通往這個「鄰里」（沒有更貼切的字眼可以形容）的入口，有個大大的標誌寫著**布路民鎮**，亞瑟瞇眼看著下面的小字。

上面寫著D·O·G·C·。

他把這幾個字母逐一唸出來，滿頭霧水，接著他把它們當成一個字，一口氣說出來，然後倒抽一口氣。D·O·G·C·唸起來就是「狗海」！也許它的意思是「狗看到」[1]，表示那裡有頭獨眼巨犬怪物，不管亞瑟走到哪裡，牠都看得見，就像卡邦寇小姐那座全景高塔。

他想起女烘焙師警告他的那些可怕話語：**別忘了快逃**。

於是他照做了。

亞瑟四處逃竄，最後在一陣耗盡體力的追逐過後，昆塔斯終於發現他躲在一輛驢子拖車底下。大鼠花了點時間，終於把那個可憐的生物哄出來。「聽著，我的小子，有幾件事必須讓你知道。」

昆塔斯解釋，D．O．G．C．的意思是「草包控制局」（Department of Grounding Control），他們掌管整片土地。「以前他們只負責管草包，人類由警察管，可是時代變了。」

昆塔斯繼續說，現在位階比草包控制局還高的只有高帽那群菁英團體，五個兄弟全權掌握了整座城市跟土地，連警察跟政府部門都要聽命於D．O．G．C．，包括「任性與私生生物保護部」。

「我知道他們是誰。」亞瑟回答。**星期天乳酪日**。

亞瑟問，歧路莊園是不是就在歪歪扭扭的灰色建築跟帶刺鐵絲籬笆裡面，現在兩人已經把那個地方拋在後頭。

「布路民鎮？我的天，絕對不是！聽好了，我在你這個年紀的時候，大概三十年前吧，那個地方本來漂亮得跟畫似的，放眼看去全都是長滿花朵的田野。可是我這類的人現在不住那種地方了，絕對不可能。」

「為什麼不可能？」亞瑟問。

「今天的第二項功課：不是所有的草包都住陷在塵土裡的灰色大房子。」他用胳膊搭住亞瑟的肩，「有更糟，糟更多的地方，也有更好的地方。我住的地方是最棒中的最棒，你等著瞧吧。」

他們繞過轉角，再繞過轉角，最後到了一條過去名叫威金斯巷的街道，那裡如今只剩一棟房子：歧路莊園。

1 D·O·G三個字母拼起來是「狗」，字母C則跟Sea（海）、see（看）同音。

23 歧路莊園

頭一眼望去，這個地方一副因為無人維護而荒廢的樣子。這棟房子邀請了樹木跟矮叢進來，還有松鼠、負鼠、鳥兒跟老鼠。接著其他動物也來了，瞧不起D．O．G．C招牌底下那些歪扭的灰色建築，但無處可去的草包們也來到這裡。

房子外頭覆蓋著常春藤、鳥巢、蜂巢，各種植物跟藤蔓爬進了每個窗戶跟門，擋住了大多的陽光，除了頂樓之外。入口上方曾經有個招牌寫著「威菲德莊園」（WILFRED MANOR），可是有人把F劃掉，塞進一個D跟一個E[1]，變成歧路莊園。

昆塔斯彎下身子，牢牢揪住亞瑟的肩膀，直直望進他眼睛並說：「好了，一旦進到裡面，不管我說什麼，我做什麼你就做什麼，懂了沒？還有，幫個忙，講話儘量不要口吃，摘下帽子的時候，耳朵也不要抖。很難看。抬頭挺胸啊，小子。你可不想淪落到臭底橋底下或是更糟的地方吧？」

亞瑟微微發顫，點點頭。「我……我儘量，昆塔斯，我保證。」

「好小子，」昆塔斯說，「這就對了！」他用一把生鏽的舊鑰匙打開門，把亞瑟拉進去。

他帶著亞瑟穿過陰暗的長走廊，到了一組搖搖欲墜的樓梯，上頭長滿了多葉的藤蔓。亞瑟可以聽到幾十隻小小生物在黑暗中快跑。

「小心腳步，」昆塔斯說，「我們讓樓下保持昏暗，免得有人多管閒事。」

有人用巨大的蕪菁做了個燭臺，放在底階那裡。昆塔斯提起燈，用手勢要亞瑟隨他上樓。「最好不要用手碰欄杆。」他說，指著在黑暗中發亮的幾十隻小眼睛。

到了樓梯頂端，昆塔斯右轉踏進一個偌大的房間，中間擺了張長方形的大桌，上方有個水晶吊燈，蒙著蛛網跟汙垢。昆塔斯發出高亢的哨聲，每個角落馬上傳出急忙的腳步聲，一幫衣衫襤褸的生物從陰影裡蹦蹦跳跳走出來。

「集合啊，我親愛的，集合了。」

這群生物在昆塔斯跟亞瑟四周圍成半圓，有各種外形、大小跟年齡，雖然沒人看起來跟亞瑟一樣小。一隻結合了鼴鼠與豪豬的肥胖草包、一隻白鼬草包，還有半是英國賽特犬的草包、食蟻獸草包、浣熊草包、一臉嚴峻的兔人，以及戴著深綠窄緣帽的生物。亞瑟從沒見過長相這麼奇特的草包，他有著指猴[2]的臉龐跟駝背又矮的男人身體。

「這就是我那群忠誠的廢物們，」昆塔斯帶著顯而易見的得意跟深情說，然後指向戴著深

---

1 也就是迷失、迷途之意（Wildered）。

2 指猴是夜行性的靈長類動物，住在馬達加斯加，不過牠們並不會戴窄緣帽。在流明鎮，指猴草包很罕見。

綠窄緣帽的草包說，「小妖，能不能麻煩你？」

在蕪菁燈的照明之下，每個人投射在牆上的影子都放大了，就像某種讓人發毛的皮影戲，在亞瑟上方盤旋。亞瑟抖了抖身子，深吸一口氣。

叫小妖的駝背生物僵硬的鞠了個躬，然後意興闌珊說：「是的，昆塔斯老爺，我很樂意。」這個草包有很大的凸眼，皺起的扭曲臉龐，看起來彷彿有個壯碩的人剛剛往他身上一坐。他堅韌的黑耳也很大，兩根大大的黃牙從迷小的粉紅嘴巴冒出來，嘴巴微微彎成了笑容。亞瑟看不出那抹笑容是猙獰或是和善。

「好了。」小妖說著便介紹起其他幾位，一面用骨節粗大的長指頭輪流指著每個人。小妖每講到他們的名字，那個人就會鞠躬。「這兩位是棘刺跟掐掐，」他指著鼴鼠與豪豬合體跟那隻浣熊。「左邊這兩位是狗釘跟尖吱。」他指著狗男孩跟鼬草包。「你右邊這個是嘎吱。」兔人對著亞瑟瞇起眼睛，大聲按著指節。「她是強壯又安靜的那種類型。還有，噢，那邊那個是骨白。」高䠷的白食蟻獸草包用奶白色的雙眼瞅著亞瑟，扭著臉龐，露出像蛇一樣的粉紅長舌。「就這樣了，都介紹完了。」

不確定的時候，行禮就對了。亞瑟心想，所以他就行個禮。

昆塔斯清清喉嚨。

「噢，我的天，」小妖說，語氣隱含諷刺。「我都忘了禮貌了！你是？」

亞瑟張嘴正要說話，昆塔斯搶話。「不用急，小妖。」他推推亞瑟說，「摘下帽子，小子，讓大家看看你有什麼料。甭害羞。」

亞瑟不知道他們會拍他的背、狠狠揍他一頓，還是吃了他或更糟。也許他們就是D·O·G·C·。可是現在要逃已經太遲，他緩緩摘下紅帽。

昆塔斯確實拍了拍他的背，然後伸手攬住他，彷彿他們是老朋友似的。

「好了，聽好了，」昆塔斯說，「這傢伙很特別。一半狐狸——一看就知道。狐狸啊狡猾又聰明。然後看看那隻耳朵，毛茸茸的很不錯吧？」整群人湊近觀察亞瑟的耳朵，「打架弄掉了另一邊耳朵。」生物們同聲發出各種聲音表示贊同，「現在給他們瞧瞧你的牙齒。來吧，張開嘴。」亞瑟困惑不已，但還是乖乖張開嘴巴，要不然他還能怎麼辦？「跟剃刀一樣銳利呢！牙齒好、鼻子好，留了一兩道戰鬥傷疤，更不要提——」昆塔斯為了製造效果而稍作停頓，「這傢伙可是從戒備森嚴的**監牢**裡逃出來，獨自穿越窮鄉僻壤，還穿過了……聽好……**野樹林**呢。」

「天啊。」尖吱說，扯著自己的一根鬍鬚，這隻鼬顯然很折服。「很遠耶，而且還很危險。」其他人悶哼表示贊同，除了小妖之外，他一臉窮極無聊，開始從毛皮裡挑出寄生蟲卵，一口吃掉。

「好了，聽好了，你們大家，」昆塔斯說，「他是生手，可是很有膽量。我真的相信他配得上這份工作，希望他留下來的人就說『贊成』。」

工作？什麼樣的工作？亞瑟納悶。**那麼廷塔傑路房子的事情怎麼辦？**

每個人都舉起手或掌，並說「贊成」。小妖遲疑片刻，然後翻了翻白眼並沙啞的說：「好吧，贊成。」

「太好了！」昆塔斯說，「行個禮吧，大釘小子，行個禮！」

亞瑟環顧四周，尋找叫大釘的生物，可是沒人行禮。昆塔斯輕輕將他往前推。「行禮啊，**大釘**，幫個忙吧。」

然後他明白了。

抱歉，崔英特。他暗想。亞瑟深吸一口氣，在昆塔斯跟其他人面前鞠了躬，一面揮別他那個美麗的名字——來自傳奇、友誼與愛的名字。

24 如果桌子會說話

前往流明鎮的路上，在一棵古老樹木的核心，擺了張橡木做成的大圓桌。桌子邊緣布滿了深深的刻痕，來自一個不再有人說的語言，這個語言只有樹木才懂。穿著拼布綠衣的一家人剛剛吃完晚飯，正圍坐桌邊閒聊。其中一個孩子，最小的那個，因為在林子裡玩了一整天而疲累不已，坐在椅子裡睡著了。男孩夢見一場歷險，夢見兩個他希望再見到面的勇敢朋友：一個狐狸草包跟一隻沒翅膀的鳥兒。

北邊，一條蜿蜒大河的對岸有一棟散發被遺忘跟塵埃氣息的房子。在一間跟森林一樣蠻荒的房間裡，擺了另一張桌子，桌子由桃花心木打造而成，鑲嵌著珍珠母。許久以前，這張桌上曾經擺著用銀色托盤盛裝的奢華盛宴，以及用黃金製成的杯子與碟子。好幾代以來，有個家族在那裡聚集，上方的水晶吊燈映亮他們的臉龐。他們圍坐在桌子旁邊，享用鵪鶉蛋、魚子醬跟孔雀派，來自遠地的魔術師跟樂手在他們面前表演。可是現在，桌上留著爪痕，蓋滿油漬跟黴菌，成為滑頭、騙徒跟小偷流連的地方。

往西邊，海邊的一個安靜小鎮裡，擺著另一張桌子。這張桌子小而堅實，跟窩巢一樣圓，由漂流木、海玻璃、鐵片跟貝殼建成，邊緣有鳥兒的棲座。這張桌子就在一間樹屋裡面，屋裡放滿齒輪、滑輪跟各種小鳥大小的修補工具。在這片風兒吹掃的海岸上，方圓幾英哩只有這棵樹。

夜幕降臨。在一個由螢火蟲跟螢光蟲點亮的房間裡，兩隻小小的羽毛生物說著故事，一面用靈巧的嘴喙跟雙腳，捶打跟鑄造新的發明物。年輕點的那個講到故事裡她跟朋友越過巨大石牆，獲得自由的那部分時，興奮得跳上跳下。這個故事她已經反覆跟舅舅講過很多回，可是每次只要提起，就會稍微加油添醋或加重轉折。「等我們弄完這個，」她提醒舅舅，「我就會找到他，等著吧。」

最後一張桌子的材質是閃亮的鋼鐵跟銅，摸起來冷冰冰，邊緣如此尖銳，可能會割傷人。這張桌子擺在光禿禿的房間裡，桌面上蝕刻著鷹的輪廓，戴著橘色假髮的高䠷女人在桌上攤開一張地圖，她跟她的兩個同伴都往前傾身想看個清楚。其中一位是蒼白的男人，他焦躁不安，穿著不合身的西裝，終於釋放他一直強壓下來的噴嚏，滴落的鼻水默默濺在地圖上，糊掉了墨水。女人用指節狠狠敲他頭頂，蹲在她旁邊凳子上的大鼠草包對著男人偷偷閃現一抹勝利的笑容。大鼠過去散發惡臭，現在卻像甜膩到噁心的百合花束，脖子上圍著黃色絲巾，是頂著豔橘色假髮的新贊助者所送的禮物。

「那裡，」女人說，輕拍地圖上的某個點。「找到它，把它帶回來，也把設計圖帶回來。

沒有設計圖，就沒用處。」

「可是……容我說句話，女士，」鼻水流不停的男人說，「我們怎麼知道她把它藏在哪裡？」

「這是你的工作，你這笨蛋，不是我的。動作快，別被看見就是了。」她挑起眉毛，鼻孔賁張。「只要有什麼東西或什麼人擋住你的路，一律除掉。懂了沒？」

男人還來不及回答，大鼠就對女人一鞠躬並說：「我完全明白，女士。能夠服務你是天大的榮幸。我會竭盡全力。」

他這麼說的時候，那個吸著鼻子的男人怒瞪著他，而女人枴杖頂端的鷹頭眼睛眨了眨，然後亮著陰森的綠。

25 竊賊的遊戲（歧路莊園）

亞瑟跟其他人一起坐在歧路莊園的大廳，即將吃完早餐，那是當天早上小妖從市集「取得」的溫熱十字麵包。昆塔斯已經把樓上窗戶的藤蔓都砍掉，這份工作在夏季顯然沒有結束的一天。六月初的太陽湧進前一晚看來如此駭人的房間裡，亞瑟現在可以看到，曾經優雅的豪宅陷在高度及膝的汙穢裡。**清掃一下，什麼都能解決得了**。他暗想。如果他在院所裡學到了任何東西，那就是怎麼刷洗、除塵跟掃地。至少他可以替昆塔斯做這件事。

才一個星期以前，他一直困在院所裡面。現在他有個地方住，有食物可吃，有新朋友，還有某人教他世間的道理。唯一的缺憾就是崔英特不在身邊。**不用再等多久**。他告訴自己。**她就會捎訊息過來，我們就可以好好擬個計畫**。

昆塔斯跟亞瑟說過，在城市裡可以好好探險，可是相當危險。亞瑟還沒準備好去探索。況且昆塔斯說過：「如果你想找個地方寄住，也想找到你在尋覓的那條街，就必須先接受訓練。最重要的是，你必須跟其他人一樣靠工作來交換食宿。」

亞瑟急著想向恩師學習，等不及壯起膽子去探索那座城市，可是最重要的是，他想查出怎麼到廷塔傑路去。

「這就像個遊戲，懂嗎？」昆塔斯說。亞瑟跟其他人旁觀，昆塔斯在桌上放了好幾個物件：他的懷錶、象牙折刀、蘋果、絲質手帕、一雙銅製燭臺、皮夾。

「好了，聽著，大夥兒，」昆塔斯說，「大釘想成為這個社群裡有所貢獻的一員。你想學門誠實的技藝，對吧，小子？」他對亞瑟眨眨眼，「我說得對嗎？」

「是，先生，我……我很想學個技藝。」

小妖冷笑。「他想學技藝是吧？唔，他會什麼？啥也不會。看看這傢伙的樣子，況且他年紀太小了。」

食蟻獸草包骨白用尾巴猛甩小妖的腦袋，把他的帽子打到地上。「他是新手，你這白痴。你以前也是新手，還記得自己是新手的時候嗎？我可是記得一清二楚。」

其他人哄堂大笑。小妖發出憤慨的哼聲，撿起帽子，怒瞪著骨白。「誰也不准碰這頂帽子，」他邊說邊把帽子戴回去，「誰也不准。」

「嘖嘖，」昆塔斯說，「好了，你們兩個！別吵嘴了。團結才有力，就像俗話說的。大夥兒，示範給他看是怎麼做的。來吧，遊戲開場！」

整群人在房間裡等著，昆塔斯把桌上的一個東西藏在屋裡的某個地方，等他回來競賽便正式開場。他藏起來的頭一件東西是蘋果，大家一哄而散，趕緊分頭去找。他們離開的時候，昆塔斯從背心口袋裡抽出一小張皺巴巴的紙。他戴上鏡片，讀了上頭寫的內容兩次，然後發出滿意的嘆息。打從他在這個棄兒的口袋裡發現這張紙條，就從摺起跟攤開這張紙條、抹平皺摺、一讀再讀、藏起這個小祕密，獲得很大的樂趣。**這是我最後的王牌**。他自言自語。名叫萊娜特的女人所寫的內容當然不是要給他的，可是他又有多少機會能碰上這等好事。**這是上天注定的，注定的啊**。

那個鼴鼠與豪豬合體——棘刺，把蘋果帶回來了，昆塔斯把紙條塞回口袋，敲響黑色大鍋，召喚其他人。

遊戲繼續下去。亞瑟一個東西也找不到，直到最後一樣，就是那支錶。昆塔斯把錶藏在幾乎不可能找到的地方——兩層樓底下，鬆脫的地板木條下面。可是亞瑟馬上就聽到它輕柔的滴答聲，還有昆蟲在它上頭跟周圍快走的聲響。他把那支錶帶回來的速度如此之快，他的恩師險些來不及把那張紙條塞回自己的口袋。

昆塔斯疑神疑鬼瞅著他。「你是不是看到我藏錶？有沒有啊，小子？別對我說謊，小鬼！」他揪住亞瑟的肩膀，搖晃他。亞瑟害怕的縮起身子，深怕會挨揍。昆塔斯望進亞瑟恐懼無辜的眼睛，然後鬆手放開。「抱歉，大釘，我不是故意要……跟昆塔斯說實話就對了。我不會生氣的，我保證，老實說吧。」

「我沒、沒看到你藏啊，先生，」亞瑟說，「我發誓我沒有。只是……有時候我會聽見東西，就用我的，那個……」他指指耳朵並聳聳肩。

「噢，原來如此，」昆塔斯說，若有所思搓著口鼻。「真有意思……我就知道你可以做點事情，做點特別的工作。非常特別。」他的語氣變得很和善，先賞亞瑟一枚銅板，再敲鍋通知大家錶找到了。「噓，可別說出去喔。」他拍拍這個棄兒的腦袋。

其他人雙手空空的回來，看到亞瑟握著昆塔斯的手錶時，猛拍他的背，搥搥他的肩，彷彿他向來就是這幫人的一分子。除了小妖之外，他似乎完全不為所動。

他們玩的第二場遊戲滑稽可笑，感覺完全為了逗亞瑟開心，至少表面看來是這樣。他完全不知道這跟他學一門技藝有什麼關係，可是他判定，既然他對世事幾乎一無所知，就應該信任他的新朋友，他們一定會為他著想。

昆塔斯裝成在公園漫步的高帽紳士，抽著想像的菸斗，用牽繩帶貓散步。同時，每個生物展現自己的特殊天賦，在大鼠不知情的狀況下，從他身上拿走某件東西。骨白用她那根像蛇一樣的長舌，套住他的皮夾一把拉走，棘刺跟掐掐以團隊的身分行動。棘刺幾乎眼盲，嗅出蘋果的位置，向掐掐指出來。當棘刺向昆塔斯搭訕，轉移他注意力的時候，掐掐趁機用靈活的掌子，手法嫻熟的將蘋果從昆塔斯的口袋拿走。亞瑟笑得停不下來。

午餐過後，他們繼續在外頭「訓練」亞瑟。六月野花盛開，毛地黃、忍冬花、犬玫瑰、罌粟花，歧路莊園的藤蔓上長滿了豔紅花朵，四處都有蜂鳥聚集。蜂鳥不間斷的快速吸吮聲跟高速振翅的嗡嗚，讓亞瑟很難不分心。

這棟房子四周的荒涼地景，正是完美的障礙跑道：一堆堆破磚、粉碎的玻璃、金雀灌木叢、雜草、樹木殘幹、殘存的老石牆。整群人在房子前面列隊，等著昆塔斯發出開跑的訊號。他用懷錶來替他們計時。

第一場遊戲是輪流當「鬼」，先以最快的速度奔離其他人身邊，然後找個好地方躲起來。凡是躲最久而不被找到的人，就算是贏家。另一場遊戲，昆塔斯稱之為「融入」，需要多一點技巧。在數到十之前，草包們必須找到一面牆或一方草地，在顏色或花樣上跟自己的膚色或皮毛最相近。重點就是盡可能貼在那個表面上來掩護自己，然後動也不動。

亞瑟把襯衫脫下，貼在殘餘的磚牆上，磚牆的顏色就跟他的鏽色毛皮相同，他的灰褲可以融入雙腿跟腳邊的那堆瓦礫。「幹得好！」昆塔斯找到他的時候說，「幹得好啊！」

另一場遊戲是以最快速也最安靜的方式從窗子爬進爬出，甚至必須攀牆爬上爬下，至少那些有掌、有手，可以攀上排水管、藤蔓或粗劈石頭的得這麼做。他們一直玩著各種賽跑遊戲，直到晚餐為止，就連小妖都表現得興致高昂，一次難聽的話也沒對亞瑟說。

晚點，草包上床睡覺，各據一個角落，用破布堆成柔軟的窩。他們蜷起身子，就像他們的祖先很久以前在地洞、兔窩或洞穴裡那樣。有些草包，像是棘刺跟掐掐，共用一個房間；其他人則偏好獨處。並沒有像當初昆塔斯承諾的那樣，這裡有好到適合給國王睡的羽毛床，大部分的家具很久以前都已經當柴燒了。可是亞瑟的角落相當舒適，昆塔斯給了他一張百衲被跟真正的枕頭，裡頭確實有羽毛，讓他覺得自己好像睡在雲朵上。

亞瑟選了二樓一個小房間裡的角落，從大廳穿過走廊就可以到。他因為壁紙，或者該說殘留的壁紙，而選了這個房間。他可以看到褪色的圖像裡有一隻奔馳的狐狸、幾十隻狗、策馬追逐狐狸的男人們。他覺得那隻狐狸看起來很聰明、動作敏捷。

亞瑟窩進床被底下時，昆塔斯提著發亮的蕪菁燈走了進來。「可以跟你說句話嗎，大釘？」

「是，先生，當然。」亞瑟邊說邊坐起身。

閃動的蠟燭映亮了牆壁上的獵狐場面。昆塔斯瞥了瞥，然後挑眉說：「你選這個……房間啊，有意思。」

亞瑟咧嘴一笑。「多虧你，昆塔斯，我現在看懂這幅圖了。是這樣的，他們在玩、玩遊戲，看起來狐狸快贏了呢！看，他跑在前面，最後可能會領到獎賞，就像我拿到銅板那樣！不過剩下的圖案不見了。」

「是啦，嗯，」昆塔斯態度遲疑的說，「沒錯。」

「你想跟、跟我談談，昆塔斯？」

「對，大釘，沒錯。你今天表現得不錯，小子。你有天賦，罕見的天賦，我看得出來。再不久，你就可以下場工作，把這座城市摸熟，找出你原本在找的那個地方。你想要這樣，對吧？」

「非常想！」

「那你會乖乖的，照我說的做？」

「是，我會的，先生。」

「那就說定嘍。」昆塔斯說著便伸手搓搓亞瑟頭頂的毛皮，「晚安了，大釘，做個好夢。」

他正要離開時，亞瑟說：「昆、昆塔斯？」

「怎麼，小子？」

「我……我只是想謝謝你對我這麼好。我很感激。」

昆塔斯清清喉嚨，語氣僵硬的說：「我……嗯……是。晚安了，小子，晚安。」

26 竊賊的遊戲（院所）

在一座遠離城市或鄉鎮的淒涼孤兒院裡，兩個老朋友剛剛玩完一個古老桌遊，這個遊戲叫做 Latrunculi，意思是「竊賊的遊戲」。玻璃板子是「城市」，敵對的雙方是「雙胞」。這個遊戲牽涉到策略、欺瞞、戰爭，目的是要不計代價，征服另一個雙胞的土地與人民。

女人是當晚的贏家。

長了翅膀的生物讓她贏，就像它過去三十年來每個晚上所做的那樣。

他們低聲交談時，雨水啪答啪答打在屋頂跟屋簷上。「小姐，你今晚玩得相當好。」伏在桌上的生物說，「一如往常，」那生物咧嘴一笑，露出兩排小小的尖牙。它閃動黑色的長舌幾次，彷彿品嚐著空氣。它幫忙女人把桌遊的工具收回盒子，然後跳下桌，快步走往床鋪。

「謝謝你，瑪多克斯。」女人打著呵欠說。時間晚了，再過幾個小時，她就必須站在下個不停的雨水之中，唸著清單上所有臭草包的名字。要記住所有的草包變得愈來愈困難，每天都有更多進來，而有同樣多的草包消失不見。可是她很清楚他們在哪裡，因為是她把他們送過去的。總要有人完成她的工作吧——她高尚精采、充滿遠見的工作。

「大鼠什麼時候會拿到？」她的同伴問，此刻正蹲踞在她床尾。

「很快，」女院長說，「再幾個東西到位，我親愛的，我們就萬事俱全了。」

「非常好，小姐，我知道這對你來說意義有多重大。」

「你想也想不到的，瑪多克斯，它代表了一切啊。」

女人熄掉燈，躺進床裡。

「小姐？」

「什麼事，瑪多克斯？我真的得睡了。」

「你確定可以信任大鼠這傢伙？」

女人向那個生物伸出手，撫搓它的臉。它發出呼嚕的喉音，在她腳邊伸展身子。「噢，瑪多克斯，你知道我真正信得過的只有你。你怎麼能以為不是呢？可是我們總得將就一下吧，我親愛的？為了成功，我們非這樣不可。況且如果出了差錯，我就不會受到譴責。大鼠得出來背黑鍋。還有更好的辦法嗎？我們會很安全的，我的愛，我們永遠都會很安全。」

27 給國王喝的湯（歧路莊園）

昆塔斯每天晚上都會下廚，「給國王喝的湯」就是他的拿手菜。事實上，他也只會煮這個東西。

在歧路莊園裡，大家都在大廳裡忙來忙去，整理桌面，棘刺跟掐掐則紅著眼睛、吸著鼻子，一面切洋蔥。

「還沒好嗎？」尖吱說問，他貪婪又期待的搓著雙掌。「我從早餐之後就沒吃過東西。」

「對啊，昆塔斯，什麼時候才會好？」狗釘質問。

「對嘛，昆塔斯，什麼時候？」其他人質問。

昆塔斯不理他們，用掌子壓碎一根迷迭香，舉到鼻子邊，閉上雙眼，發出陶醉的嘆息。他把迷迭香拋進鍋裡，攪拌起來，再加進一塊走味的麵包、半個包心菜、小妖在垃圾堆裡找到的一塊板油、一顆老馬鈴薯、過去一個月做為燭臺的那個蕪菁，還有看起來像鞋帶的一條可疑黑色長條東西。這道湯品每天晚上的味道都不一樣，就看他們食品室裡剩下什麼，還有當天小妖在市集裡弄到什麼。他的特殊工作就是在市集裡「借」吃的。

骨白對昆塔斯伸出雙掌，裡頭有東西想爬出來。「要不要加這個？」她問。

「這是什麼？」昆塔斯問。

「蜘蛛啊，」骨白說，「口感不錯，滿清脆的。裡面還有白蟻喔。不錯的蛋白質。」

「抱歉，骨白，跟迷迭香不搭。這樣不對。煮蜘蛛要配羅勒，我們手上沒羅勒。」

骨白聳聳肩，伸出蛇似的粉紅舌頭，一口吞下那些蟲子。其他人開始鼓譟：「湯、湯、湯、湯、湯！」

「你們鬧夠了喔，」昆塔斯說，「沒人會去煩那個畫『蒙娜麗莎』的傢伙吧？天才就是要照自己的步調來。」

「可是我們好餓喔。」他們哀鳴。

他們敲鍋跺腳。掐掐說，如果昆塔斯不趕快拿吃的餵他們，至少可以唱個歌。

昆塔斯什麼東西都能寫成歌，湯也不例外。他一面烹調，跟其他人一起唱到湯煮好為止。除了亞瑟之外。噢，他好想唱歌啊！他感覺那首歌在他的心、雙腳、全身裡，扎著他內在裡的某個東西。可是他最多只能擠出幾乎聽不見的哼聲，聽起來更像走調的呻吟。不過，總算還是哼出來了。

昆塔斯的歌叫做〈給國王喝的湯〉：

掐點這個，掐點那個，

放點鹽巴，加一堆油脂（昆塔斯：注意嘍，是一大坨油），
一隻甲蟲、一隻靴子、一條蘿蔔根，
一些豆子跟乳酪，也許還有一隻水螈（昆塔斯：啊，好吃得很）。
有這些東西，
就能煮出國王跟王后喝的湯。

一點這個，一點那個，
有個舒適的地方可以掛帽子，
一個夥伴、一個盤子、一支湯匙，一只碗，
一首逗樂你的心跟靈魂的歌曲。
有這些材料，
就能煮出國王跟王后喝的湯。

給國王喝的湯，
給國王喝的湯，
給國王跟王后喝的湯。
就是那樣，就是那樣，就是那樣，就是那樣，

有這些材料，
就能煮出國王跟王后喝的湯。

富人跟窮人，
不管給誰喝，
對我跟你，
對人類、野獸或鳳頭鸚鵡來說，
嚐起來都相同。
所以坐下來喝點湯，
國王跟王后喝的湯。

給國王喝的湯，
給國王喝的湯，
給國王跟王后喝的湯。
就是那樣，就是那樣，就是那樣，就是那樣，
有這些材料，
就能煮出國王跟王后喝的湯。

亞瑟喝了兩份湯，可口極了！除了鞋帶卡在他的牙齒裡。他們甚至有一塊美味的巧達乳酪可以共享，還有一條麵包呢。**麵包跟奶油。我真希望崔英特就在這裡**。他對自己說。他想起在醫護室的那一天，不禁想像崔英特在歧路莊園，跳上跳下，開懷笑著說故事。她會跟每個人都處得來。連小妖也是。他如此快樂跟分神，沒注意到昆塔斯對小妖點點頭；小妖離開房間，幾分鐘之後拿著小小亮亮的東西回來。不管那是什麼，他遞給了昆塔斯，昆塔斯把東西放進自己的口袋。

「過來這邊，大釘。」昆塔斯說，亞瑟站起來走到昆塔斯坐的位置。「你想知道我煮這道湯的祕訣嗎？你想知道什麼讓它變得這麼美味嗎？」

「非常想，先生。」亞瑟說，大家頓時一臉嚴肅，他覺得這個時刻彷彿非常重要，但他不曉得原因何在。

昆塔斯說下去。「你想在城裡到處走動，四處看看，不希望有人找你麻煩，對吧？」

「是的，昆塔斯，我希望。」

「而且想找到你那條什麼廷廷塔格街？」

「對！非常想！」

「你知道，為了做這道湯，這道你那麼喜歡的湯，我們都需要工作，不是嗎，大釘？」

「是的，先生。」

「你想跟我們其他人一樣都工作嗎？」

「噢，我想，昆塔斯，你知道我想的。」

「那好，小子。」昆塔斯停頓，把手伸進口袋。「你會需要這個東西。這就是你通往自由的入場券。就我的觀察，到目前為止，你有資格得到這個。你有潛力啊，大釘，很有潛力。」

昆塔斯伸出手，露出藏起的東西。

亞瑟倒抽一口氣。

那是個錫製徽章，印著某種符號。符號上頭寫著**十三號**。他真不敢相信。

大家都開始鼓掌、吹哨跟喊叫，「讚喔！讚喔！」

亞瑟目瞪口呆。「什麼？可、可是……」他支支吾吾，難以置信的盯著掛在繩子上的徽章。

「給他瞧瞧，大夥兒。」昆塔斯爽朗的說。每個人都舉起繫在繩子上的吊牌，或是打開第一顆襯衫鈕釦，展露那個太過熟悉的閃亮錫片。他們全都面露笑容。**他們怎麼可能笑得出來？**亞瑟困惑不解。他覺得剛才喝的湯從喉嚨竄上來，於是用手摀嘴，以免萬一。

昆塔斯把那個繫著繩子的徽章套在亞瑟的脖子上，有如壓住他靈魂的石頭。

他的恩師繼續解釋，上面有號碼、下面有符號，符號是用來指定每個草包的工作內容，如果沒有這兩樣東西，D．O．G．C．眨眼間就會把他帶走。「那是毛撣子。」昆塔斯指著數字十三下面的符號，兩三個草包在旁邊竊笑。「也就是你的新工作。能戴這個東西是種光榮啊，小子，是種光榮。弗路普警長——記得那個臭底橋的傢伙嗎？——特別替你張羅來的。我要給你一份特別的工作，特別的工作給特別的小子。」昆塔斯輕拍亞瑟的腦袋，眨了眨眼。

亞瑟覺得彷彿有人出拳擊打他的胸膛，有一部分湯確實從他的胃湧進了嘴裡，可是他大口嚥了回去。

「你一臉看到鬼似的，」昆塔斯說，「你是怎麼搞的？」

亞瑟只能從喉嚨裡虛弱的擠出幾個字：「為什麼？」

「為什麼？」昆塔斯說，「你問為什麼，是什麼意思？」

所有人靜默不語，全都盯著亞瑟。他終於鼓起說話的勇氣。他說他無法明白為什麼必須戴那個「可怕、討厭的東西」，而且為什麼，噢，為什麼一定要是那個可怕的數字？

「非得是十三不可，」昆塔斯解釋，「我是五，從那裡開始往上數：小妖是六，棘刺是七，掐掐是八，狗釘是九，尖吱是十，嘎吱是十一，骨白是十二。你是十三，就這麼說定了。」

「為什麼不要是一或二或三或四？或是其他號碼，像是四十五、二十三、一百八十九，或是……」現在亞瑟一開口就停不下來，因為他心情壞透了。「拜託，昆塔斯，任何數字都好，就是不要那個。」

昆塔斯嚴厲的看著亞瑟。「不能是一到四。那幾個號碼是我四個兄弟的，誰都不能取代他們，永遠不行。而且弗路普把這個號碼變特別了，我也付過錢了，討論到此為止。好了，聽著，大釘，你是十三號，就這麼說定了。你在這個鎮裡需要一個號碼，原因是如果沒有，你就會，唔，你就得……到下頭去。」

亞瑟的背脊竄過一陣寒意。「到下、下頭去？」

昆塔斯繼續說。「記得我跟你說過，比起布路民鎮那些歪歪扭扭的房子，還有更糟的地方，還記得嗎？」

亞瑟點點頭。

「我們叫它暗鬱城。城市下面的城市，悲慘的地方，陰暗啊陰暗。小子，在下頭，除了勞力活跟悲慘，啥都沒有。有眼睛跟你腦袋一樣大的鳥追捕你，把你活生生吃掉，或是惡劣的鰻魚、巨蛙、大小跟我腦袋一樣的水蜘蛛，四處又髒又黏。還有大黑鼠，不是善良的那一種，而是肚子餓起來，會把自己母親吃掉的那種。」

昆塔斯跟亞瑟說，D·O·G·C·會把沒有正式編號的草包送到下面去。「這年頭很難弄到正式的編號，想待在上面，就要有人脈。他們在下頭工作的地方就是煤礦坑，日日夜夜都待在黑暗中。當然還有別種工作，工廠勞動、下水道清淤之類的。可是那就像人間煉獄啊，大釘，你不會想到那裡去的，白天再也見不到光。好了，你不想要那樣吧？」

昆塔斯說，明天早上他會進一步說明。他累了，今天過得滿辛苦的。可是他希望亞瑟明白有個號碼的重要性，擁有號碼是種特權，還有他是怎麼請「高層的朋友」幫忙註冊十三號的。「城裡的草包都得要有編號，」他再次強調，「大家都得知道他的身分，你懂吧？」

亞瑟覺得心裡有種不自在的抽動，因為他想起院所餐室裡其中一個惡名昭彰的標語。

昆塔斯用手臂攬住亞瑟。「大釘，我向你保證，只要你努力工作，聽我的話，就會得到自己想要的食物跟更多。而且我會用生命保護你，我會的。我這邊的夥伴們也是。我們會幫你找出你想找的那個地方，照我的話做就是了。我知道怎樣做最好，不是嗎？大夥兒？」其他人點頭表示同意，「我們一定都要盡心盡力。好了，討論到此為止，我們再唱一輪，好嗎？在上床睡覺以前，讓這個地方的氣氛愉快起來？」

整群人再唱一回〈給國王喝的湯〉，一面敲打菸斗、鍋子跟碗助興。大家都扯著嗓門高唱，除了掛著「十三號」徽章的那個獨耳棄兒之外。他默默佇立，盯著雙腳，那首歌唱完的時候，大家都舉杯向亞瑟致意，蕪菁提燈的光芒映亮他們快活的臉龐。

那天晚上，連小妖都一臉開心，至少他沒有滿臉嘲諷。所以亞瑟露出微笑，但並非真心的笑容，只是為了逗其他人開心的面具。因為他滿腦子只有線繩套在脖子上的那個熟悉重量。**這就是他的命運嗎？**就是他曾經向星辰許的願嗎？**噢，崔英特**。他想。**你在哪裡？**接著卻也冒出這個念頭：**我不能讓昆塔斯失望**。

大家互道晚安，回到各自的房間。亞瑟轉身要離開時，昆塔斯說：「順便一提，大釘，你假裝不會唱歌，可是我知道實情。昨天晚上我聽到你在睡夢中唱歌，高音的部分唱得還不賴。就像我說的，你有潛力。你真的有。好了，去睡覺吧，這樣才乖。」

28 給國王喝的湯（城堡）

隨著夜幕降臨，戴著白手套的男人望出窗外，從他位於山丘上的城堡環顧這座城市。男人的頭髮跟眉毛都是淡金色，眼睛是冰冷的鋼灰色。腳邊有隻戴著鑽石頸環的整潔白貓，房間角落有座玻璃窖櫃，裡頭只放了一樣東西：這個男人的白帽。那高帽將近三呎高[1]，是這片土地上最高的高帽，甚至比他四個兄弟的帽子還高。

男人注意到襯在朱紅色天空前的高塔輪廓，卻沒想到夕陽多麼美麗，或是這個夜晚多麼美好。反倒想著這個世界，以及這世界因為電磁之光以及暗黑魔法而搏動不已。他想到王朝，想到它們如何在瞬間興起與滅亡。他想到權力，想到自己的權力。

接著他想到那道龜湯。

他在窄窄的長桌邊坐下，桌上鋪著漿挺的白色棉麻。貓咪對男人亦步亦趨，蹭著男人的腿，然後在桌子底下伸展身子，開始發出呼嚕聲。

男人把湯匙伸進碗裡，吃了起來。這道湯是晦暗的綠，蒸氣從表面往上升，男人的單片眼鏡起了霧。他摘下單片眼鏡，遞給另一個低調站在一旁的男人。那個人近到足以提供服務，卻又遠到可以讓人視而不見；他畢竟是個僕人。

僕人抹抹男人的單片眼鏡，遞回去並一鞠躬。

戴白手套的男人吃完之後，啜了一口紅酒，用白色棉麻餐巾的角落輕拭薄薄的嘴唇。

「還有別的事情嗎？大人？」僕人問。

「沒有，雷吉諾，沒事了。」

「好的，大人。要我現在喚那個婦人進來嗎？」

「等一下。」戴白手套的男人說，一面把金懷錶從奶油色背心裡掏出來。他轉了懷錶的旋鈕幾次，收了回去。他可以聽到那位婦女在房間外頭的走廊上來回踱步。一、兩分鐘之後，她停在門前，大聲清了清喉嚨。

真是煩人啊。男人想。**我為什麼同意跟這婦人會面呢？**

「好，雷吉諾，我想這也是沒辦法的事，現在可以叫婦人進來了。」

僕人引領婦女進入房裡，婦女頭上頂著荒謬的橘色假髮。她站在那裡，不確定下一步該做什麼。戴白手套的男人既沒轉身也沒抬頭，就直接對她發話。

「請坐下。」

這是命令而非邀請。

1 相當於91.44公分。

婦女走近餐桌，將枴杖靠在上頭，然後坐了下來。

「你說你叫什麼？卡普邦小姐？……或者是法邦可？法朗普？」

「是卡邦寇，大人，卡邦寇小姐。還有……還有感謝你今天安排會面。我知道你有多忙碌，而且——」

男人揮揮手要她靜下。「直接講重點吧，卡丁克小姐？告訴我，女士，你為什麼覺得我跟我兄弟會想幫忙你——一個地位低下的女院長——進行你所謂的商業開發？」

「因為，大人，」婦人說，調整一綹僵硬的橘色捲髮。「它會為你們帶來兩樣東西，而我相信這兩樣東西是你再珍視也不過的。」

「那又是什麼呢，**女院長**？」男人問，用輕蔑的語氣說出最後幾個字。「你憑什麼擅自揣測我珍視什麼？」

「原諒我，大人，我多嘴了。」她垂眼望著桌面。

「繼續說，」他不耐煩的說，「我可沒有整天的空閒。」

女人舔舔薄脣說：「金錢跟權力啊，大人，金錢跟權力。」

「哈，」男人一臉嘲諷，「彷彿這兩樣東西我還不夠多似的。我早上就用金錢跟權力抹麵包吃，夜裡就寢時帶著它們上床睡覺。金錢跟權力啊，女士，就是我呼吸的空氣。」

「噢，可是大人，」婦人說，「這完全是另一回事啊。」她往前傾身，雙眼牢牢盯著男人，然後低語：「這可是能改變世界的東西啊。」

29 滴水嘴獸加快速度

時鐘、速度跟永不停歇的蒸氣發動機器，整個城市的人隨著它們的步調入睡、工作、進食、衝刺，而滴水嘴獸則一直在守望。滴水嘴獸們在流明鎮發亮的白色塔樓頂端守望，看著生物扛著難以負荷的重擔，沿著陰暗的街道吃力行走；看著普眾在黝暗的角落裡、沿著河岸尋找取暖的地方。滴水嘴獸們觀望、等待並感覺底下土地的變動，它們飽經種種風暴——改變、霧氣跟黑暗、光明與絕望。它們一直都在，遠在高帽以前、遠在草包之前就已經存在。它們是古老的生物，承擔著那片土地的憂傷與貪婪的重量。

流明鎮呼吸著富裕跟工業，城市的心臟卻在幽影中跳動，就在閃亮的白色街道下方的深處。日日夜夜在工廠跟煤礦坑裡跳動，日日夜夜在暗鬱城裡跳動，那裡正是這座城市的失控黑暗雙胞。

在兩片疆域的核心有一座城堡，高高座落在流明鎮入口附近的山丘上。看起來像個發亮的白蛋糕，上頭布滿角樓跟塔樓，大門鑲嵌著寶石。有五個人住在那裡，穿著奶油白西裝、戴著皮草白帽的五兄弟。

在這裡，在城堡上方，也有滴水嘴獸在守望。它們看著白孔雀跟受寵的貓咪在花園裡遊蕩，園地四周聳立著高高的白牆。它們看著五個男人聚集起來，是這片土地上高帽中的高帽，負責核准詔令，選擇誰可活、誰不可活，以及決定一個靈魂的價值有多少。

就像卡邦寇小姐鬱悶院所裡那些可憐的石頭生物，流明鎮的滴水嘴獸們也厭煩了殘酷、貪婪跟黑暗而開始流淚。

河流對岸，在一棟因為歲月跟失修而落入蠻荒的房子裡，有個獨耳孤兒在睡夢中可以聽見滴水嘴獸的淚水簌簌滴落。在睡夢中，他開始將滴水嘴獸的憂傷編成一首歌。

可是在他真正開口唱出這首歌以前，還有很長的路要走。

30
竊賊

亞瑟得到印著那個可怕號碼的徽章的隔天早晨，昆塔斯遞給他一套嶄新的服裝：爽脆的白襯衫、海軍藍長褲、外套跟背心。這套服裝對他來說尺寸有點過大，裡頭加縫不少額外的口袋，可是樣式相當時髦、剪裁水準頗佳。昆塔斯要亞瑟回房間換上再回來，說要交代他一件「特殊的工作」。

他打扮好回來以後，昆塔斯猛拍他的背，並說：「瞧瞧你，大釘，或者我該叫你『長官』？」亞瑟試著微笑，但笑不出來。他可以感覺那個徽章掐住他，雖然線繩本身並不緊。

「來啊，打起精神來！對於無法改變的事情，就別再發牢騷了。」昆塔斯說，亞瑟擠出一抹微弱的笑容。「這樣才乖，脫下紅帽吧，太破舊了，我相信別戴這頂帽子，這套服裝會更好看。」

他把羽毛撣子跟帆布包遞給亞瑟，說那天早上，亞瑟必須跟著小妖到城鎮另一側，找到「某個女士朋友」的房子。小妖去附近的市集蒐集糧食時，亞瑟必須從那間房子借幾樣小飾品——凡是身上的口袋跟這只帆布包塞得下的東西全都要拿。昆塔斯說到小飾品[1]的時候，亞瑟心中竄過一陣痛。

昆塔斯說，羽毛撢子跟掛在脖子上的號碼，就能讓他安全通關。

亞瑟的臉一沉。「可是昆塔斯，我、我不太明白。」

昆塔斯轉向其他人說：「瞧瞧他，單純得要命，再適合這份工作也不過了！」他稍微掐掐亞瑟的肩膀，「聽好了，小子，我會說給你聽。我就是你所謂的前哨，嗅嗅情勢，提供情報給條子，那些條子也會照顧我。他們會幫點小忙，像是弗路普警長替我做了你脖子上那個吊牌一樣。他們儘量不讓D·O·G·C·干擾我的生意，懂嗎？所以沒啥好擔心的。好了，乖，可不要忘恩負義。替我做這件事，我會幫忙你找到你想找的地方。」

「你、你要我偷、偷東西？可是昆塔斯，我以前沒偷過東西啊，」亞瑟說，「我、我沒辦法。」

「你是想告訴我，你啥也沒偷過？」昆塔斯瞇起眼睛，「啥都沒有？」

「沒有，從來沒有，我是說……不像那樣。」

「從來沒餓過肚子嗎？不得不拿點東西，免得挨餓？」

「唔，我……」

「從來沒拿過不是你的東西來吃？」

「可是……唔……」亞瑟無地自容，低頭看著地板，停頓了許久之後，他靜靜的說：

「我……偷、偷過一個派……可是就這麼一次！」

「你當然偷過了！萬不得已的，是吧？為了不要挨餓。好了，大釘，讓老昆塔斯跟你解釋一下世間的道理。有些人手上有東西，有些人沒有。所以就要由我們——」他指指整群人，「來糾正這種情況。我們只是借點東西，買賣一下而已，就像羅賓漢跟他開心的夥伴們。聽著，事情就是這樣運作的，我們從高帽那裡偷東西來給窮人，而窮人呢，就是咱們！」

整群人哄堂大笑，亞瑟站著扭絞雙手。

昆塔斯告訴亞瑟，最重要的是必須端出清掃工的樣子，事實上那就是昨天的訓練遊戲之一，昆塔斯稱它為「演戲」。當時昆塔斯要亞瑟假裝是清掃工，教導他怎麼像真正的清掃工那樣把羽毛撢子扛在右肩上，還有要怎麼卑躬屈膝的走路，垂著目光跟腦袋。亞瑟裝得唯妙唯肖，大家當時都鼓掌叫好，逗得他相當開心。昆塔斯說過，一切都是一場遊戲，可是清掃工遊戲是當中最重要的，至少對亞瑟來說是。

現在他弄懂原因何在了。

「好了，你們兩個出發吧。喏，來回兩趟要給猴子的過路費。記得把口袋裝滿啊，大釘，這樣才是好小子。噢，千萬別搞丟那把羽毛撢子啊！」昆塔斯拍拍他的腦袋，然後把他推出門。

1 小飾品跟崔英特的英文都是Trinket。

亞瑟跟小妖走到臭底橋時，小妖付了錢給收費猴子，因為草包——唯有草包——必須兩趟都付錢。越過這座橋，弗路普警長就站在那裡檢查少數幾個可以自由活動的特權草包的吊牌。

「跟你說句話，小傢伙，」弗路普跟小妖咬耳朵，「有個訊息給你的夥伴昆塔斯。跟他說負責守衛的要換人了，我不知道我還能保護他多久。跟他說一聲吧？他懂我意思的。」他舉帽致意，然後追加：「抱歉，老弟，因為新首長上任了，有了新的世界秩序。謝啦。」

「也謝謝你。」小妖說著便舉起帽子致意。警長點點頭，小妖跟亞瑟繼續上路。

「他是什麼意思，小妖？」亞瑟問。

「你甭管。」小妖說，「把工作做好就行了。十點整一定要準時到那條巷子，你總共有一個小時的時間，懂了沒？」

「我保證，」亞瑟說，「我會趕回來的。」

那棟房子就在市集旁邊的街道上，那些建築不是用流明石或大理石建造的，但還是相當氣派。他要進去的那棟房子非常古老，是石頭砌成的，立面攀滿了茉莉花，香味令人銷魂。房子前方有扇孔雀藍的門，兩旁是有翅膀的動物男神跟女神的雕像，就在高高的石龕之中。前側柵門敞開，亞瑟循著一條小徑走到屋後。

院子小而美，任植物自由竄長，那裡有個過度茂盛的香草花園，一叢叢花朵四處綻放，中央是棵開花的蘋果樹，亟需修剪，樹木旁邊有個可愛的石砌噴泉，幾隻鳴鳥正在那裡嘩啦濺著水。

昆塔斯跟亞瑟說過，他會在後門旁邊的一隻石鳥底下找到鑰匙。他趁沒人在看的時候提起石鳥，一把拿走鑰匙。如果他對鳥兒有更多認識，就會注意到那隻石鳥是隻夜鶯。但他只注意到這個門鎖的高度很低，在院所，大多數人都是草包，卻沒有一個門鎖是他們搆得到的。

他頓住。**我不喜歡這樣**。他想。**裡面可能還有人在**。昆塔斯說不會有人在。雖然他沒聽到任何人的聲音，可是即使如此……要是住戶只是睡著了呢？

亞瑟手握鑰匙，僵住不動，不確定該怎麼辦。接著院子對面傳來尖亢的聲音：「喂！草包！馬上給我住手！」

他猛地轉身。那是住在隔壁的婦人，她出來修剪樹雕，戴著大到荒唐的遮陽帽，拿著一把巨大的園藝剪刀。

婦人房子的後院面對著亞瑟正準備擅闖的房子後院，戴著巨大遮陽帽的婦女踩著重步，穿過一排隔開了兩片地產的玫瑰花叢，大步越過院子，走向亞瑟。「你是誰？在這裡做什麼？」她說，剪刀往下指著他的鼻子。

事先就有人交代過，要是被人瞧見該怎麼做，他如法炮製。亞瑟一鞠躬，舉起羽毛撣子。「不好意思，女士，我是、我是新來的清、清掃工。」

「哈！」她嘲諷，「最好是。」

他再試一次。「是這樣的。我是來……嗯，打掃的！對，我就是來這裡打掃的。我是清掃工。」

「我很清楚清掃工是做什麼的，你這傻子。來瞧瞧你的編號。來吧，拿出來。」

他從襯衫底下拉出吊牌。她一把抓住線繩，將他往前一扯，細看他的編號還有符號。她嫌惡的放開他。他往後踉蹌，站直身子之後再次行禮。

亞瑟原先以為婦女肯定會報警或聯絡D．O．G．C．，他不確定一般的作法，可是她卻把他當蒼蠅似的趕開，回頭繼續修剪她的大貓樹雕。她的院子裡每個樹雕都是蹲伏、彈跳或是伸展身體的貓。

亞瑟笨拙的開著門鎖，聽到婦女走回自己院子時一面自言自語：「竟然把鑰匙交給草包！那個可怕的女人接下來還會想出什麼鬼點子？真是雪上加霜。先是廚子病了，我得親自上市場；再來保母辭職，把寶寶丟給我照顧；然後園丁也掛病號，我淪落到做勞力活！勞力活啊！現在我還不得不跟畸形的怪胎講話！噁心。就在隔壁！應該訂個什麼法條禁令的！」

亞瑟把鑰匙放回石鳥下方，關上門，擋住了婦女的聲音，然後走進屋裡。

昆塔斯事前交代過他，要把這棟三層樓房子的每一層、每個角落、每個裂縫都找過，在一個小時之內能帶走什麼全部帶走。拿**小飾品**。他說過。亞瑟畏縮一下。如果崔英特現在看到他這個樣子，會作何感想？他站在入口內側傾聽。沒人在家。他原本突突狂跳的心，放鬆成緩慢穩定的跳動，他踏進客廳。

所有的窗戶都有孔雀藍遮板，垂著棗紅色的長毛絨布簾，地板上鋪著圖樣豐富的地氈，三面牆壁上有著一排排的銀版攝影、版畫跟油畫，內容都是遙遠土地上的野生動物。他以前只看過一張真正的圖畫，就是萊娜特的母親跟卡邦寇小姐兒時的版畫。他忍不住停下腳步盯著這些東西看。第四面牆上掛著一張巨大的織毯，藍色、深紅、赭色，描繪著中古世紀的場景，內容是魔法幻獸，半人半馬獸、樹精、獨腳獸，圍著圈圈站在牆壁環繞的花園裡。亞瑟從崔英特講過的亞瑟王故事裡認出那隻獨角獸。她告訴過他，獨角獸是長了根角的白馬，是所有生物裡最純真的一個。

他不忍把任何一個寶貴的物品放進口袋，因為每個都如此獨特又美麗：一根靠在米白紙張上的鵝毛筆，就在一張邊緣鑲著金絲的蠟亮小桌上；天鵝形狀的時鐘；彷彿在跳舞的迷你玉雕樹群。

房間中央是架鋼琴。亞瑟不知道那是什麼，可是他想一定是用來製造音樂的東西，因為看起來有點像是他在城裡第一天看到有人彈奏的手風琴。他爬上椅凳，輕輕碰了個琴鍵，一個安靜的音符響徹空氣。

他的心快速跳動。他又碰了一個鍵，傳出另一個音符。亞瑟深吸一口氣，手懸在琴鍵上方。他好想留下來，用這東西彈奏出更多聲音，可是他聽到天鵝時鐘滴滴答答走著，強迫自己繼續工作。

亞瑟悄悄走過位於一樓的廚房、餐室、從客廳擴散出去的其他房間，每個角落都很豪華，放滿美妙的東西。

二樓是圖書室跟好幾個房間。主臥室裡有個大理石浴缸，上頭刻了駕馭著海浪的海仙子跟半人半馬海獸。他用毛茸茸的紅手撫過雕刻，它們全是動物跟人類的綜合體，就跟他一樣。

在另一個房間裡，他看到有很多抽屜的木櫃。他打開一個抽屜發現一枚胡桃，有人在裡頭刻了一座有橋和尖塔的迷你城市。在別的抽屜裡，有貝殼、珍石跟各種寶物。櫃子對面的牆上有好幾層架子，陳列著古物，大多是古代的頭盔、盔甲的斷片、十字弓、長劍。亞瑟想到亞瑟王跟他的圓桌騎士們，可是這些頭盔根本不是給人類戴的，而是替動物鑄造的，像是兔子、馬、鳥、大象，甚至有一頂是給狐狸的，或者是給像他這樣的草包用的？他用指頭撫過那面狐狸銀面具。**這些東西是做什麼用的？**

接著，他晃進了圖書室，三面牆上的書架頂到了天花板，亞瑟這輩子從沒見過這麼多書。事實上，他記得自己見過的唯一一本書，就是卡邦寇小姐的《流浪草包的職業訓練基本手冊》。他拿起一本用皮革裝訂，書脊上有著金箔壓印浮凸字母的書，上面寫著他看不懂的語言，就像城市入口上方的那些字。他把書舉到鼻子前，吸進可口的紙味。

一座豪華的壁爐盤據著最後一道牆，框住壁爐的木頭雕塑是馬腿人身的守護者，臉龐半羊半人。壁爐橫架上方有更多直立的身影，每個都是半人半哺乳類動物或鳥。中央有個盾形紋章，寫著**夜鶯之家**的字眼；頂端是騎士的盔甲，造型是為了小鳥而設，兩側各突出三根羽毛，底部是兩條纏繞的蛇。盾牌中央是樹木的圖案，樹木裡有把古老的里拉琴，漂浮在上方的刻字寫著**聖叢的保護者**。

「這是什麼地方啊？」他大聲說。

他爬上狹窄的階梯來到頂樓，走進注滿光線的房間。

亞瑟僵住不動，因為不管他轉往哪個方向，放眼都是樂器。片刻間，他的肩膀緊繃，彷彿就要挨打。他可以在腦中看見卡邦寇小姐的其中一個標語，就掛在院所餐室的牆上：**音樂是萬惡的根源**。

「才怪！」他大聲說，彷彿女院長就在房裡。「你錯了！」能夠說出真實的感受感覺真好，他的肩膀放鬆下來。

他在擺滿樂器的房間裡走來走去，不知道這些樂器各叫什麼名稱，一面不服氣的碰碰這個跟那個，撥撥豎琴的一根弦，用手撫過維奧爾琴的背面。他看到跟樓下那架很像的鋼琴，可是這架上頭疊了好幾層迷你鋼琴，由大至小。他也看到跟音樂相關的發明物，像是由機械手拉奏的自動小提琴，還有自動演奏的手搖琴。

亞瑟準備離開時——房間裡的時鐘告訴他，他只剩二十分鐘了，而他還得為了昆塔斯裝東西進帆布背包——他注意到彩光從房間後側角落的一扇門底下流瀉出來。

他打開門，踏進了彩虹。

31
捕歌器

這個房間小小的，有著高聳的彩繪玻璃拱窗，描繪著動作優雅的動物：紅色瞪羚躍過明亮的翠綠山丘；亮黃色小鳥在蔚藍的空中遨翔。光線照亮了一切，在地板灑下繽紛色彩，他看到彩光從角落裡的某個東西反彈回來，於是轉身去看。

是某種機器，他只能看出這麼多。機器放在木桌上，旁邊有只小銅鐘，機器底部大約兩呎長、一呎高，是個黑紅兩色的漆盒，上頭繪有細膩的花朵、彈跳的鹿、兔子、飛翔的鳥。沿著底部邊緣有金漆畫成的花朵跟藤蔓，從頂端突出來的是個扇形邊的大銅鈴，就像老式留聲機的那種鐘型喇叭口。

銅鈴下方是個抽屜，以金色的美麗字體漆著一個字眼。亞瑟碰碰那個字眼——「捕歌器」，感覺有種奇特的震顫竄過全身，接著他注意到機器側面有種數字旋鈕，旋鈕上頭寫著「夢計」。

彷彿這個機器正在對他低語，可是那種低語是他感覺到而不是聽到的，那個聲音似乎在說：聽。

崔英特一定知道這個東西怎麼用。可是崔英特不在現場。附近有兩個櫥櫃，他打開左邊那個，走了進去。牆上的架子堆滿了幾百個黑色小盒子，一路頂到天花板，每個盒子上都寫了編號，貼著一張圖案跟內容物的標題。他細讀那些標籤：瀑布、夜禽、猛烈的暴風雨、樹樂、葛利果聖歌、古老的塞爾特溺水歌謠、下流音樂廳小曲、莫札特：幼兒歲月、情節悲淒的義大利歌劇、情節傻氣的義大利歌劇、幼熊華爾斯、大象輓歌、老鼠頌歌、蛙交響樂。架子對面有個附了許多抽屜的巨型櫥櫃，亞瑟打開其中一個，看到一排卡片，那些卡片似乎呼應著那些盒子，因為每個上頭都有編號跟圖片，以及針對每個盒子裡容納的聲音，提供一則短短的說明。

櫥櫃旁邊牆壁上掛著一張裱框的牛皮紙，頂端以優雅的字體寫著：捕歌器，四種簡單的傾聽步驟。

在這裡聽一下下，會有什麼壞處？

操作捕歌器的指示相當簡單。亞瑟首先必須做的，就是從箱子裡挑出自己想聽的東西，不過，有這麼多選擇，而他的時間這麼少。他想了半天之後，終於挑中底層架上一個蒙著灰塵的盒子，上頭沒圖片，連編號也沒有，只有一個紅色問號，以及寫著「為我而選」。

盒子裡面是個用蠟做成的棕色空心圓柱，表面刻著細緻的紋路。亞瑟打開機器上寫著捕歌器的抽屜，然後按照指示，將那個圓柱套在銅管上頭，那個管子跟著一只留聲機的唱針相連。根據牆壁上的描述，這就是捕歌器施展魔法的方式。當圓柱轉動時，唱針就沿著它的紋路走，讓歌曲跟其他聲音飄入聽者的夢境。聽者必須睡著，這個機器才能運作，一旦某個聲音溜進睡眠者的心中，對這聲音的記憶就會留存下來。

下一步驟是要啟動夢計。時間所剩不多，所以他轉動旋鈕到五分鐘，接著拖了張椅子到桌邊，把椅子放在捕歌器的喇叭口下方，坐下來，把喇叭口調低蓋住自己的腦袋。終於到了最後一個步驟，他伸手到曲柄那裡，就照指示上說的，往右邊轉了三次，之後閉上雙眼。

時間消失，世界退去。

亞瑟陷入深沉無比的睡眠。捕歌器進入他的夢境，震顫、平撫、竄升的聲音漸漸充滿了他，彷彿他把自己的心門打開，而世界湧了進來。

這是一首長長的生命之歌，像條河一樣流入他。他聽到天鵝的聲音，牠垂著腦袋即將入眠；他聽到燕子掠過城市的尖塔，蜘蛛織著絲網；他聽到糾纏樹林的夜間音樂，樹林裡因為雨水而潮溼，雨水成了大鐘琴的鐘聲；還有遠處海豹的呼喊、拍岸的海濤、森林地面上結成的冰晶。他聽到男孩在沙漠裡吹奏羊角號，它轉變成狼對著同伴的悲哀號叫；他聽到遙遠土地傳來的創世歌曲，再來是簡單的骨笛，女人唱著詠嘆調，某人翻閱一本書。

世界的音樂進入他的心中，替自己找了個位置。青年彈奏完一首奏鳴曲之後，一滴淚水濺在琴鍵上；溪流那裡升起的鶇鳥啼囀；蝸牛滑過葉子，孩子對著自己哼歌；蟋蟀、青蛙跟瀑布。他聽到某人彈奏一把安達魯西亞吉他，千隻蝙蝠在闃暗的洞穴中鼓動翅翼。他聽到古老的里拉琴，秋天最後一片葉子落地，有人低聲說**我愛你**。他聽到風聲、跳動的心、母親對孩子道晚安。

最後，亞瑟聽到自己穩定美麗的呼吸聲，倒抽了一口氣，醒了過來。

他覺得心中一派安詳，還有其他他不太懂的東西。

亞瑟的心痛了起來，可是並非因為他非常悲傷。他的心只是發疼，彷彿脹得太滿，而裡頭的東西無處可去。

他望著捕歌器旁邊的時鐘，不敢相信前後才過了五分鐘。再十分鐘就十點了。他抓起雞毛撢子跟空空的帆布包，衝下樓奔出門。

亞瑟跟小妖回到歧路莊園時，試著向昆塔斯解釋說，自己為什麼沒從那棟房子拿走任何東西，可是說得口齒不清，彷彿因為見識太多的美景而太過震撼。

「對不起，昆塔斯，」亞瑟說，「我看到一個又一個的東西，我不知道該拿什麼，然後又有這個……這個機器，嗯，然後突然間我就睡著了，然後有鳥，有海，還有……各式各樣的歌曲，然後……然後……」

「別再胡說八道了，大釘，」昆塔斯打斷他皺著眉說，準備煮水泡茶。「我現在不想聽。」

「可是，昆塔斯，那個……」

「不，別再說了。明天你非拿點東西回來不可，要不然你一定會有麻煩，聽到沒？不准再提什麼睡覺機器什麼的！」

亞瑟吐出挫折的嘆息。「好吧，可是如果我明天拿、拿了東西，昆塔斯，你會讓我知道那個地方在哪裡嗎？廷塔傑路十七號？你能不能保證，拜託，能不能？」

「如果你明天好好幫我，我保證也會好好幫你。」

那晚喝完湯之後，聽其他人唱歌時，亞瑟一如往常只是跟著哼哼，最後爬進被子底下，進入了夢鄉。

他夢見各種聲音交織起來，是他無法命名的聲音——世界上所有的鳥類、魚類跟其他生物、瀑布跟風，捕歌器注入他靈魂的所有歌曲跟交響樂。在他不知情的狀況下，他在那棟房子他所屬的陰暗角落裡，唱起了一條旋律，歌聲輕快純粹，從窗戶飄入了世界。

32 守信和背信

隔天，昆塔斯堅持要亞瑟回到那棟大石屋。「我們的女士朋友很快就會回來，所以你這次最好把事情做對。趁她出門的時候，好好利用她的慷慨大方吧！」

整群人覺得最後這句話滿好笑的，可是亞瑟沒笑。反之，他客氣的提醒昆塔斯他們的協議，等他完成這項工作，昆塔斯要告訴他廷塔傑路十七號在哪裡。亞瑟來流明鎮已經六天了，還是不曉得那條路在哪邊，讓他愈來愈耐不住性子了。

一個小時後，亞瑟跟小妖站在流明鎮市集附近的巷子裡。從那裡只要走短短的路程，就能抵達那棟有藍色護板的大石屋。亞瑟好想再聽聽捕歌器，可是又很怕被逮到，而且根本不想從那棟美麗神奇的房子裡偷任何東西。

「真不賴，又跟你一起上工了。」小妖說。

亞瑟不知道該說什麼，垂著腦袋說：「對、對不起，小妖，我根本不想去。」

「我才不在乎你想幹麼，重點是，」小妖說，「昆塔斯說你需要完成這份工作，而在這邊負責作主的是昆塔斯，不是你，也不是我，懂嗎?好了，去吧，你是在浪費我的時間。」小妖檢查一下自己的吊牌，確定掛在襯衫外頭，然後轉身要走。

「小妖，等等，可以問你一個問題嗎？」亞瑟說。

「什麼問題?我們得出發了！」

「為什麼不能叫其他人去那棟房子?我是說，為什麼一定要我去？」

小妖冷哼。「你實在有夠呆的！」他脫下帽子，拍掉塵土。「你知道什麼是『艙仔』嗎？」

「不、不知道……是什麼？」

「『艙仔』就是在船上地位最低的傢伙。」

「我不太懂。」亞瑟說。

「我用簡單的話說給你聽。如果船上的每個人都在餓肚子，你想他們會先吃掉誰?你會想是船長，對嗎?唔，再想想吧。就是你，小花臉。」他用一根指節突起的手指，戳戳亞瑟的胸膛。「你就是我們的艙仔。」

「可、可是——」

「沒什麼好可是的。你拿到的是清掃吊牌，艙仔。」小妖舉起自己的徽章。上頭印著6，下頭則是紅蘿蔔的符號，表示他得到批准的工作是在市集的推車上裝貨跟卸貨。「我們都做職務以外的事情，如果你懂我的意思。」小妖又冷哼一聲，那是他專屬的笑聲，可是聽起來更像是某人咳出食物碎塊。「好了，行動吧，去拿點不錯的小寶物回來，聽到沒？發誓你會準時回到這邊。」小妖把帽子戴回頭上，「D·O·G·C·在這個城區每小時巡邏一次，你可不想被逮。即使我跟你都有編號，他們見到我們到處遊蕩，還是可能會檢查這些編號合不合法。你昨天差點害我們遲到了。好了，快發誓！」

「我發誓，小妖。我保、保證。可是昆塔斯說，如果我身上有吊牌，就不會有事。」

「你也聽到弗路普說的了，要換守衛什麼的，反正一定要準時到就是了，而且不要弄丟雞毛撢子！」

小妖一身綠色背心跟帽子，快步走向市集。亞瑟則穿著新套裝，按照吩咐顯眼的拿著雞毛撢子，然後轉往相反方向，朝那棟大石屋走去。

亞瑟從石鳥下面拿出鑰匙時，鄰居不在她的院子裡，可是她緊盯他不放，為了確保沒有任何差錯，她從樓上窗戶用望遠鏡瞅著他。他溜進門裡之後，女人便走到書桌那裡，拿出一張紙，記下當天的日期跟時間。「怪了，」她對正在讀報的丈夫說，「連續兩天都叫清掃工過來，還真怪。」

「是啊，親愛的。」她丈夫說著便翻過一頁。

「話說回來……她放任草包進進出出的，房子裡一定髒得要命。那女人真是糟糕透頂！我猜她讓那些害蟲直接在地毯上解放！對，我很確定！」她手貼額頭，彷彿隨時會暈倒。「裡頭肯定亂成一團，讓人想到就害怕！」

「對啊，親愛的。」她丈夫說著便又翻了一頁。

「不過……想來還是怪，不是嗎？亨利？亨利？亨利！你到底有沒有在聽我說啊？」

這一回，亞瑟直接跑上樓，到那個有捕歌器的房間。他打開左側的櫃子，盯著那一排排的盒子。有太多可以選。他想不出更好的選法，索性合上雙眼，隨機挑了三個，結果是貝多芬全集，鼠笛、獨唱曲與吉格舞曲，以及中世紀舞曲。他決定每個都聽十分鐘，這樣就有足夠的時間可以把正事辦完，然後還來得及回去找小妖。

他先選了中世紀舞曲。他從崔英特那裡知道跳舞是什麼，有一天崔英特示範過怎麼跳舞，或者至少是她的族人都怎麼跳舞——上上下下跳不停，快速繞圈圈。對他來說，看起來就像她興奮時慣有的表現，可是她要他放心，說這兩者是有差別的。

「第一個是為你放的，崔英特。」他說。

這個音樂是他從未聽過的古老樂器，合奏起來紋理豐富，中世紀豎琴、雷貝克琴、古式提琴、圓框鼓、薩克布號、鈴鐺、木笛，讓他的心隨之擴展。他做夢的時候，覺得輕盈快樂，好似在飛翔。他聽著叫做薩塔瑞舞跟艾斯坦碧舞的東西。它們速度飛快、富韻律感，在不知情的狀況下，他在睡夢中隨著音樂用力踩著腳。

接著他聽鼠樂，也很活潑，雖然有一部分調子高亢，讓他醒來以後，耳朵很癢。最後，他用貝多芬來收尾，這個深奧的東西，聽得他上氣不接下氣，充滿渴望與敬畏。他覺得自己需要躺下來，打個長長的盹兒。

他小心翼翼將那些圓柱收回盒子裡，關上櫃門，走下樓去。這棟屋子送給他這麼多禮物，亞瑟決定，他能放心從這裡拿走的東西只有一樣，就是食物。食物不也是某種寶物嗎？在歧路莊園那裡，食物給了他們創作歌曲的靈感、可以煮成可口的湯。他在一樓廚房隔壁找到食物儲藏室，在口袋跟帆布包裡塞滿馬鈴薯、洋蔥、紅蘿蔔跟兩小袋米。**好了**。他對自己說。**這樣應該就能逗大家開心了**。

亞瑟提早抵達會合地點。他必須在市集街附近的巷子入口等小妖，在將近一個小時前，他們就是在這兒分道揚鑣的。如今他的口袋跟帆布包塞滿糧食，雖然他為了自己拿走這麼多而心虛，可是也對自己相當滿意。他希望小妖跟其他人也有同感。

巷子空蕩蕩的，突然間有東西朝他飛來。那個東西不管是什麼，都不規律的吐出字眼，聽起來像是**啵嘰！咪噗！咯啦！**

亞瑟從陰影裡走出來，想看個明白。是某種鳥兒，還是巨蟲？到底是什麼東西？他好奇的走上前去，那東西開始發出喀答跟嗡嗡聲，就像齒輪在運作。他半路打住腳步，心想：**會是崔英特嗎？有可能嗎？**他心頭忽地湧現一股對朋友的愛。

「崔英特，是你嗎？」亞瑟喊道，然後奔向那東西。

「啵嘰！嘶噗！啪吱！」

直到他靠得夠近，才看出根本不是崔英特，而是某種頭大身體小，眼珠在眼窩裡滾動不停的奇怪機械鳥。它不停眨眼，金屬翅膀上上下下彆扭的抽動，最後終於穩住了自己。它在亞瑟面前懸浮，劈頭吐出「噗嚕噗」的聲音，再來是嗶一聲。

這聲嗶聽起來就像崔英特。

它打開嘴喙，崔英特的聲音湧了出來：「親愛的亞瑟，如果你聽得到這個訊息，表示我的實驗成功了！耶，我找到你了！我就跟你說，我會找到你的，不是嗎？」

亞瑟真不敢相信！是**她**沒錯！

他把D・O・G・C・跟小妖全都拋在腦後，站在巷子中央，根本不在意誰看得到或聽得到他。又噴出一陣「啵嘰！嘶噗！啪吱！」後，小鳥接著說下去。亞瑟入神聽著，一顆心怦怦猛跳。

「這是訊息鴿，亞瑟！還有一些小問題需要克服，比方說，它的眼睛滾來滾去，真的很煩人。有時候它會講出無法理解的話，可是別擔心，我很快就能解決。」

崔英特告訴亞瑟她找到舅舅的過程，舅舅確實是個修補匠，還有她平安無事，住在海邊的樹屋。可是她等不及要見到他。「我好想你喔，亞瑟。你想我嗎？不過我從舅舅那裡學到好多東西。他其實不算發明家，可是很會運用嘴喙。你也知道，亞瑟，祕訣都在嘴喙上。」

她笑了起來，他也是，彷彿她就在他眼前。

她問亞瑟，他現在住哪裡？吃過派沒有？還有他找到廷塔傑路的房子了嗎？她問他在城裡有沒有遇到什麼麻煩。她說她舅舅告訴她，每個城鎮各有一套關於草包的規定。「我們滿幸運的。我舅舅說，有些城鎮根本不讓草包住。不過這裡的人滿好的，而且我舅舅是這一帶唯一的修補匠，這點也很有幫助！」

崔英特告訴他，照著訊息末尾的指示做，就可以回覆訊息。「這個東西有點像是自動鋼琴，亞瑟，你可能不知道那是什麼。你對著它講話的時候，裡面有個東西會在卷軸上打出小洞，而且……噢，不用在意，滿難解釋的。你只要說話，我就會收到訊息。這隻鳥知道怎麼找到我，而且它永遠都能夠找到你。至少我希望如此。第一次實驗是場大災難，我寄了訊息給二十個完全不認識的陌生人！」

亞瑟咧嘴站在那裡笑著。接著崔英特的聲音說：「噢，對了，我還沒想通要怎樣阻止它在我訊息結束以後馬上飛走。所以亞瑟，**馬上**抓住它，這樣你才能回訊息給我！」

小鳥開始繞著亞瑟的腦袋飛行，然後翻過身，順著巷子起飛，方向跟亞瑟該與小妖會面的地方恰恰相反。它一直嘎嘎叫著：「哈囉，亞瑟！再見，亞瑟！哈囉！再見！啵嘰！咪噗！咯啦！」

亞瑟沿著巷子追趕，繞過了轉角。他飛奔越過驢車、街頭樂手、騎單車的人，還有正要前往市集的人們。小鳥先以之字型飛往右邊，往上竄高，然後又往下俯衝到下一條巷子。幾分鐘過後，他終於抓到小鳥。他把它牢牢抓在手裡的時候，有張卷軸從它嘴喙裡彈出來，然後小鳥又開始說話，崔英特的聲音交代他把卷軸塞進小鳥側面。「看到那個縫隙了嗎，亞瑟？邊說話邊把卷軸塞進去，剩下的工作小鳥會處理！」

接著他想起小妖，他會遲到的。

小妖、崔英特、崔英特、小妖——我該怎麼辦？

有那麼多話要說，可是他長話短說，因為他掛心小妖。小妖一定會大發脾氣！

「崔英特，」他開始說，「我知道我們分開的時間沒有多久，可是我好想念你，我恨不得你馬上就過來！」

他匆匆告訴她自己現在住哪裡，但省略他又必須戴吊牌的事，也沒提他剛剛偷了大概五公斤的蔬菜，甚至沒提捕歌器。他必須回小妖身邊了。「快點再捎個訊息來喔！拜託，一定要喔。跟我說你什麼時候要來，我現在得走了。」

他講完之後，小鳥在巷子裡胡亂飛竄，上下顛倒著飛，頻頻撞上牆壁，一路嘎嘎叫不停，最後終於繞過轉角，消失了蹤影。亞瑟抬頭看著街道對面建築上的時鐘。他遲到好久啊。

亞瑟用最快的速度衝回自己該跟小妖會面的地方，可是放眼不見他的身影。

亞瑟呼喚他幾次，在每個垃圾桶、棄置的貨箱跟盒子後面尋覓，可是沒有發現。接著他聽到可怕的聲音。那是某人的痛苦尖叫，還有蒸氣哨音，以及踩在鵝卵石上的馬蹄喀答響。

亞瑟繞過轉角望去，兩個戴著厚厚的銅製護目鏡跟黑色圓帽的男人，正把一輛黑色大馬車的後側關起來，他們的帽子上有D·O·G·C·的獨眼徽章。那輛馬車由兩隻自動馬匹拉動，蒸氣從馬匹的鼻孔跟耳朵湧出來，亞瑟在馬車門上看到D·O·G·C·的標誌，上頭寫著**什麼都逃不出我們的法眼**。

落在馬路中央的，是小妖鍾愛的綠色窄緣帽，扁扁的跟鬆餅一樣，上頭蓋滿泥巴。

33 音樂的終結

小妖被帶走了，這全是他的錯。

回到歧路莊園，他交出他帶走的蔬菜，接著猶豫不決的把小妖的帽子拿給大家看。他解釋完來龍去脈之後，除了尖吱之外沒人願意跟他說話，只有尖吱替他感到難過。人人垂頭喪氣，對著自己或彼此發牢騷。晚餐的時候，也沒人唱那首湯歌，連昆塔斯也沒有。他們默默進食，然後上床睡覺。

隔天早上，他們聚集在大廳吃早餐，昆塔斯告訴亞瑟，小妖很可能被送進監牢，或是被帶到「下頭」去了，如果亞瑟不從那間房子帶點糧食以外的東西回來，最後也會淪落到那裡去。「我想，小妖現在肯定在煤礦坑裡工作了，」昆塔斯說，「他可能再也見不到天光了，可憐的傢伙。你真讓我失望，大釘，我需要信得過的夥伴啊。小妖走了，你又讓我失望，我的心都碎了。」

亞瑟還有一天時間可以好好補救，再來住在那棟石屋的女士就要回來了。如果他能拿走一樣小東西，昆塔斯或許還是會幫忙他找到他出生的房子。可是他內心很清楚，他又會讓昆塔斯失望的。他怎麼可能從那個魔法般的地方拿走任何東西呢？他好焦慮，頻頻扯著自己的耳朵。

可是除了罪惡感與憂慮的重擔，同時還有兩個美麗的思緒：崔英特的訊息，以及神奇的捕歌器。他想到那個奇蹟般的機器時，就覺得一派輕盈又樂陶陶，彷彿他會浮起來，升到歧路莊園的天花板，然後飛越城市裡那些閃亮的尖塔。

他等不及要回到那棟有藍色護板的房子，但同時也覺得害怕。

獨自一人行動感覺很悲傷，其他人都不願陪他去，連尖吱也不肯。雖然小妖的態度從來就不是很和善，但亞瑟還是覺得，小妖也沒有一直那麼暴躁。亞瑟好遺憾發生了這些事，想到就覺得不忍心。

亞瑟走到臭底橋付了過路費給猴子，雖然猴子對他尖叫五次而不是三次，整個過程還算順利。可是當他跟弗路普警長打招呼時，警官並沒有回禮。弗路普視線直直穿過他，彷彿他並不存在。

奇怪。亞瑟想。**真的好奇怪**。

抵達那棟房子的時候，他對於能再聽聽捕歌器覺得興奮無比，將偷竊的念頭完全推出腦海。他把撣子丟在玄關，直接衝上樓。他知道自己這次想聽什麼。

搖籃曲。就他記憶所及，一直放在心上的那首歌，一定是首搖籃曲。如果他能找到那首歌，也許就能把他真正的身世拼圖拼湊完整。

可是，他發現要找出正確的搖籃曲是個艱難的任務。世上顯然有幾百萬條搖籃曲。他搜尋目錄，但那份清單彷彿無止無盡：給淘氣寶寶的搖籃曲、給甜美溫柔寶寶的搖籃曲、給刺蝟的搖籃曲、給昏昏欲睡狐猴的歌曲、給昏昏欲睡樹懶的搖籃曲、用CDE調寫成的溫馨歌曲等。他氣餒的搖搖頭，最後把範圍縮小到只剩一個，就是只標了**搖籃曲**的盒子。

裝上圓柱以後，亞瑟把捕歌器的喇叭口套在自己的腦袋上，轉動曲柄三次。音樂盒的叮噹聲催他入眠，他逐漸進入夢鄉。

這就像他以前做的惡夢，只是這一次並不可怕，至少可怕的那部分還沒開始。他在他向來在夢中見到的那個地方，可是現在看得更清楚。他看到一個白色大房子的後院以及更遠的樹群，動物在這個夢裡並未四處逃竄，而是朝他走來。有兔子、松鼠、小鳥、小鼠，甚至有隻狐狸！沒有熊熊灼燒的火柱，上方只見星光閃耀的美麗天際與橙色月亮，一切如此美好平靜。遠處，他可以看到高聳入天的塔樓與尖塔，正是流明鎮的天際線。

在夢裡，他仰頭望著星辰，有人抱著他，搖著他入睡。他知道不管是誰，都準備唱起這個音樂盒的歌曲。

可是亞瑟一直沒聽到那首歌，也沒見到歌者的面龐，因為樓下傳來巨大聲響，將他從夢境猛扯出來。他聽見玻璃碎裂的聲音，接著是急切的低語。他把捕歌器的喇叭口從腦袋往上推開。有三個生物正在說話，他們的聲音熟悉得令人害怕。

「你們從房子前面開始找，我來檢查後頭。」其中一個說。

「好，烏艾爾。」另一個說。

「沒問題。」第三個補充。

烏艾爾、馬格跟歐力克？他們來這裡幹麼？

亞瑟的頸毛豎了起來。他衝進捕歌器的櫃子裡，急著找個地方躲藏，可是那裡只有收納盒子的窄架，櫥櫃裡的抽屜小到沒辦法躲。於是他衝了出去，打開右側櫃子溜了進去，裡頭昏暗不明，塞滿東西，正適合藏身。在櫥櫃裡，門邊鉤子上掛著一把鑰匙，他把自己鎖在裡頭，爬進角落的一堆毯子底下。

他靜靜躺著不動。

烏艾爾、馬格跟歐力克在樓下翻箱倒櫃，亂丟東西，發出巨大的聲響。偶爾烏艾爾會對另外兩個低斲：「動作快啊，快找出來，你們這些蠢蛋！」

每個可怕的字眼亞瑟都聽得見。

他們把一樓的房間破壞完之後，移動到二樓。他們在櫥櫃裡東翻西找，扯出五斗櫃的抽屜，將裡頭的東西扔在地上亂踩一通。他們顯然在找某樣東西，但是純粹為了好玩一路大肆破壞。亞瑟聽到他們說：「你這笨蛋，看看床底下啊！」以及「那裡我檢查過了啦，呆瓜！」

烏艾爾、馬格跟歐力克開始爬上樓梯往三樓來。

他們現在就在音樂房，把所有的樂器推到地上，到處破壞。亞瑟聽到那疊迷你鋼琴摔破在地，還有他們拿提琴砸牆，將豎琴踢下階梯，把手搖琴砸成碎片。

接著他們到了捕歌器房。

「唔，看看這裡有什麼。」烏艾爾用平靜殘酷的聲音說。

「一定就是這個，」歐力克說，「她說有個銅做的大喇叭什麼的。可是就我看來，也沒啥了不起的嘛。」

亞瑟聽到烏艾爾賞了歐力克的腦袋側面一記。「白痴，你怎麼想不重要吧？找到設計圖，然後趕快離開。」

亞瑟在那疊毯子下方發抖。**為什麼？**他一次次在腦海裡說，強忍住淚水。**捕歌器！要是他們毀了它怎麼辦？要是他們毀了我呢？**

烏艾爾到了亞瑟的櫥櫃外面，猛搖把手。「如果門鎖上了，一定就在裡面。」烏艾爾說，「我會想辦法打開，必要的話就用踢的。」亞瑟躺著不動，毯子底下很悶，幾乎無法呼吸。烏艾爾試著要把櫃門往內踢，櫃門猛烈搖晃。可是歐力克成了救星，他從另一個櫥櫃裡嚷嚷：「找到了！在這邊，兄弟！不費吹灰之力！」

「交給烏艾爾啦，你這蠢蛋。」馬格說。亞瑟可以聽到他們哼哼唧唧，拉著什麼東西，聽起來好像在玩拔河。

「我知道！沒必要那麼惡劣吧。」

「你才是惡劣的那個啦。舉昨天的例子就好了，那時候——」

「你們兩個可不可以閉上嘴！」烏艾爾說，「好了，把設計圖拿過來，要不然我就讓你們瞧瞧，我可以有多惡劣。」

三個人現在都在另一個櫥櫃那邊，檢查著什麼東西。「沒錯，」烏艾爾說，「一定是這個。她說是個長長的卷軸，綁了條藍色緞帶。這一定就是設計圖。不錯，很不錯。她會很滿意。現在你們可以多玩一分鐘，然後咱們就離開。史尼茲維說會在地窖等我們。我們要穿過排水管循原路回去。」

「下面那些隧道實在讓我發毛，」馬格說，「而且我差點就卡在排水管裡。我的屁股還在痛呢，如果你想知道的話。」

「我現在真的不在乎你的屁股。」烏艾爾說。

「哼，我不想當『哈啾』的奴隸。」

「我也不想。」歐力克說。

「只要記得。你們是替**她**工作，不是他。而且只要一直想著那些額外的乳酪，」烏艾爾說，「還有她保證會給的那些特別待遇。」

離開以前，馬格跟歐力克盡可能把圓柱盒子掃下櫃子，對著在地上打滾的圓柱猛踩狂踏。他們把部分目錄抽屜打開，將一把又一把的卡片拋向空中，邪惡的哈哈大笑。

「好了，夠了，」烏艾爾冷靜的說，「把那個東西抬起來，咱們走吧。可別摔到地上！」

亞瑟確定他們都離開以後，才悄悄從那疊毯子下面出來。

他正準備跑出櫃子的時候，一道細細的光束從小圓窗落在牆面的一幅畫上。在鍍金的畫框裡，是同樣一幅手繪版畫，就是亞瑟最初在醫護室裡看到的那幅：兩個快樂的女孩在蘋果樹下，就是房子外頭那棵蘋果樹。**不、不會吧**。他喃喃自語。**我不懂**。他把盒子拖到窗邊，往上伸手打開窗簾，讓光線流瀉進來。

櫥櫃裡灰塵滿布，掛在裡頭的不只是那幅版畫，還有一排又一排的照片，全是卡邦寇小姐或是她的雙胞姊姊。他從上面的標籤得知，那位雙胞姊姊的名字叫菲比・奈丁格[1]。

亞瑟知道自己應該趕快離開，可是他就是沒辦法。他必須查出更多資訊。

雙胞胎姊妹六歲的時候，穿著樣式相同的無袖連衣裙跟女帽，坐在顏色相同的小馬上。七歲時，跟著家庭教師到動物園。十歲時，站在一艘大船船首揮著手。十二歲時，兩個女孩出外野餐，一襲白色洋裝，玩著槌球。隨著卡邦寇小姐逐漸長大，亞瑟可以在照片裡更容易的分辨出她來，她姊姊的臉變得更可愛、更開放跟仁慈，卡邦寇小姐則變得愈來愈尖酸跟嚴厲。十八歲以後，就再也沒有兩人的合照，只有菲比・奈丁格過去三十年來的照片。其中一張是她站在音樂廳前面，就是亞瑟第一天來到城裡看到的那座音樂廳！上面的帳棚寫著：**菲比・奈丁格的金嗓子，僅獻唱一晚！**在其他的照片裡，她從城市上方的熱氣球上揮著手；在演奏廳的舞臺上唱歌，閉著眼睛，雙手緊握胸前；在客廳裡，穿著華麗服飾、配戴珠寶，懷裡揣著毛茸茸的白狗；還有她跟朋友搭帆船、騎馬、彈琴，或是在自家晚宴上舉杯致意的照片。

在蒙塵的架子上，亞瑟找到菲比小姐過去的殘跡，一捆捆的卡片跟信件、一疊疊的銀版攝影，她的家庭跟舞臺人生的種種浮光掠影。

亞瑟滿頭霧水。昆塔斯哪棟房子不挑，偏偏挑這棟給他，讓他最後跑到這裡來？誰是菲比・奈丁格？她跟卡邦寇小姐十八歲的時候，發生了什麼事？

翻看這些私人物品很沒禮貌，但他忍不住。他拿起一捆繫著粉紅緞帶的舊信件，開始讀第一封，那是菲比的父親寄給她的，這時他聽到隔壁傳來聲音。他必須馬上離開。

他跑下樓以前，瞥了瞥原本放著捕歌器的那張桌子，現在那裡僅剩那只時鐘。

1 奈丁格（Nightingale）與夜鶯拼法相同。

34 通緝

亞瑟從後門衝出去，速度之快，連門都沒關緊。他一路狂奔到歧路莊園，除了在臭底橋付過路費之外，一次也沒停下。

他心存一絲希望，期盼鄰居沒看到他出入那棟房子。可是她看到了。她用望遠鏡看他來了又走，也注意到門開著，隨著微風砰砰作響。注意到他如何逃出那個地方。她把自己的觀察鉅細靡遺寫在一張紙上，然後兜攏自己的裙子，走出門去調查。她望進門裡，看到屋裡遭到嚴重的破壞，接著發現亞瑟的雞毛撢子就躺在玄關中間。「啊哈！」她說，「被我逮到了吧！我就知道，我就知道！」

她馬上派了個僕人去找警察來，警方向D·O·G·C·發出警示，因為犯人似乎是草包，而不是人類。當局幾分鐘之內就趕抵現場。

「我一看到那個草包，就知道他不可靠。」D·O·G·C·警官抵達的時候，她說。「他就是有那個樣子，如果你懂我意思。」

「噢，是的，女士，」警官說，「我完全懂你的意思。」還說他懷疑這區一連串的搶劫事件，也是那個狡猾的草包犯下的。

「噢，天啊！」女人說，「想到他原本會對我做出什麼事，我就害怕！更不要提他可能對沒反抗能力的可憐寶寶做出什麼事了。」

「他的樣子看起來危險嗎，女士？」警官問。

「這是什麼問題啊！我都怕自己丟了性命呢！」她開始描述亞瑟的模樣，當然加油添醋了一番。沒過多久，全城上上下下都貼滿了亞瑟的海報。

在海報裡，他齜牙咧嘴，看起來彷彿得了狂犬病，一副準備把什麼人的鼻子咬掉似的。他的耳朵看起來更大，眼神狂亂。畫像周圍寫著：

通緝狐狸草包。危險！竊賊！
亡命之徒！狂野並狡猾！務必謹慎以對！受到挑釁時會暴力相向。
懸賞！聯絡D．O．G．C．。什麼都逃不過我們的法眼！

亞瑟抵達歧路莊園的時候，除了昆塔斯之外沒人在家，他一見到亞瑟，就知道出了狀況。

亞瑟氣急敗壞的解釋事發經過，把來龍去脈都跟昆塔斯說了。亞瑟說起捕歌器的時候，昆塔斯這次專注的聽著。亞瑟跟他說烏艾爾和他朋友毀掉那個地方的每個樂器時，昆塔斯皺起眉頭。可是當他試著問昆塔斯，為什麼會恰好送他到卡邦寇小姐的姊姊家時，昆塔斯四兩撥千斤說：「這世界充滿了有趣的巧合啊！小子，別在意。」

「要是有人看到我怎麼辦？」亞瑟問，「要是他們以為是我做的怎麼辦？」

「他們當然會以為是你做的，可是不只如此。」昆塔斯沉重的說。

「什麼意思？」

「聽好了。我、弗路普跟幾個人，我們彼此之間有種默契，可以說是某種業務安排。狀況一直都不錯。可是有條底線是我跟大夥兒千萬不能跨越的。**絕對不行**。現在問題是，大釘，你越界了。」

「我越、越界了？我不懂，昆塔斯。」

「你的撣子呢，大釘？」

亞瑟在帆布包裡尋找，裡面空空如也。

「我就怕這樣。你越界了。丟下撣子的可不是我，而且那個東西會把他們一路引到這邊來。如果D．O．G．C．盯著弗路普不放，別以為他不會把你供出來。」昆塔斯抓住亞瑟的胳膊，盯著他的眼睛。「聽著，大釘，我不能失去這棟房子，你懂吧？我不能窩藏犯人。如果我這樣做，他們會沒收這棟房子，我就會淪落到跟小妖一樣的田地。」

「可是我不是罪犯！」亞瑟說。

「我知道你不是，可是D．O．G．C．會覺得你就是，就像我現在站在這裡一樣確定。我的意思是，你非走不可。很抱歉，可是事情就是這樣。你必須馬上離開。」

「可、可是我能去哪裡？」亞瑟盯著地板，心急的想找個自己可以去的地方。崔英特！

「我、我有個朋友住海邊，我會離開這座城市。我會沿著原路回去。我會——」

「他們會在整個流明鎮跟更遠的地方找你！弗路普告訴我，上個星期D・O・G・C・就在找某個專闖空門的草包。他們現在會以為就是你，大釘。我想你現在只剩一個地方可去了。」他的手往亞瑟肩上一搭。

亞瑟抬頭看著昆塔斯。昆塔斯還沒說出口以前，亞瑟就知道答案了。

「下頭，」昆塔斯說，「下到很深、很深的地方。好了，動作快。」

昆塔斯跟他說起通往城市下方城市的祕密入口，那個通道可以穿過河流對岸的下水道。「注意，不要從橋上過河，一定要搭渡船。渡船天黑之後才會開。」

「可是，昆塔斯，我——」

「你一定要在某個地方躲到天黑為止，聽到沒？然後去找渡船。看到船就知道了。」

「我不能躲在這裡嗎？拜託。」他的嗓子都啞了。

昆塔斯肅穆的搖搖頭，遞了枚銅板給亞瑟。「過河要付錢，小子，把這個跟我之前給你的另一個收在安全的地方。」

「謝謝你，昆塔斯。」亞瑟眼裡含淚，「替我跟其他人說再見，好嗎？尤其是尖吱。」

他迅速收好了包袱，把昆塔斯給他的那套衣服捲起來，昆塔斯說他可以收著，當作紀念，帆布包也可以留在身邊，然後換回當初穿來的衣服。他把毯子碎布跟金鑰匙，還有昆塔斯給他的硬幣，都塞進襯衫口袋。

他準備好的時候，站在歧路莊園的門裡面，緊抓著紅帽。他不知道要對這個恩師、叛徒跟朋友說什麼。他頂多只能說出：「我、我還是要找廷塔傑路十七號……你能不能——」

昆塔斯揪住他的肩膀並說：「現在沒時間處理那件事了。好了，快跑！死命的跑！快跑！」

第三部

奇異小子發現失物、
沿途發掘了
某些事情的真相

35 一個生來有翅膀，另一個生來沒有

「記得你當初找到我的時候嗎？」瑪多克斯問。清晨時分，這隻蠍獅正倚在卡邦寇小姐身邊的抱枕上，就在她的觀測臺裡。她正用望遠鏡眺望下方的中庭。打從兩個草包成功逃逸之後，她在監視活動上就更加警戒。

她重建秩序的頭一個作為，就是廢除下課時間。不過她懷疑自己是否會想念下課時間。在她窮極無聊、嚴格監控的每個星期裡，唯有下課時間，她才能稍微鬆開鐵腕作風，放下頭髮；或者該說，如果她有頭髮的話。她任由自己的心思馳騁，因此想出自己最棒的發明，可惜目前依然沒有經費可以打造。

取消下課之後，那段時間就由她跟史尼茲維輪流執行新設的「草包順從再訓練課程」。孤兒們被迫坐在教室裡兩個小時，再三重複：**我不唱歌、我不玩耍，我會日日夜夜默默服勞役。**

「小姐？」瑪多克斯說。

「抱歉，親愛的，我正在想別的事情。是，我當然記得。我怎麼可能忘記？」她放下望遠

鏡，把生物拉進自己懷裡。

「再跟我說一次那個故事，」蠍獅懇求，「拜託？」

「可是你也知道，這會勾起負面的回憶啊，我親愛的。」

「唔，小姐……如果你不想……」它仰頭望著她，下垂的眼睛閃著水光。

「噢，瑪多克斯，我當然會跟你說那個故事。」她戀戀的輕撫它富有彈性的口鼻，「那是悲慘時光裡唯一明亮的時刻。」她一臉陰霾，咬緊蒼白的薄唇。

「鎮定啊，小姐，想想我們合而為一的時刻！」

「你說得沒錯，一如既往。可是首先，也許我應該看看我那個沒用的助手在做什麼。」

「把事情交給其他人去忙，小姐，」瑪多克斯說，「這樣我們就可以專注在更重要的事務上，像是那架機器、你姊姊，還有咱們的計畫。當然，是等你跟我說完那個故事之後。」它笑了出來，或者該說發出介於低嘶、爆笑跟咆哮之間的奇特噪音。

「我親愛的，你又說對了。我已經受夠了低下的工作！就讓那隻大鼠跟其他人靠工作換食宿，還有讓那個蠢蛋史尼茲維做好自己的工作！」

崔英特跟亞瑟逃跑之後，史尼茲維弄丟了獒犬，卡邦寇小姐做的第一件事就是換了一對新的，同樣口水直淌、腦袋不靈光。她考慮從城裡僱請守衛，可是烏艾爾提出了一個精采，更不要提花費不大的解決方法。為什麼不用院所裡最惡劣的惡霸來管理其他人？給他們一點乳酪、額外的湯跟麵包、一套新衣，最重要的是一丁點權力，那些人就會很樂意聽命行事。令人詫異的是，一點點東西就能換來他們的忠誠。

她指派烏艾爾管理所有人，結果證明，總的來說，那隻大鼠是個得力助手。

卡邦寇小姐的視線穿過全景窗戶，望向天空。烏雲滿布，但難得沒雨。再不久，她就要跟戴手套的男人第二次會面。這一次他們不是要在高居山丘上的城堡，而是要到一個叫暗鬱城的可怕地方會面。可是無所謂。如果那表示可以為自己的計畫掙得資金，要她上天下海也願意。她希望這一回她可以成功說服對方。

「別想那件事，」瑪多克斯讀出她的心思，「跟我講講那個故事。」

「抱歉，我親愛的。啊，對，那個故事。」

瑪多克斯在卡邦寇小姐冰冷白皙的手裡蹭蹭口鼻，發出呼嚕聲。

女院長深吸一口氣之後開口了。

「那是在我父親的葬禮過後，我到墓園散步。我很傷心，但更生氣，因為我遭到不公平的對待。」

她再次一臉陰霾。瑪多克斯喃喃的說：「好了，好了，小姐。跟我說美好的那部分，就是我們**合而為一**的那部分。」

於是，在灰濛濛的晨光中，卡邦寇小姐說起她當初如何在墓園外圍找到這隻蠍獅，就在一片不毛野地的邊緣。她描述自己被樹根絆倒，臉朝下撲倒在溝渠裡，扭傷了腳踝。她坐起身的時候，知道自己需要別人幫忙才爬得出去。就在那時，她看到一根枴杖的頂端從土裡突起。她看到了它的木頭鷹臉，兩人的眼神交會。

就在她最需要幫忙的時候，它就在那裡，不像她的家人。他們從來不在身邊支持她，一次也沒有。

「你的眼睛閃出琥珀色的光，在我的心裡湧現某種感受。我必須放你自由，我那時就知道了。」

蠍獅的臉龐亮起。「說下去，小姐！請把剩下的部分告訴我！」

她告訴它，她知道它在地底下的木頭監獄裡扭動掙扎有多麼痛苦。那種痛苦她感同身受。彷彿她自己就在那根枴杖裡，拚命想掙脫。

她全都感覺到了。它等待這麼多年，幾十年、幾世紀，然後她出現了。那個它注定要結合靈魂的對象。

即使後來腳踝痊癒，她不再需要倚著枴杖行走時，枴杖依然從不離身。這隻蠍獅是她傾吐心事的對象，而她是它的保護者。她把院所裡的鏡子全都移除，就是為了避免讓它看見自己的映影。因為蠍獅永遠不能看見自己，只能望著與它結合的對象，免得無意間在映影中看見自己黑暗的靈魂，然後殞滅。

她不知道的是，她只是它沿途的一個停靠站。儘管她很特別，也是它所鍾愛的，但是只要它需要，總是可以找到其他的卡邦寇小姐。她們永遠會需要它，因為它出生於古老的魔法，那種魔法擁有自己的意志。

她講完故事之後，瑪克多斯就漸漸陷入夢鄉。卡邦寇小姐坐在原地，在灰色光線中動也不動，無法擺脫她對那段歲月的記憶。她痛恨那段時光。駭人的葬禮；所有感傷到惹人厭的可怕人們，圍繞在她親愛甜美的姊姊四周——那個糟糕透頂的傢伙，那個怪胎。前一天，她才跟菲比一起目睹父親離世，儘管她們兩人都來守夜，他依然愛她姊姊勝過於她。

向來如此，她父親更愛另一個雙胞姊姊。噢，那個才華洋溢、舌粲蓮花的美人兒菲比・奈丁格。她全心全意，或者該說，她用胸膛裡那顆小小皮囊裡殘餘的東西，痛恨著的姊姊。

她們並非同卵雙胞胎，而兩人的差異不只如此。

第一個雙胞孩子呱呱落地時，父親唱出她的名字——菲比，與他摯愛的妻子同名。她生下來白裡透紅，長得跟天使似的，有兩根小小的藍黑翅膀，從肩胛骨冒出來，就跟她母親一樣。可是到了第二個雙胞誕生的時候，出了嚴重的差錯。這個嬰兒冒出來的時候，漲紅臉龐放聲尖叫，母親倒抽一口氣，朝天翻了翻白眼，然後就離開了人間。

有好幾天，這孩子遲遲沒取名字。父親深陷憂傷之中，無法忍受看見這孩兒。一週、兩週過去了，終於在一個月之後，女僕摟著這嬰兒，走進老爺的書房說：「不好意思，先生，這小傢伙總得取個名字吧。取『克萊門婷』如何？看她柳橙似的胖胖臉頰，圓圓亮亮，就像等人摘的水果。」

嬰兒的父親虛弱的低語：「想叫什麼隨你高興，抱走就是了。」接著便揮揮手要女人跟孩子離開。

從妻子過世的那天開始，克萊門婷・卡邦寇的父親就偏愛菲比。菲比遺傳了母親美妙無比的嗓音，以及鼓動的小小翅膀。這家人守住翅膀的祕密，也不讓人知道克萊門婷的腦袋長羽毛而不長頭髮。

雖然雙胞胎妹妹克萊門婷唱歌不成調，卻有自己的天賦，可是沒人注意。她會發明東西，了不起的東西，就像她身為發明家的父親一樣。她把自己發明物的模型，連同圖解、草圖跟複雜的建造設計圖，全都藏在櫃子裡。因為這棟房子裡完全沒人理會這些東西。

兩個女孩滿十八歲那天，父親突然病倒。一週之內，他的生命顯然已經走到盡頭。他要女僕把女兒們叫到床畔，她們立刻就過來了。

菲比跟克萊門婷在父親床鋪兩側坐下。

「我沒剩多少時間了，我親愛的，我現在明白了，請好好聽我要說的話。」他把頭轉向年輕的菲比，她淚流滿面，緊握他的手。「好了，好了，我親愛的女兒！別哭！這樣才乖。我的時間不多，所以聽好了：你，我的菲比，我的小鳴鳥，會成為一個偉大的歌者。你應該冠上你母親的姓氏，就是奈丁格這個響亮的姓氏，而不是我的。卡邦寇不適合當成明日之星的姓氏。卡邦寇的本意跟『膿』這個字很相近[1]，是個瑕疵，是個膿腫。不，你，我親愛的……」他頓住，猛咳一陣。他從菲比端給他的杯子啜了口水，說了下去。「你，我最親愛的菲比，應該成為你注定成為的夜鶯，對著世界歌唱，就像你離世的親愛母親，我此生的摯愛。」他說這番話的時候，雙眼噙滿淚水。「你應該在世界上最堂皇的音樂廳裡演唱，你的正字標記應該是你的姓氏跟你的斗篷。斗篷應該是飽滿的靛青色，就像你的眼睛，這樣就可以遮住你傳承到的祕密——你美麗的藍黑翅膀。」

她們父親陷入一陣狂咳。等他平靜下來，他轉向克萊門婷。「至於你啊，我親愛的，」他嘆口氣，又咳了起來。「你一定要有個受人敬重的職業，我親愛的婷婷。有何不可？女性為什麼非得結婚不可？是的，你也該走進世界，追求成功。」

一陣不自在的停頓，然後又是一陣咳嗽。菲比握住父親的手，緊緊掐住。她妹妹則僵硬的坐在床鋪另一側，雙手拘謹的收在懷裡。

「你也知道，我的孩子，」他繼續說，虛弱的微笑。「你並不像你親愛的姊姊那樣，擁有母親的音樂天賦。這點相當遺憾。可是我知道你一定能在世界上闖出一片天來。起先我想到……護士是個不錯的職業，或是……祕書，或是……高帽女士的伴隨……」他面色如土的臉龐微微亮起，「可是接著我突發一想，你可以教書啊！俗話說：『沒本事就教書』。你就去教書吧！」他又咳了咳，呼吸愈來愈吃力了。「我親愛的婷婷，」**噢，她多討厭那個名字啊，聽起來就像「停停[2]！」而她的全名克萊門婷是種酸溜溜的水果，還是個下人幫忙取**

的！「你是個聰明的女孩，」她父親說，「雖然你並未繼承母親的天賦——」說到這裡他再次頓住，「但你有她堅強的意志，而且……我想你也有點像我。你有……」

她等著他說出她這輩子一直巴望聽到的神奇字眼：**你有我發明東西的天賦**。

但他用孱弱的聲音說：「你有我的姓氏，雖然卡邦寇聽起來確實滿像感染的膿腫，但可以幫助你進入上流社會。既然你沒有姊姊的優雅跟才華，我親愛的——」他對她無力的笑笑，「有什麼可以利用的，就要儘量利用。」

他沒注意到女兒臉上痛苦扭曲的神情，以及她怎麼從他那裡微微抽開身子，她的心怎麼在他離世的那一刻開始萎縮。

「我親愛的女兒們，」他沙啞的低語，因為他已經不久於世。「永遠做個好人，永遠保持善良，還有——」他的聲音中斷，開始發出可怕刺耳的聲音，他的生命似乎逐漸流逝。

「爸爸！」菲比嚷道，雙手緊握他的手。

接下來幾分鐘，除了她們父親吃力的呼吸聲，房間裡只剩下沉默。

最後，他勉強的將臉慢慢轉向菲比，背對克萊門婷，喘著氣說：「我親愛的女兒……你一定要追求星辰。對你來說，星辰永遠都會是垂手可得的。」

---

1 Carbunkle 原意是「癰」，就是深層膿皮病。
2 小名婷婷 Clemmy 跟冷冷黏黏 clammy 發音相近。

然後他就過世了。

他的發明物裡，最神奇的就屬「捕歌器」，由菲比繼承。至於她母親的房子，奢華的夜鶯之家，以及裡面的一切，也由菲比繼承。她繼承了母親的禮服跟美麗的靛青色斗篷，斗篷邊緣點綴著灰色的小珍珠。

克萊門婷繼承了一大箱教科書，還有一筆專款，特別註明要讓她受訓成為教師，以及學成之後成立學校或孤兒院，如果她想做點事情幫助世上較為不幸的人。

瑪多克斯從小睡中醒來，從卡邦寇小姐的神情可以看出她正在思考。「別為了她讓自己煩心了，小姐！她不值得你這樣的！」

「她時時提醒著我所沒有的東西，」卡邦寇小姐一字字憤怒的說，因為在過去一個小時裡，蠍獅入睡的時候，她一直為了她姊姊的事火冒三丈。「而且我打算阻止她得到自己想要的東西。」

「是的，小姐，你一定要。你知道只要能幫得上忙，我什麼都願意做。」

兩人默默坐著片刻，卡邦寇小姐一面撫搓這個生物的耳朵。

「小姐？」

「是，我親愛的？」

「我們什麼時候要讓他們大吃一驚，我的小姐？做點可怕的大事？你知道我等待了好久。」

「我知道，我親愛的，我知道。你一定要多忍耐一下，你的日子會來臨的。等時候到了，你就會發出輝煌的火光！你會展現自己的力量——」

「是**我們的**力量，小姐，因為我們是一體的。」

她的薄唇揚起笑容。「聽好了，我親愛的，等那天到來，我們會一起釋放你的——**我們的**力量。我向你保證。」

36 渡河

亞瑟一路狂奔，直到抵達臭底橋。音樂從「天鵝與哨子」酒吧流瀉出來，在水波上飄盪。他好渴望進去裡面，摘下帽子，點一大盤乳酪烤土司配一杯冰涼的牛奶。可是太冒險了！於是他快步穿越拖船路，抵達河岸，把一艘翻覆的小艇當成臨時避難所。他抓起舷緣，抬起艇側，溜進了下面。

他在小艇下面等了一整天，時睡時醒，直到黑夜降臨城市。時候到了。

亞瑟從藏身之處底下爬出來，伸展僵硬的雙腿。昆塔斯說過，他看到那艘船就自然會知道。他瞥見一艘飽經風霜的划艇泊在岸邊，船上的油燈散放紅光，他納悶會不會就是他頭一晚到流明鎮時，看到載送乘客渡河的同一艘。

亞瑟悄悄走到船邊，勉強看出船尾有個戴兜帽的駝背身影。儘管那是個溫暖的六月夜，那個矮小笨重的男人依然裹著沉重的黑外套跟圍巾，臉龐藏在暗影裡。

「打、打攪了，先生，」亞瑟說，「可以麻煩你載我過河嗎？是昆塔斯派我來的。」

渡船船夫低沉沙啞的說：「我們是諾拉克。我們專門載送無名的、被追捕的跟迷失的。」

另一個聲音揚起，音調更高，並且重複那些字眼。「我們是諾拉克。我們專門載送無名的、被追捕的跟迷失的。」

亞瑟試著分辨另一個聲音來自何方，可是船上不見其他人影。男人用手勢要他爬上船。他在堅硬皸裂的座位上坐定。有個小小腦袋從男人的衣領冒出來，跟頭一個腦袋一模一樣，只是比較小。

「噢，哈、哈囉，」亞瑟緊張的說，「原來有兩個你。」

兩個腦袋異口同聲說：「我們是諾拉克。我們專門載送無名的、被追捕的跟迷失的。」

第三個腦袋比另外兩個更小，冒出來一臉煩躁的說：「是，是，他們說得沒錯。」然後朝著另外兩個腦袋翻翻白眼，「我們是諾拉克，拉哩拉雜說一堆，可不可以趕快行動啊？」

「噢，好吧。」頭一個腦袋說著便轉向亞瑟，「先付錢，再出發。」

「那就是規定。」第三個腦袋咕噥。

亞瑟可以看到他的臉，或者該說三張臉。他們看起來既像人類也像兩棲類，擁有三顆青蛙般的腦袋，眼睛鼓凸，皮膚泛綠。「渡河一趟多、多少錢？」亞瑟問。

「秀給我們看。」第二顆腦袋說。

「拿出來。」頭一個腦袋說。

「他竟然問『多少錢？』，」第三個腦袋哼了哼，「快付錢啊。」

亞瑟把吊牌從脖子上摘下來。「這個可以嗎？」

第三顆腦袋咬了咬那塊薄片，對著船地板啐了口水。「這不是金子也不是白銀。你在耍什麼把戲？你知道我們載你們這種人渡河，要冒多大的險嗎？」

「對某些人來說，這個很值錢。」亞瑟說。

「對我們來說不是。」頭一個腦袋說。諾拉克把那塊徽章往肩後一拋，亞瑟看著它沉入水裡，心裡毫不後悔。接著他把自己離開歧路莊園時，昆塔斯給他的銅板遞給對方。頭一個腦袋對銅板吹了吹氣，用力咬一咬，他鼓凸的眼睛在月光中閃閃發亮，最後把銅板收進口袋。

「還有什麼？還有什麼？」三個腦袋同時喃喃。

諾拉克終於答應用銅板、亞瑟的帆布包、那套新衣服，還有松果送他的紅帽來交換渡船服務。「唔，」頭一個腦袋說，「只能這樣了。」

「我想也是。」第二個腦袋說。

「我們每次遇到的都是些社會的渣滓。」第三個腦袋說。

「把船推開，出發了。」第二個腦袋說。

亞瑟還收著第二枚銅板，就是在地板木片下找到懷錶時昆塔斯給他的，跟他的嬰兒毯布塊、鑰匙藏在一起。他確定到了下面會需要用到錢——如果他到得了的話。

第二跟第三個腦袋縮回外套裡。諾拉克抓起長長的船槳站起來，開始滑動，彷彿在淺水裡撐篙似的。可是等他們推離岸邊，河水變得非常深。

他們穿越洶湧的水濤，霧氣在船身周圍盤繞，諾拉克默默不語，亞瑟聽著水波打在船身上，還有在河面上飄盪的夜間聲響。船尾有東西隨著水波漂了過去：一塊木片、死老鼠、破爛的漁夫帽、豬的屍骸。他們經過一艘運煤貨船、蒸氣船、一兩艘輕舟，使得諾拉克的船在黝暗的水中劇烈搖晃。

接著一陣強風從東邊吹來，洶湧的波濤狠狠打在船身上，將亞瑟甩來甩去。他害怕小船會翻覆，為了自己從未學過游泳而哀痛。可是話說回來，他以前住的那個地方，又有誰會教他游泳呢？

「不、不好意思，」亞瑟說，「如果你……如果你坐下，會不會比較容易？」

「諾拉克從來不坐。」頭一個腦袋說。

船身持續來來回回搖晃，舷邊每次都險象環生的泡入水裡。

第二個腦袋出現了。「抱歉，他說得有道理。」

第三個腦袋冒出來喝斥：「坐下來，要不然我們永遠到不了。況且，我們的屁股也需要休息一下。」

頭一個腦袋嘲諷。「諾拉克從來不坐著划船。」

「哼，我從來沒喜歡過這項規則！」第二個腦袋說。

三個腦袋吵來吵去，使得小船搖晃得更猛烈。

亞瑟用溫順的語氣提議：「打、打攪一下，我沒有冒犯的意思，可是，可以讓我來划嗎？我是說，如果這樣可以幫得上忙？」

他說完馬上就後悔了，因為除了不會游泳，他這輩子也沒搭過船，更不要說駕船了。三個腦袋同時往下瞪著亞瑟，青蛙般的嘴脣噘成同樣嘲諷的表情。

「我想是不行，」亞瑟清清喉嚨，「那我就……我就安安靜靜坐著。」停頓許久之後又說：「今天晚上的月色真不錯，不是嗎？」

可是諾拉克什麼也沒說，第二跟第三個腦袋消失在那個生物的外套裡。

河水波濤洶湧，諾拉克使勁搖槳，離對岸愈來愈近。亞瑟可以看到普眾們沿著碼頭與河岸點燃的火堆。渡船終於抵達對岸，從臭底橋往下游大約半哩[1]的距離，亞瑟在那裡下船，沒了帽子，幾乎身無分文，打扮就跟他當初抵達流明鎮時沒有兩樣。

「再見，」他跟諾拉克說。諾拉克把船調了頭，開始要返回對岸。「謝謝你們，呃，載我一程，非常感謝。」

可是隨著夜色吞沒渡船的蹤影，他只聽見那個生物的話語，從水波上飄了過來。「我們是諾拉克。我們專門載送無名的、被追捕的跟迷失的。」

1 一哩等於1609.344公尺，所以半哩等於804公尺左右。

37 往下、往下、往下

昆塔斯說過，等抵達對岸，他應該在普眾聚集的地點附近，尋找一個人孔蓋。穿過那個人孔蓋，就可以到下頭去——這是非正式的管道。正式的入口在流明鎮市集附近，那個入口可以通往暗鬱城的地下火車車站。可是那些火車專門保留給可以在兩個疆域裡自由來去的人，像是高帽、D·O·G·C·官員、工廠老闆。那些沒編號的、像亞瑟一樣遭到追捕的，還有迷失的草包，則必須尋找別的管道。

亞瑟遇到一群普眾，他們就睡在一個人孔蓋附近，跟昆塔斯形容的一樣，他可以看到從通風口傳出的蒸氣繞著他們的身體往上竄。其中一個普眾是個削瘦的青年，人很好，將人孔蓋移開，幫忙亞瑟下去。亞瑟從那裡順著一道生鏽的長梯往下走，梯子連向大型的地下道管線，他不知道除了跟著管線走，還能怎麼辦。往下、往下、再往下，在誰曉得是什麼樣的汙穢東西裡往前跋涉。

那股臭氣令人難以忍受。

放眼一片漆黑，他在迷宮般的複雜管線中辛苦跋涉。水，或不管是什麼液體，淹到了他的膝蓋，跟布丁一樣濃稠。四周如此黑暗，亞瑟連自己的手伸在眼前都看不見，感覺這片黑暗正悄悄竄進他的內在，在他的靈魂裡安頓下來。

風竄過管線呼嘯不止，就像困在陷阱裡的野獸，亞瑟穿過一連串的隧道，隨著緩慢的水流前進。一陣子之後，他的眼睛適應了黑暗，看到有生命的跡象在隧道側面跟頂端疾走爬行：小白蟹、青蛙、蛞蝓、大鼠，還有跟小鼠一般大小的蟲子。

亞瑟所在的那個排水管，管道逐漸變窄，水流也加快了速度，使得他一時沒站穩腳步被水流沖著走，在汙穢的暗棕色水流中起起伏伏。水流帶著他前進的速度如此快速，他深怕自己會淹死。他在水流中被拋來拋去，腦袋頻頻泡進水裡，大口被汙濁的水嗆到，拚命想讓自己的腦袋留在水面上方。

他放聲求助，可是只聽見回音傳了回來：「救救我！救救我！拜託！」

最後，奔流的汙泥湧進寬闊許多的管線，水平面降低，流速放慢。在這道生鏽的長管末端，透著暗紅色光線，他站穩了腳步，鼓起殘餘的力氣，吃力的朝光線走去。

那道光線通往一條巨大的隧道，隧道裡亮著紅油燈。亞瑟進入隧道，終於擺脫了下水道的水流。他渾身溼透，沾滿臭烘烘的穢物，因為寒冷而瑟瑟發抖，但他盡可能把臉抹乾淨，然後勇往直前。

這條隧道從陰暗的通道通往下一條陰暗的通道，路過一連串令人困惑的走道以及管線與洞穴組成的巨大網絡，連向更多隧道組成的迷宮。

亞瑟完全迷失了方向。

有東西從上方頻頻滴落，四處積滿了小灘的停滯黑水。他抬頭看著由滴水黑石構成的地下天空，看鐘乳石從上方的下水道滴下細流。牆壁也在滴水，他站立的地面相當潮溼，蓋滿了汙物，彷彿城市之下的城市在哭泣。

就像滴水嘴獸。亞瑟想。

他也想找個地方蜷起身子哭泣，可是他必須繼續往前走。

亞瑟讓耳朵當自己的嚮導。他從來不曾像此刻這樣，如此感謝自己擁有這樣的天賦，因為他聽到右邊有條走道傳來講話聲，於是快步趕往那些聲響。沿途他注意到大眼小鼠跟大鼠四處嗅來嗅去，大口吞下奇怪的蕈類、一簇簇藻類跟快速爬動的蟲子。他納悶自己在下面這邊要吃什麼，至少先等他找路出去。如果他找得到路出去的話。

如果找不到，他還能再見到崔英特嗎？

亞瑟進入那條走道時，看到了驚人的景象，幾百隻草包從四面八方湧進來。他不曾見過這麼多草包，他們的形狀、大小跟年齡各不相同，有些垂垂老矣，幾乎走不動；也有不少年幼的，而他們的父母忙著把一家人兜在一起免得走散。

亞瑟不斷被人群推擠，他往前走的時候，四周升起跟湯一樣濃稠、跟棕土一樣顏色的霧氣，好似從地心被召喚出來的某種原始力量。

他順著走道來到一個偌大的拱形空間，看起來就像曾經是黑石建成的龐大天主教堂。有些草包往左邊去，有些往右邊去，他們全都在尋找可以通往另一端的橋。因為他們眼前有條寬闊緩慢的河流，如同夜晚般又深又黑。

亞瑟合上雙眼，耳朵先朝一個方向轉去，再換成另一方向，可是沒有聲音可以提供他最好的選擇。他試著問其他人該往哪走，但沒人知道，因為他們對這個地方都很陌生。他決定往右轉，連續轉了好幾次彎之後，他發現自己身在一座寬闊生鏽的大橋橋頭。

亞瑟很快就發現，在暗鬱城的入口，沒有腦袋像茶杯的矮小男人跟發條猴子，向急著進門的草包收過路費，而是一隻巨大的鼴鼠草包。

鼴鼠站在橋的入口，穿著灰色大衣，頭戴圓禮帽，衣帽上處處沾著上方滴落的汙物。這隻黑色大生物嗅了嗅不流通的空氣，抖動鬍鬚，手中握著一根桿子，末端有個帶刺的鐵環，亞瑟猜想那是為了逮住沒付錢就溜過去的草包。

其他人擠過亞瑟身邊往前走，他回頭望著由管線以及淹滿汙水的黑暗通道組成的龐大迷宮，他沒辦法回頭，只能往前走，所以他在亂七八糟的隊伍裡等候，等輪到他通過的時機。

他謹慎的走近那隻鼴鼠。「哈、哈囉，拜託，先生，我想過橋。」他行個禮。但鼴鼠視力很差，沒注意到。

「把口袋清空。」鼴鼠的聲音輕柔惡毒，有種奇怪的催眠作用。「我聞到了，草包，把口袋清空。趕快！」

亞瑟只剩一枚銅板了，就是昆塔斯給他的那一個。那是他的通關工具，在找到不用透過上方城市就能離開這裡的安全路徑之前，在暗鬱城裡換取食物跟住宿用的。

所以他說了謊。

「我……我什麼都沒有，拜託，可以放我過去嗎？」

「我聞到會發亮的東西。」鼴鼠說。亞瑟倒抽一口氣，害怕最慘的狀況就要發生，鼴鼠會把他的金鑰匙拿走。可是鼴鼠嗅嗅空氣並說：「沒錯，沒錯……某個閃亮的銀色東西。」鼴鼠刻意拖長「銀色」那兩個字，彷彿在舌頭上品嚐一番。「沒錯，沒錯，是銀的。」他再次嗅嗅空氣，「把口袋清空！」他現在語氣憤怒，毛茸茸的黑手在附鐵圈的桿子上收緊。

亞瑟別無選擇，只能從口袋掏出銅板，遞給了鼴鼠。鼴鼠一把搶走。

鼴鼠用口鼻掃過銅板，鬍鬚因為興奮而顫動。「是的，是的，可愛的銀。可愛啊可愛。你可以通過了。」

亞瑟大大鬆了口氣，越過生鏽的鐵橋，進入了暗鬱城。

38

如同上方，下方也是

冰冷的雨水啪答啪答打在「任性與私生生物之家」的屋頂上。時值六月，可是高牆裡的天氣跟往常一樣陰鬱。午夜時分，大家都該在床上，可是亞瑟跟崔英特的三個老朋友——臘腸犬草包奈吉，兔子般的雙胞胎聶斯比跟史努克，三人在紅隼館的小草包宿舍角落裡依偎在一起，犯下可能算是史上最糟的一樁罪。

他們正在唱歌。

小草包們團團圍在他們四周，驚奇的聽著。

「那就叫做三部和聲。」奈吉低聲說。

「真好！」雙胞胎喃喃。

「真好。」其他人喃喃。

「我們再試一次好嗎？」奈吉說，「這一次放進更多感情，可是聲音要放得很輕。隔牆有耳！好了，那麼從頭開始嘍：一、二、三！」

儘管卡邦寇小姐提出的「新世界秩序」——推動愈來愈多規定，加上烏艾爾那群惡棍總是開心的強制執行——但是草包們開始用各種方式來違抗女院長。對許多草包來說，尤其是幫忙崔英特進行祕密計畫的那幾個，心中已經燃起反抗的念頭。現在什麼也阻擋不了他們。

粉筆從女院長的儲藏室消失以來，圖畫開始出現在各個地方。有禿頭卡邦寇小姐拚命想抓住假髮的滑稽圖案，史尼茲維先生把鼻子從臉上吹走的誇飾圖畫，還有其他種類的圖畫——亞瑟跟崔英特飛越高牆得到自由，來自外頭世界的影像：花朵、樹木、蝴蝶，跟草包來到這裡以前所記得的一切。

他們甚至畫了獨角獸跟仙子。他們靈感泉湧。

可是靈感有時是個危險的東西。

一旦被逮到，反叛分子就再也不見人影。從那年冬天開始的失蹤事件不減反增，每天有更多草包抵達院所，也有更多開始失蹤。

因此，就在奈吉、聶斯比跟史努克違反規定唱起歌曲時，一隻長著黑色圓眼、身型高大的大鼠草包，還有鼻水直流、兩邊手腕綁著繃帶、一腳裹著石膏的男人，來到了他們身邊。

大鼠得意的纏著女院長送的黃色圍巾，用帶尖爪的手摀住奈吉的嘴，史尼茲維則揪住雙胞胎的衣領。那些原本在聽歌的草包們則匆匆忙忙跑回自己的床鋪，躲在棉被底下發抖，深怕自己也會被帶走。

奈吉、聶斯比跟史努克的罪行是紅色代號S—3，紅色代號的意思是最嚴重的罪行；具體來說就是唱歌[1]，而犯錯的人是三個草包。

史尼茲維跟烏艾爾拖著這些小罪犯到走廊上，把他們往左邊趕了幾呎距離，最後停在過去一直以為是儲藏櫃的地方前頭。每個走廊盡頭都有同樣的櫥櫃門，有如院所裡大部分的房門，那裡向來也是鎖得死緊。

走廊上照舊空無一人。史尼茲維把奈吉、聶斯比跟史努克推進櫃子裡，然後點燃一小盞燈。烏艾爾尾隨史尼茲維跟其他人前進。

結果那裡並不只是櫥櫃。

「美妙的字眼：地牢，」烏艾爾說，「比地窖或地下室好多了，你們不覺得嗎？叫地牢更有詩意。說起來還滿順口的。」

顯然，不論紅隼、鷹、遊隼、貓頭鷹，院所裡的每個館都有祕密入口通往地窖，而紅隼館盡頭的櫥櫃就是其中之一。史尼茲維伸手到後側放清潔用品的架子後面，按下看起來像牆面汙漬的東西，牆壁瞬間像門一樣彈開。他跟烏艾爾聯手將奈吉、聶斯比跟史努克推進黑暗蜿蜒的樓梯，進入無人知曉的地方。

他們往院所的深處走去時，蟑螂跟蜘蛛快速爬過他們的腳。當這些囚犯抵達底部，恐怖的景象正等著他們：放眼所及都是工廠，比遊隼館的裝置室大多了，而裝置室還是院所裡最大的房間呢。這裡是真正的工廠，有幾十個吃甲蟲的電磁妖怪，還有別種機器，奈吉、聶斯比跟史努克確定那些機器也會做出其他可怕的事情。

三個小草包緊緊握住彼此的手掌，哭了起來。

「別哭了！」史尼茲維說。他把他們拖進工廠隔壁那個昏暗潮溼的房間，牆壁上全都是獸籠一樣的小牢房，裡面關著過去四個月左右陸續失蹤、年紀大些的草包，就是大家稱為「咕噥包」的那些人。其他牢房則關著像他們這樣違反規定的草包，還有他們以為獲得收養或送往另一個地方的那些草包。

原來這裡**就是**另一地方。

史尼茲維把他們三人推進一間牢房。「總算甩掉你們了！」他擤擤鼻子後又說：「明天凌晨五點開始上工！這裡沒有樓上燕麥粥跟豆湯那種好東西，只有我們所謂的『狗高湯』。」

史尼茲維告訴他們，他們每天早晚都要工作，卡邦寇小姐善心大發，准他們星期天晚上休息。「可是你們不工作的時候，就得待在牢房裡。」他用力打個噴嚏說。

「噢，對了，」烏艾爾補充，「這下面不需要用時鐘。相信我，你們會知道是幾點。」

兩個人轉身離開，準備回去通報卡邦寇小姐。

到了階梯頂端，史尼茲維轉身面對烏艾爾，壓低嗓門說：「跟你一起工作還真好啊。區區一隻大鼠。平凡、愛算計、骯髒、發臭的下水溝老鼠草包。我不知道你在玩啥把戲，烏艾爾，可是別以為我會相信，你除了為自己謀福利之外，有什麼高尚的動機。你總會有搞砸的時候，等你搞砸的時候，我，莫提摩・何瑞修・艾洛休斯・史尼茲維，會親自把你關到下面

---

1 S是唱歌（singing）的首字母。

去，讓你跟同類在一起。我會很樂意讓你的齧齒類兄弟拿你的脾臟當飯吃。」

「是嗎？」烏艾爾平靜的微笑，「唔，時間一久，你這個鼻涕蟲就會看出我對女院長多麼有用，還有你多麼沒用。噢，對了，至於拿脾臟拿飯吃，我的確吃過一、兩隻老鼠的脾臟。」

同一天晚上，在遙遠的城市下方的城市裡，亞瑟悶悶不樂倚著汗水淌流的黑石牆壁坐著，旁邊有灘淺淺的積水，一面思索自己這個了無希望的處境。他那天晚上經過一場野蠻的旅程，為了過橋花掉最後一枚銅板，這一切又是為了什麼呢？他現在身無分文，沒東西吃，連睡覺的地方也沒有，更不可能在無人幫助的狀況下，離開這個地下煉獄。話說回來，他誰也不認識。不只如此，他永遠看不到自己在廷塔傑路的出生地了。還有捕歌器，他再也沒機會聽到裡面美妙的聲音，而且似乎再也見不到崔英特了。

亞瑟甚至連哭的精力都沒有。

在昏暗的光線裡，水看起來黑漆漆，可是誰說得準呢？在他眼裡，一切都很陰暗。暗鬱城蒙在永遠的黑夜底下，甚至比院所裡那片永恆的灰更糟糕。他要怎麼離開這裡？

不過他並非獨自一人，有幾百個草包靠在牆上，依偎在一起，飢餓疲憊。他們也不知道該怎麼辦，或是去哪裡。

答案來得滿快的。一隻性情粗暴的獾出現，他的前臂粗壯得不得了，爪子巨大泛黃，聲音低沉粗啞。

「醒來啊，我的小可愛們！誰想要工作啊？誰希望夜裡有張好床可以睡？有吃的可以填飽肚皮？大家都想要，不是嗎？排好隊、排好隊，草包們。那些不想工作的，哼，往右邊瞧瞧。」大家轉往獾指出來的方向，不遠處有個陰暗傾頹的墓園。「就是餓死這條路，這種離開人間的方式不太好吧，嘿嘿嘿。」

亞瑟跟其他又溼又累的草包一起排隊，在城市下方的城市，負責管事的似乎是草包，而不是人類，這點叫他疑惑。

獾打開一本巨大的紅色冊子，從口袋抽出一支鵝毛筆。「我叫葛佛，可是猜猜怎樣？你們這些人在下頭是沒名字的！嘿嘿嘿！你們會分到一個號碼，在下面這裡不需要名字，不需要，完全不需要。」他又咯咯笑了起來，發出同樣的嘿嘿笑聲，亞瑟覺得很不悅耳。

輪到亞瑟的時候，那隻獾上下打量他。他的眼睛盯著亞瑟原本蓬鬆的紅耳，現在因為棕色汙泥而糾結成團。然後說：「哎呀，你是不是又聾又啞啊，草包？聽、得、到、嗎？嘿嘿嘿！」

亞瑟判定，這次最好別隱藏自己的祕密天賦。如果這個討厭的傢伙認為他耳聾，可能會分配最差的工作給他。而亞瑟必須掙點什麼，才有機會離開這裡。

「其實呢，先生，恕我直言，我的聽力很不錯。其實比好還要好。我可以聽到很遠、很遠的聲音。」

「唔，這樣的話，狐仔，我有份工作給你！從明天早上開始，你就當我們這裡所謂的『陷阱鼠』吧。」

「什、什麼是陷阱鼠？」亞瑟問。

「嘿，你很快就會知道了！」獾說。

「我能夠賺夠錢，回到流明鎮嗎？」

「你哪裡也去不了，狐仔。沒有人回得去，沒有人。對了，在下面這裡，你有個新名字：十三億一千三百一十三萬一千三百一十三。而對你這樣的傻蛋呢，只要知道是『13—13—13—13—13』就好。噢，還有一件事。一天不工作，就一天沒飯吃。好了，先跟其他人到那邊等著，等我下指示。」

過了感覺像是幾小時之後，葛佛終於領著亞瑟跟其他人到他所謂的他們的「新居」去。

「就是這裡，對你們來說是最好的地方！」

亞瑟環顧四周，除了一面大黑牆之外，什麼也沒看到。「不、不好意思，可是我們應該睡哪裡？」

葛佛咧嘴笑。「噢，只是在牆裡的小洞，可是滿舒適的，嘿嘿。」他腦袋朝那面牆一點。

亞瑟的新居真的是牆上的一個洞。

這一大片黑石滴著來自上方的汙物，岩面從上到下挖出了一排又一排的洞。繩索、齒輪、平臺跟滑輪構成複雜的系統，讓草包可以沿著牆壁上上下下。

「『棲窩』，我們都這麼叫。」葛佛說，「是夜鴉很久以前挖給自己寶寶住的，希望它們不會在半夜回來抓你們！嘿嘿，那些鳥滿喜歡吃草包的喔！覺得你們這些傢伙很可口！」

葛佛各遞一塊麵包皮給草包，然後按照他們的編號，分配棲窩洞給他們。

「我想你們會想要一條不錯的小毯子。誰想要一條不錯的小毯子啊？別害羞嘛。」獾說。

大家都急切的舉起手跟掌，因為暗鬱城冰冷又潮溼。

「唔，哎呀，」葛佛說，「我一條也沒有！」

整群人靜默下來。這個可怕的夜晚還可能更糟嗎？

亞瑟仰頭盯著這一大片牆壁，沮喪的搖搖頭。跟這個比起來，院所的那堵高牆根本不算什麼。「不、不好意思，先生，」他說，「我怎麼知道哪個洞是我的？」

「在最頂端，狐仔，就在袋熊隔壁。左邊算來第二個。就是有五個十三的那個。」獾張大嘴巴哈哈笑，亞瑟看到獾那口腐爛裂開的棕色牙齒，不禁縮起身子。葛佛轉身離開以前，仰頭朝著亞瑟的新居一點，然後說：「小心腳步啦！嘿嘿嘿！」

亞瑟攀上繩梯，到了搖搖欲墜的平臺之後，再由鏗鏘作響的滑輪將他往上拉到頂端。他的新居是個刻鑿在岩石中、潮溼空蕩的小洞，散發著鳥糞、黴菌、汙物跟尿液的臭氣。他爬了進去，怎麼也睡不著。再過兩個小時就要工作，一天得工作十五個小時，一週六天，從凌晨五點到晚上八點，加上星期天還有半天，就為了換取棲窩的小洞跟每天兩塊麵包。

葛佛說沒人回得去，是什麼意思？亞瑟必須趕快想個辦法。他非找到崔英特不可。可是於此同時，他的體力早已透支，距離黎明只剩兩個小時了——缺乏天光的黎明。

亞瑟想起葛佛說起的夜鴉，於是坐直身子，耳朵轉向四周的黑暗世界。他希望那隻獾騙人。不過，他聽到的不是恐怖的鳥類，而是隱藏在岩石後方的河流拍濺聲，以及那些他從未聽過的聲響，令他一頭霧水：夜間火車的哨聲，上面載運著幸運的人類——工廠主人、高帽、D·O·G·C·警員——往返流明鎮位於地面上的車站。他聽到轟隆聲，不久就會明白，那是來自清道夫推車，由大鼴鼠草包們負責操作；鼴鼠在這個奇怪的地底世界裡，雖然瞎著眼，但走起路來腳步很穩當。鼴鼠四處搜尋破爛，就是那些扔在垃圾堆裡，或是在棲窩和工廠牆壁外頭，遭到棄置或遺忘的物品。

亞瑟可以聽到流明鎮在地面上的生活。

他極力豎耳傾聽，透過分隔兩個世界的厚重岩石跟土壤，他勉強可以聽到雨水打在街道上，是他在下方感覺不到的雨水，在下面只聽得到地下道汙物的滴答聲。在城市下方的城市裡，沒有輕柔的落雪，也沒有溫暖金黃的太陽，甚至連院所那邊的暴風雨也沒有。

在暗鬱城這個地下世界裡，根本沒有天氣可言。

39 城市下方的城市

亞瑟星期天醒來時，正想著廷塔傑路十七號這條路名的音樂性，感謝老天，那個號碼並不是十三，他把自己身世的調查搞得一團亂，更不要提其他的一切了。前晚他睡得很差，就像他來到這裡之後的每個晚上。棲窩就像鴿子窩一樣，只是沾滿了煤灰，潮溼得不得了，躺在裡面如此寒冷跟悲慘，有些較小的草包索性拋下自己的棲窩，到工廠煙囪的洞裡去取暖。

棲窩裡陰暗潮溼、毫無隱私，大小幾乎只能勉強躺進去，叫人怎麼睡才好？他依然不知道關於夜鴉的事到底是真是假。為了避免萬一，他總是讓耳朵保持警戒，聽著是否有巨大翅膀的拍擊聲。

他望出洞外，看著眼前那片廣大混濁的世界，永遠一成不變，大家都呼吸著同樣不流通的窒悶空氣，吃力的走向頻頻冒煙的工廠跟煤礦坑。空氣中充滿老舊、憂傷的氛圍，彷彿繼承了好幾世紀的悲痛。亞瑟可以聞到地下的霧氣，味道就像爛掉的雞蛋。工廠冒出大量的煙霧，無處可去，所以就在暗鬱城上方徘徊，從幾個透氣孔往上飄進上方的白色大城。

他現在就要過這種人生嗎？這就是他的命運？

他必須送訊息給崔英特。他確定她現在已經有了計畫，她可是崔英特啊！但他困在這個煉獄般的地方，又該怎麼聯絡她呢？

亞瑟盤腿坐在棲窩小洞的地板上，啃了口早上配給的麵包。有隻類似臭底橋那邊的機械猴負責發送麵包，機械猴在牆面爬上爬下，每天兩次發放配給給居民。這隻發條猴子甚至比地面那隻猴子更小氣。

「噁！」亞瑟說，啐出一小口因為發霉已經變綠的麵包，他把剩下的麵包丟出洞外，麵包掉到下面很遠的地方，在淺淺的黑水灘裡發出了輕微的聲響。

他必須跟其他人跋涉到煤礦坑去，他的工作一定是暗鬱城裡最差的其中一種。身為陷阱鼠，他負責操作煤礦坑的活板門，替礦工們控制空氣的流動。他聽過其他工作，膠水工、磨骨工、碎石工、挖墳工、製帽工、煮油工、掃糞工等。至於那些幸運的少數人，得到了在可疑場所的工作，那些場所位於一條叫做「黑蛞蝓巷」的邪惡通道上，完全為了草包工頭，像是葛佛或收過橋費的鼴鼠守衛那類人而設。雖然他們就像其他草包一樣，永遠困在暗鬱城裡，但因為地位較高，可以享受特別的待遇。他們參加專屬的鬥鼠俱樂部、欣賞怪胎秀，還有到唯一的草包酒吧享樂。那間酒吧有個貼切的名字：「屎與鏟」。

下班之後，亞瑟這類的草包沒有特權，只能靠著頻頻噴煙的油燈，或是在夜市以物易物換來的搖曳蠟燭，縮在光線刺眼的棲窩裡，同享悲慘跟稀少的食糧。

才過了幾天，亞瑟就可以看出哪些草包已經在那裡很久了。他們幾乎無法呼吸，多年來為了適應光線的缺乏，眼睛變得很大，臉上有種憂懼空洞的神情，而且很少講話，讓亞瑟聯想到院所那裡的咕噥包，就是擺明已經接受自己悲慘命運的那些較大草包。

亞瑟想起，他到流明鎮的第一天，就聽到來自土地下方深處的悶響。他現在明白，原來那個下方深處就是他目前所在的地方，要是他不想想辦法，下半輩子可能都得待在這裡。

可是亞瑟並未忘記崔英特的話——**要勇敢！永遠、永遠不要失去希望！**而且那首來自久遠以前的歌曲仍然依偎在他心中，在天際星辰中飄盪的輕快歌聲，她的聲音，不管她是誰……

不管何時，他都會使勁聆聽上方那個光線洋溢的世界，傾聽生命的種種跡象。他非常、非常賣力的傾聽時，發誓可以聽見孩童嬉戲的聲音。

亞瑟那天早上早早醒來，就為了能夠在下方黑淺灘旁邊閒坐幾分鐘。他沿著繩梯爬下來，到了最近的平臺，然後扯動槓桿，滑輪喀答就位，一路帶他前往下方。

他只有幾分鐘閒空，可是至少有那麼一點時間，於是他閉上雙眼，假裝回到了崔英特身邊，他們正在前往流明鎮的路上，坐在陽光撫照的清澈溪流旁邊。他喚出了翠綠山丘、野花、點點散落在風景裡的牛羊，沉浸在思緒裡，花了點時間才注意到坐在附近黑碎石堆上的生物，有隻青蛙正看著在水面附近繞行的一群小小銀魚，舌頭不時會捲起一隻一口吞掉。

亞瑟客氣的點點頭並說：「哈囉，蛙。」

那隻蛙定定盯著他，呱呱一叫，似乎用非常不以為然的表情看著亞瑟。

「哈囉。」亞瑟再次說，可是蛙只是瞪著眼。

「唔，你到底在看什麼啦？」亞瑟突然暴躁起來，替自己難過。

蛙眨了眨眼，然後開口了。「脾氣沒必要那麼大吧！我在下面這邊從來沒見過狐人呢。」

蛙再次呱呱叫，靈活一躍就不見了蹤影。

太好了。亞瑟對自己說，盯著水灘黑色表面上的漣漪再次靜定下來。**好不容易遇到了也許能告訴我怎麼逃出去的人，我卻搞砸了。太好了！**

他站起身時，聽到某人從牆壁後面對他低聲說話。「喂，你。」亞瑟四下張望，但誰也沒看見。「喂！」那個聲音再次說，「對，就是你，別聽蛙講的話，狐仔，牠們靠不住。如果你真的想知道這裡的狀況，問小鼠就對了。」

亞瑟再次環顧四周，但放眼只見扎實的石牆。輪班的哨聲響起，他快步趕往煤礦坑。

40 老鼠的故事

那晚，亞瑟正要入睡，聽到了牆壁後方傳來輕柔的窸窣聲。他抬頭一看，棲窩洞的角落裡有個小小開口，有隻長著粉紅耳朵的小灰鼠，從那裡往外窺探。牠一臉友善好奇，長長的白鬚，淡粉紅的鼻子。

「哈囉！」亞瑟說，「過來嘛，我不會傷害你的，我保證。」

老鼠從洞裡悄悄爬出來，靠得近一些。牠抽動鼻子、眨了眨眼。

「可憐的老鼠，你一定餓了吧。」亞瑟低語。

老鼠湊得更近。亞瑟注意到牠有很特殊的尾巴，尾端彎曲扁平，彷彿被人猛踩一腳。

亞瑟搜尋自己的口袋，找到一把麵包屑，放在老鼠面前。「喏，儘管吃吧。我真希望有更好的東西可以給你，可是我沒有。」

老鼠用後腳站起來，轉頭望去，緊張的抓著鬍鬚，看起來是想確定沒人會搶走那些麵包屑。牠起勁的搓著雙掌片刻，左看右看，然後才吃了起來。飯後，牠抽動鼻子幾次，發出細緻的打嗝聲，然後開始打理自己的門面，用掌子搓揉臉龐跟身體其他部位，最後是那條長長的灰尾巴。

亞瑟嘆口氣。「真希望你聽得懂我的話。我滿喜歡小老鼠的，而且我也想要有個朋友。」

老鼠腦袋一歪，望著他的眼睛，片刻之後，用有點高高在上的語氣說：「唔，問題是你聽得懂我的話嗎？你當然聽不懂了，他們從沒聽懂過。」

亞瑟坐直身子。「可是我聽得懂啊！很好懂啊！」

老鼠瞪大眼睛。「不好意思，你聽得懂我的話？」

「沒錯，我聽得懂！你叫什麼名字？是怎麼來到這裡的？噢，哎唷，只要跟我講講你自己就好！」

「欸，我叫皮佛！你呢？」

「我叫亞瑟！」

「亞瑟？像是……像是永恆之鼠王的那個亞瑟？」皮佛說，眼睛又瞪得更大。「還有牠的圓桌鼠騎士？真是很大的榮耀啊！請原諒我之前的傲慢，我完全沒概念。」

老鼠在亞瑟面前優雅的行禮。亞瑟站起來，向老鼠一鞠躬。

「真的很高興認識你，皮佛，」亞瑟說，「真的很高興。」

兩個人暢談許久，直到深夜。

皮佛向亞瑟解釋自己昔日裡是騎士，為了名譽跟光榮而戰，而不是為了乳酪。皮佛特別補充說：「我當然不反對乳酪了。」

亞瑟告訴皮佛，他以前都會聽到小鼠跟大鼠在院所的牆壁後方說話，在他朋友崔英特到來以前，他們的對話總是給他帶來安慰。

「我知道你的感覺，」皮佛說，「即使周圍有這麼多人，還是孤孤單單的。我來到這裡以後，每天都有這種感覺。」

牠告訴亞瑟自己悲傷漫長的故事，牠來自美妙慈愛的家庭，總共有二十個兄弟姊妹。「注意喔，我家見識廣闊，很有文化素養。」直到幾個月前因為命運的捉弄跟家人失散，牠們到流明鎮市集出遊，這時有個可口的氣味讓牠分了神。「是布利乳酪。我想你可以說乳酪毀了我。」

牠跌進敞開的人孔蓋，被吸進了地下水道。

「我就是那樣弄斷尾巴的，」皮佛說，舉起尾巴末端。「也差點溺死。」牠打起哆嗦，扯了扯鬍鬚。

「我知道那種感覺，」亞瑟說，「不是尾巴那部分，我沒有尾巴，可是我知道迷失跟孤單的感覺。」

「現在我不知道怎麼回到家人身邊了。」皮佛吐出一口老鼠的嘆息，「總之，你怎麼聽得懂我的話呢？沒有冒犯的意思，可是這對草包或人類來說是不正常的。你也聽得懂其他動物嗎？還是只有老鼠？」

「我不是所有的生物都能聽懂，」亞瑟說，「我絕對聽不懂貓咪，至少目前還沒。」

「貓咪！」皮佛尖叫，垂下鬍鬚。「貓咪有什麼好懂的？牠們是粗魯、高傲、凶狠的殺手，而且——」

「噢，天啊，別這麼說，」亞瑟說，「我確定一定有些好貓的。總之，如果有一天我可以聽懂貓族的話，我對牠們會有更多認識，也許可以跟牠們談談，這樣我路過的時候，牠們就不會對我低嘶了。」

亞瑟給皮佛更多麵包屑，可是老鼠婉謝，說已經滿飽的了。「皮佛啊，你看起來好像那種……經驗豐富、見過世面的老鼠。你知道為什麼我會是這個樣子嗎？」

「這個樣子？」

「我的意思是，為什麼我會像這樣聽到東西。為什麼我至少可以聽懂一些動物說的話，比方說你。」

「唔，」皮佛說，「我不能說我知道答案，可是一定有原因的。」

「我真希望知道是什麼原因，」亞瑟說，「皮佛……我知道你說這樣不正常，可是你想有沒有其他人可以聽懂你講的話？如果有，那你算不算是草包？」

「首先呢，」皮佛說，「這個世界比你想的還複雜，在下面跟上面的生物照不同的規則運作。其次呢，我們動物不是高帽以為的那樣……也就是說，愚蠢。我們可以講話，至少我們可以彼此溝通，大部分可以。而且我們當中有一些——」這時皮佛的雙眼一亮，「尤其是小鼠，不只會講話，還能朗誦詩歌呢。可是在你出現以前，我從來沒遇過聽得懂老鼠講話的草包或人類。」

「原來啊！」亞瑟說，「唔，這真的很有意思呢。」

兩人坐在一起一陣子，傾聽暗鬱城的夜間聲響，蝙蝠在隧道裡俯衝，地下水道獵者在滿是廢物跟屍體的黑水裡跋涉，努力蒐集派得上用場的東西。亞瑟可以聽到地下世界的天花板附近有翅膀拍動的聲響。他從來沒見到任何鳥類，只是感覺到他們在巨大石牆上方高處活動，那裡有奇怪的光源像星辰一樣閃動發光。

「我可以再問你一個問題嗎？」亞瑟說。

「儘管問！」皮佛現在半蹲，把弄自己的尾巴，忙著清理撫平。

亞瑟覺得皮佛花好多時間打理自己，可是人各有所好。「你在暗鬱城裡怎麼活下去？我是說，草包會分東西給你吃，還是你必須去偷吃的東西？」

「偷？那是什麼問題嘛？」

「噢，真抱歉！」亞瑟說，「我沒有惡意，只是……唔，你在下面這邊是怎麼過活的？」

「不要緊，」皮佛邊說邊用小掌輕拍亞瑟的手，「我來回答你的問題。我替夜鴉提供非常重要的服務。」

「夜鴉？有隻獾說，那些鴉可能會回來找自己的寶寶，如果它們發現有草包占住它們的棲窩，就會把那個草包吃掉。我不知道該不該相信他，不過……」

「那是騙人的！鴉的寶寶飛走以後，永遠不會再回來。它們也不在乎草包，至少我認識的那些夜鴉才不在乎。它們的工作是要守護死者。看到上頭那些光線了嗎？」皮佛往上指著這個世界的天花板，「那就是它們的眼睛，從很遠的地方看來就像星辰。」

亞瑟仰頭望去，一時片刻感覺自己彷彿在外頭，再次跟崔英特一起在路上同行。「你替它們做什麼？」

「我負責清理它們尾巴上的羽毛。它們用食物來交換這項服務。它們的羽毛會沾到很多煤灰，唔，還有其他東西，你應該能想像吧。這種工作很討厭，可是在我想辦法離開這裡以前，可以讓我光明正大的生活。有點像是清掃馬廄以換取食物，如果你懂我意思。」

「呃，我不太懂……可是我大概可以想像。你不怕它們嗎，皮佛？我是說，它們不會想吃掉你嗎？鴉不是會吃老鼠嗎？」

「噢，天啊，才不會！至少在下面這邊不會。」

「你難道不能，唔，你知道的，偷偷溜進棲窩洞，然後拿點吃的走嗎？」

「我跟你說過，亞瑟，我不是小偷！我是——唔，如果你真的想知道，我是演員，或者可以叫做詩人。我是個有著詩人靈魂的騎士，或是倒過來說也行。說實在的，我決定不了。」

亞瑟對著這隻老鼠微笑，然後打了呵欠。他愈來愈累，可是他想盡可能跟新朋友聊聊。

「在你睡覺以前，要我朗讀一首詩給你聽嗎？」

「噢，好啊！我很想聽！」

「這首詩叫做〈永恆的鼠王〉，可是我應該先警告你，這首詩滿長的喔。老實說，如果一個人每天朗誦三個小時左右，大概要花五年才能說完。」

「這樣啊，」亞瑟說，「你有沒有短一點的詩呢？我擔心如果太長，我會睡著，錯過最精采的部分。」

「噢，大家都會睡著的，連老鼠也是。」皮佛嘆著氣說，「我習慣了。可是別擔心，我今天講到哪裡，明天就會從那裡接下去。對了，所有偉大的詩詞都一定要用唱的，你懂吧。」

亞瑟盡可能窩進他冰冷潮溼的小洞角落，老鼠開始用尾巴在黑暗中打出穩定的節奏。亞瑟合上眼睛，聽皮佛開始唱起那首史詩故事。

鼠族過往曾經歡欣快樂，
唱歌跳舞，怡然自得。
繞著綠色樹籬，繞著大樹。
接著黑暗降臨，牠們被迫逃離。
用歌聲釋放牠們靈魂自由的鼠王在哪裡？
用歌聲釋放牠們靈魂自由的鼠王在哪裡？

亞瑟聽到從岩石的縫隙、棲窩跟隧道牆壁裡，傳來老鼠們的合唱，牠們高亢純粹的嗓音往上竄入地底的天空，空氣裡洋溢著牠們的歌曲，亞瑟驚奇的聽著，直到疲憊不已的墜入深沉的睡夢裡。

不過，在他醒來之後，那首〈永恆的鼠王〉依然在他腦海中久久縈繞不去。

41
閃過一抹橘色

在暗鬱城的中心深處，亞瑟又在睡夢中唱起歌來。他唱著皮佛那首史詩故事，每天晚上就寢以前，老鼠繼續對他朗誦。有些草包，像是隔壁的袋熊，為了聽亞瑟唱歌熬夜到很晚。那首歌在亞瑟的內心成長，在他以及聽到的其他人心裡燃起了希望的閃光。每天早上，草包列隊走到工廠跟煤礦坑時，就會哼著它的旋律。亞瑟的歌曲每每傳到了他們的棲窩洞裡，這份他無意間送給大家的禮物，使得他們的腳步輕盈許多。

有天晚上，棲窩附近的一條管線破了，黑色汙水、死老鼠跟殘渣噴湧出來，淹沒了亞瑟通常前往煤礦坑的通道。隔天早晨，他不得不換個路線走。可是他對這個地方如此陌生，有那麼多令人困惑的轉彎跟曲折，他跟幾個草包很快就迷了路。

他發現自己走在黑蛞蝓巷上，這個名字名副其實，因為裡面住了幾千隻黑色大蛞蝓，雖然這條街道其實是個巨大的地下排水管。

一群擔任邊防官員的獾剛剛值完班，正準備走進「屎與鏟」酒吧，之後還要對當天的第一場鬥鼠比賽下注。葛佛，就是那個分派工作跟牆上洞口給亞瑟的那個獾，一把揪住亞瑟的手臂。「你要去哪，狐仔？你不是應該在煤礦坑嗎？蹺班是嗎？嘿嘿。」

「棲、棲窩道昨天晚上淹水了，先生，」亞瑟解釋，「我只是想找別條路過去。」

獾用腦袋指示他們往左走，然後笑著走進酒吧。

亞瑟正要離開的時候，眼角餘光瞥見了東西，讓他停下腳步。長長一隊蛞蝓從右邊朝他爬來，沿途留下閃亮的銀色痕跡。即使在絕望之中，亞瑟依然因為在黑暗中的銀光之流而感動。

接著又有另一件怪事，蛞蝓的背上似乎扛著小小的糧食。牠們是從哪來的？他聽過夜市，可是因為他沒錢買東西，也懶得去找。可是現在他有東西可以拿來交易了，就是關於鼠王的那首詩！

於是，他不是往左轉朝煤礦坑去，而是右轉跟著蛞蝓的銀路走。

到了黑蛞蝓巷的盡頭，那條銀路先穿過一條長隧道，再往上順著從黑石刻出來的螺旋階梯，然後穿過另一條隧道。從隧道裡面，亞瑟可以聽到很多生物同時在講話的回音，他們忙著以物易物，喊出價碼，爭論貨物的品質好壞。

我錯過一天工作，換不到發霉的爛麵包。也許可以在市場上換到更好的東西。亞瑟心想。或許，只是或許，會有人善待他，就像流明鎮市集上那位烘焙婦，免費送他一塊好吃的暖麵包。

亞瑟想到小麵包忍不住流口水，接著他想起湯，昆塔斯那道給國王喝的湯。他真希望自已在歧路莊園。可是他把那份思緒推開，隨著那道銀路走進暗鬱城夜市。

市場裡喧鬧不堪，大家忙著交易，大多是來自上方城市棄置的腐爛食物，用黑市的價位販賣。好幾個拖車上堆著壞掉的肉、爛掉的水果跟腐敗的魚頭。有個女人在賣麵包，可是亞瑟可以看到麵包表面泛綠，看起來就像是用木屑做成的東西。這裡的貨車由疲憊不堪的草包來拉，而不是馬匹或驢子，他仔細端詳推車，尋找想吃的東西。

他自然而然找起派來，但那裡根本沒有，不過有包心菜，而且看起來狀況還好。

亞瑟走近包心菜小販，是個矮小圓胖的男人，頂著面皰點點的臭臉。

「打攪了，先生，」他客氣的說，微微鞠躬。「不好意思，先生，可以跟你說句話嗎？」

男人對他拉長了臉，咕噥說著「你想幹麼」之類的話。

亞瑟問男人是否能考慮用一顆包心菜，交換備受讚揚的〈永恆的鼠王〉縮減版，當然是以吟誦詩詞的形式，因為亞瑟在睡夢中之外的時間無法唱歌。

包心菜小販瞪著亞瑟，彷彿亞瑟失心瘋似的。「你要用一隻老鼠換包心菜？你是瘋了還是怎樣？」

亞瑟正準備開口時，瞥見了一抹驚人的橘色。

有個女人頂著高聳的橘色假髮，後頭跟著一隻高大的灰老鼠，縮身閃進了從市場岔出去的一條傾斜通道。一個亞瑟不認得的男人領著他們走向某處。

卡邦寇小姐跟烏艾爾來暗鬱城做什麼？他很確定兩人意圖不軌，可是這不干他的事。他應該做的是趁他們看到他、將他拖回院所以前逃之夭夭。他縮身躲進包心菜推車下面，然後爬過一張長桌下方，桌上堆著高高的炸下水溝鰻。亞瑟躡手躡腳回頭朝著隧道走的時候，聽見了「捕歌器」這個字眼。他戛然停住腳步，接著卡邦寇小姐用她尖亢急促的嗓音說：「等我完成之後，這個星球上連一首歌都無法存活。音樂是萬惡的根源，你可別忘記！」

亞瑟別無選擇只好跟著他們走。他非得查出她在說什麼不可。

他保持距離，在陰影中潛行，這點在暗鬱城還滿容易的。他偷聽女院長跟大鼠壓低嗓門談論一場會議，他們正要去跟一個很重要的男人會面。卡邦寇小姐顯然之前就見過對方。

「大人說話的時候，你就保持安靜，別擋路，懂了嗎？」

「當然，女士，遵旨。」烏艾爾說著便行個禮。

嚮導領著他們穿過曲折的走道，走進黑暗狹窄的隧道，最後通向工廠林立的一條街道。

亞瑟看到他們進入其中一棟建築的後側，門上的標示是一個綠帽的圖案跟那間工廠的名稱：**除了窄緣紳士帽別無其他！**亞瑟馬上想到小妖，心中湧起一股罪惡感。

他等了幾分鐘之後才跟著走進去，他在大門旁邊發現一堆棄置的帽子丟在垃圾桶裡。亞瑟默默感謝昆塔斯，謝謝他之前提供「融入」的訓練，他挑出所能找到的最大頂的帽子，戴了上去，把耳朵往下壓，好讓帽子貼合腦袋。這跟松果給他的紅帽不同，紅帽有更多空間可以容納他的大尖耳，但兩頂帽子效果一樣，完全遮住了耳朵，他的臉跟毛皮都因為煤灰而一片黑，跟原本的模樣天差地別。

卡邦寇小姐、烏艾爾跟他們的嚮導順著長走道，走進工廠的組裝室。亞瑟可以聽到工頭正在痛罵一個工人，工人顯然做出了不像綠帽的東西。工頭扯著嗓門尖叫，可憐的袋熊草包害怕的縮起身子。「我們向來都做綠色窄緣紳士帽，而且會一直這樣做下去，直到世界終結為止。你做出來的，草包，是個大頂的藍扁帽！上頭還插了羽毛！太過分了！」

亞瑟真希望自己能夠幫幫那個草包，可是他又能怎樣？他必須跟蹤卡邦寇小姐。

那個房間擠滿了好幾百個草包，在長桌上伏著身子，用最快的速度一頂又一頂的趕製帽子。工頭對那個工人大吼大叫時，亞瑟趁機溜進了一張桌子底下，然後爬向下一張，就這樣沿著地板滑行，直到抵達房間的後側，卡邦寇小姐跟她的隨從就是往那邊去。

嚮導敲響辦公室的門時，女院長跟烏艾爾默默等候，接著另一個男人打開門，迎他們進去。亞瑟在女院長邁入辦公室時，瞥了她一眼。他縮了縮身子，她的臉就跟記憶中的一樣，凝結在憔悴的氣惱狀態，接近暴怒。他注意到烏艾爾把吊牌放在襯衫外頭，可能是為了確保自己不會被抓走、留在這裡。可是烏艾爾還戴著一條黃色絲巾。**打從什麼時候開始，卡邦寇小姐院所的草包也戴起時髦的絲巾了？**他也瞥見他們正要會晤的男人，他高䠷蒼白，戴著單片眼鏡跟白手套。

硬壓在腦袋上的帽子阻隔了聲音，於是亞瑟小心提起帽子，讓耳朵發揮魔力。

42 邪惡無比的計謀

亞瑟在房外專心的傾聽，房裡的某人同樣聽得入迷。

烏艾爾站在一旁，視線低垂，佯裝服從，可是將一切都看在眼底。他注意到男人的貓在角落裡折磨一隻小老鼠，男人視線瞟過去，贊同的點點頭。他仔細的看著卡邦寇小姐跟男人討論她的生意提案，她稱之為「捕歌器行動」，或簡稱O．S．C．[1]。

白手套男人在椅子上坐下，那張椅子比卡邦寇小姐的椅子高了幾吋，卡邦寇小姐的椅子又小又矮，她不得不把雙腿伸向前方。卡邦寇小姐一向習慣高過其他人，於是在椅子裡不自在的挪挪身子。

男人用無神的雙眼跟無聊的表情俯視女院長。「雷吉諾準時帶你過來了，卡放寇小姐。」他查查懷錶並說：「要來點茶嗎？」

「不用，謝謝，」卡邦寇小姐說，「對了，我叫……呃，卡邦寇小姐。不過沒關係。」她清清喉嚨，「是的，你的僕人很熱心，要是沒他帶路，我永遠找不到這個地方。」

「啊，暗鬱城，我們這個迷人的小城市，有這些迷人的小市民。」男人笑聲陰沉，「要是能照我的意思來處理，我會把這些鬼模鬼樣的變形怪胎從這個星球上整個除掉。可是我的兄弟們覺得這些害蟲可以在我們的工廠跟煤礦坑派上用場，我想他們說得也有道理。可是，天啊，我真渴望一舉除掉他們，全部換成機器的那天快點到來。」

卡邦寇小姐畏縮了一下。

那個反應幾不可見，只是右臉頰的些微抽動，脖子一僵。烏艾爾竊笑，因為他知道卡邦寇小姐深沉黑暗的祕密。她——至少她身上有一部分——就是害蟲的一員：世界上鬼模鬼樣的變形怪胎。

男人彈掉衣領上的微塵，繼續說道。「我在上一次的會面就跟你說過，時候到了，我自然會考慮這件事。我目前還沒辦法給你答案。我不得不說，你的堅持開始惹我心煩，卡分寇小姐。我並不喜歡有人惹我心煩。我今天時間有限，必須訪視所有的工廠，下面這裡的工廠幾乎都是我的，所以你應當明白，卡邦葛小姐，我的時間為什麼總是很緊迫。」

「拜託，大人，聽我說完。搭火車過來這裡的旅程相當漫長……請撥幾分鐘時間給我。我們上回會面時，我並未完整解釋我的計畫。如果我可以解釋得更清楚，相信你一定會相當有興趣。」

---

1 卡邦寇小姐跟那些掌管城市的人，都特別喜歡首字母簡稱。這在卡邦寇小姐那本惡名昭彰的教育書籍《流浪草包的職業訓練基本手冊》（E．M．V．T．E．G．）裡就很明顯，書裡就包括一長串日常活動的首字母簡稱。

男人重重嘆口氣，鼻翼掀起，點燃象牙長菸斗。「很好，你有五分鐘可以暢所欲言。」他打開抽屜，拿出一種特別的沙漏，裡面只有五分鐘的細沙。他轉過來並說：「說吧。」

卡邦寇小姐漲紅了臉說：「噢，謝謝你，大人。謝謝！」然後開始討論自己的計畫。

在辦公室外面，亞瑟在藏身的地方驚恐萬分的偷聽著。卡邦寇小姐鉅細靡遺的解釋，她稱為「捕歌器行動」的計畫共分為兩階段，第一個階段幾乎已經準備好。無庸置疑的是，這個計畫惡劣至極。

她的構想是建造成千上萬的捕歌器，看起來就像她父親最初打造的那個，可是圓柱擁有全然不同的邪惡功能。每個捕歌器裡會有一隻電磁甲蟲，就是亞瑟跟其他人在院所幫忙製作的裝置。裝置一旦啟動，機器會如同原始的捕歌器哄聽者入睡，但它不是將美麗的歌曲跟聲音輸入某人的記憶裡，而是有效率的從聽者的心中，抹除所有的音樂跟神奇的聲音。

永永遠遠。

聽者將會失去傾聽音樂或美妙聲響的欲望，連小鳥的鳴唱、蟋蟀，或夏季雨水的滴答聲也一樣。不會再有詠嘆調或瀑布或華爾滋，沒有老鼠號笛跟舞曲或落雪的音樂，更不會有搖籃曲。

「美妙的地方在於，」卡邦寇小姐滿懷熱忱的說，「聽者甚至不會記得發生了什麼事。他或她只會記得，那個機器妙不可言。我向你保證，有我那些親愛的小甲蟲，我們的客戶會要他們所有的朋友，趕快衝出去買一架回來。」

卡邦寇小姐解釋，她會把所謂的捕歌器跟圓柱免費送給草包孤兒院跟窮人濟貧院，可是她更遠大的願景是把這些東西推銷到全世界去。她要永遠毀掉音樂，並且同時賺進無窮的利潤。有什麼比這個更高明呢？

「為了完成我當初啟動的計畫，」她對白手套男人說，「我現在唯一需要的就是資金了，建造假捕歌器的經費，以及幫忙打造這些東西的草包。草創之初，我們有足夠的圓柱跟甲蟲，可是沒有那些機器跟更多草包投入工作，計畫就沒辦法往前推進。那些設計圖放在我的櫥櫃裡積灰塵，我現在就需要勞工，而且要很多。」

「你手頭上已經有草包了。」男人說，「拜託，你經營的可是一所孤兒院呢。」

「大人，恕我直言，」卡邦寇小姐說，「這項計畫的規模很大，我的人力還是不足。而你，尊貴的大人，曾經告訴過我，你的目標就是要限制人口。如果D．O．G．C．可以運送更多無父無母的草包到我的院所，就會少很多草包汙染流明鎮的街道。也許從暗鬱城找人手是最輕鬆的辦法，因為在這裡他們既沒有吊牌也沒註冊。你的金融投資對我們雙方都有益處，而且益處多多啊！我向你保證，這是一個高明無比、萬無一失而且利潤豐厚的計畫。我只是要說這些，我不會再多占用你的時間。」

「別隨便假設，」男人厲聲說，「你覺得很高明、利潤豐厚的事情，對我來說會有同樣效果。」

「可是大人……」卡邦寇小姐還想反駁。

男人用鋼灰色的眼眸狠狠瞪著她，並怒嘶：「安靜！」亞瑟可以聽到他抽著長菸斗，在辦公室裡來回踱步，最後終於說：「從沙漏看來，我們的時間到了，女院長。再會。」

「拜託，大人，再等一下，」卡邦寇小姐懇求，「大人是真正有遠見的人，是可以施展無窮威力的人。想想我這個計畫的潛力。你留下需要用到的草包，把剩下的送到我手上，然後分享非凡的獲利。我那個軟心腸的白痴姊姊竟然計劃打造更多捕歌器，免費分送給那些草包跟人類，至少她天真的呆瓜女兒是這麼說的。那樣只會在那些……那些害蟲——依你的叫法——心裡創造希望。可是想想，如果有架機器可以壓垮草包最珍視的東西，那可以發揮多大功用啊！如果你粉碎他們的希望跟夢想，欸，他們什麼都願意做的，相信我。」

亞瑟聽到卡邦寇小姐感謝男人撥冗會面，站起來準備離開。她跟烏艾爾正要踏出門口時，男人把她喚了回去。「等等，也許……也許我有點太急躁。看來你的計畫可能有……這樣說好了，有待開發的潛能？我會考慮你的提案，卡邦寇小姐。我跟我兄弟下星期一要會面。我會通知你我們最後的決定。回程愉快，女士。日安。」

「日安，大人！」卡邦寇小姐說，「謝謝！非常感謝！」

「是，是。」白手套男人說，態度輕蔑的揮揮手，回到辦公室，將門關上。

亞瑟覺得彷彿有人揍了他肚子一拳。把世界上的音樂全都抹消的機器？每個人總是渴望驚奇、美麗、愛，這機器卻要毀掉人人心裡的希望？過了這麼多年，依然依偎在他內心深處的那首歌，也要被抹消？

他想起那架神奇的捕歌器以及所有美麗的聲響，眼前只有一件事可做。

他非回院所不可。他必須想辦法阻止她。

43 夜鴉

亞瑟直接回到棲窩洞，輕敲角落附近的牆壁，然後細聲喚著皮佛的名字。幾秒鐘過後，他朋友先從鼠洞裡探出灰色小臉，身體接著出來。

亞瑟急如星火的把話倒出來，時停時說，直到說完為止。「怎樣，皮佛？你覺得如何？」

「你必須做什麼？很明顯啊，亞瑟。你一定要踏上征途。我就是你的幫手。每隻老鼠都需要投入一場遠征，這個就是我的。」

皮佛肅穆的把小掌貼在胸口，跪在亞瑟面前。在冰冷陰暗的棲窩洞裡，老鼠發誓效忠於亞瑟跟他的使命。「我們會拯救全世界的音樂！」皮佛嚷嚷，「我們一定要立刻出發！」

亞瑟頗為感動，一直難以言語，最後終於開口：「不過，有個小問題。」

「什麼問題？」

「我們不知道怎麼離開這裡。」

「噢，那個問題啊，」皮佛說，「那絕對是個障礙。嗯，怎麼辦？怎麼辦？」

老鼠來來回回疾行，最後終於停下，扯著鬍鬚，快速搓揉雙掌說：「我覺得點子快要跑出來了。」

「唔，」亞瑟說，「麻煩儘快，因為我什麼也想不出來。我們當然不能走正式的路線。搭夜間火車往上穿過流明鎮。他們禁止我走那條路，況且就D·O·G·C·來說，我是罪犯。我一到上頭，他們就會把我關進草包監獄，聽說那裡比這邊還糟糕呢，如果你能想像的話。」

「真是個難題啊，」皮佛再次來回踱步，然後蹲坐在地。「我知道了！某人也許幫得上忙。它一定可以把我們帶出這裡，帶我們到我們需要去的地方。」

「太好了！是誰？我們要去哪裡找它？」

「唔，」皮佛說，「狀況還滿複雜的。」

「你說複雜是什麼意思？」亞瑟說。

「它可能不會想幫我們，」老鼠說，「而且……其實我不認識它，只是替那些認識它的人工作……可是我確實知道。唔，這麼說好了，它很巨大，而且有危險的法力，陰晴不定，而且討厭旅行，也不信任狐狸——其實它除了鴉之外，誰也不喜歡。大家都知道它真的很善變，噢，它發起脾氣來啊，會乾脆把你的眼珠子啄掉。我想就是這樣。」

「**就是這樣？**」亞瑟說。他席地坐在冰冷潮溼的岩石上，雙手抱頭哀鳴。

「噢，謠傳說它幾年前吃掉了一整個棲窩的草包，可是那可能只是道聽塗說，除此之外，它再完美也不過。」

「什麼？」

「我不應該那麼說的，忘了我說過那件事。說真的，我——」

「皮佛，聽著，你是隻樂觀的老鼠，勇敢的老鼠，是我見過最勇敢的老鼠。可是就我看來，這個……這個生物呢，不管它是什麼，感覺是個大麻煩。也許它惹出的麻煩會超過它能幫的忙，也許我們應該找別人。」

「不！我想我們應該找它。我有直覺。你一定要信任我，亞瑟。你信任我，對吧？」

「信任，可是——」

「那麼拜託，就照我說的做吧。我們一定要確定萬無一失。」

「我們又要怎樣才能萬無一失？」

「在我們開口求助以前，對鴉的認識愈多愈好。」

「為什麼？」

「因為貝莉莎——這是它的名字——是夜鴉的守護者，相信我，你不會想做出惹它生氣的事。」

經過幾番探詢，結果發現夜鴉守護者貝莉莎早就聽說過皮佛，因為牠的清掃服務相當優良，也敲定當天傍晚雙方會面。他們準備到墓園大門那裡，接近暗鬱城的入口處跟它會合。於此同時，老鼠利用當天餘下的時間，把自己對鴉的所見所聞，一五一十告訴亞瑟。

首先，它們什麼都吃。能吃的東西吃，別人不吃的東西它們也吃。可是它們特別喜歡蜈蚣、象鼻蟲跟蠐螬，所以皮佛提議，為了當天晚上的會面，他們盡可能搜捕愈多愈好。

亞瑟也因此得知，夜鴉是非常古老的鳥類，遵循的規則跟人類、草包，甚至是地面上的鴉截然不同。皮佛說，貝莉莎這個名字的意思是「指路明燈」，它是所有夜鴉的首領，擁有龐大的勢力，有光明也有黑暗。

「高帽叫他們鼠鳥或天鼠，滿侮辱人的。」皮佛解釋說，人類跟草包都怕夜鴉，因為傳聞它們可以隨意變換大小，可以變得大到嚇人，並且用發亮巨眼所射出來的強光把人弄瞎。

「噢，我差點忘了，」皮佛補充，「還有一件事，夜鴉熱愛音樂，唱歌可以讓它們平靜下來。有時候，如果有兩隻夜鴉在爭吵，另一隻夜鴉就會唱首歌，好讓它們和好。它們也會和聲喔！夜鴉的歌喉滿好的！」

皮佛告訴亞瑟，夜鴉甚至用歌曲來探索地下天空。「這樣它們就知道要往哪裡走，它們的旋律彷彿就是隱形地圖上的線條。」

幸運的是，亞瑟還記得怎麼到暗鬱城的入口。亞瑟跟老鼠順著浸滿地下汙水的街道往前走，想起葛佛在他抵達那晚說過的話。當時那隻獾指著墓園並說：「那些不想工作的……往右邊瞧瞧。就是餓死這條路，這種離開人間的方式不太好吧，嘿嘿嘿。」

他們逐漸靠近墓園的主要入口，吊著掛鎖的黑色大門甚至比院所的大門更有氣勢。亞瑟可以聽到鳥兒迅速竄過墓園裡空洞的黑暗，一邊發出淒美的叫聲。淒清廣闊的墓園充盈著夜鴉的鳴聲，它們囀鳴、高唱、打趣、責罵，呱呱叫跟發出鈴鐺般的啼鳴，接著傳來無數小鳥合唱同一首歌的聲音。

亞瑟環顧四周，幾百棵無葉黑樹圍繞著大門，看起來像樺樹，只是漆黑如夜，不算死去，但也不算活著。他毛茸茸的頸背一陣刺痛。

「我不喜歡這個地方的模樣，皮佛。」

幾千個靈魂埋在墓園大門後面，全都是草包。沒編號、受追捕、迷失的，亞瑟可以看到有些幸運兒有家人或朋友，在墳墓上用黑石或木片臨時拼湊出來的匾額，紀念他們的離世。

霧氣降下，繞著墓園打轉。亞瑟開始發抖。皮佛坐在亞瑟肩上邊抖邊扯鬍鬚。

「看上面那邊！」皮佛說。他們可以看到兩道光束朝他們逼近。亞瑟聽到響亮的振翅聲，接著一個黑色的大身影從霧氣裡浮現，往下俯衝到靠近地面的地方，落在大門旁邊的墓園裡面。

這隻鳥的大小可比馬匹。

「皮佛，」亞瑟低語，「我不喜歡這樣，我們應該掉頭回去，馬上！」

「它是我們唯一的機會，」老鼠說，「我們非試試看不可。」

「你讓我想起我一個朋友。它也會說同樣的話，」亞瑟搖著腦袋說，「反正我要溜了，太可怕了。」

可是他還來不及逃開，夜鴉就把視線轉到他身上。他試著仰頭望去，可是從它巨眼射出來的光線太亮，好似兩顆熾烈的太陽。

接著鴉盯著吊有掛鎖的大門，門輕而易舉就轉開了。亞瑟嚥嚥口水，皮佛輕掐他一下，堅定的說：「我們要進去。」

「我希望你知道自己在幹麼。」亞瑟低語。

他跟皮佛走了進去，大門在他們背後砰地關上。

鴉將自己雙眼的亮度調暗，用動作示意他們上前。亞瑟幫忙皮佛下到地面，兩人一起在夜鴉守護者貝莉莎面前一鞠躬。

「把你的蠐螬給它。」老鼠尖聲說。

「啊，對。」亞瑟說，把事先蒐集的蠐螬都掏出來。他將那團蠕動不停、白色多汁的蠐螬放在鴉面前，膝蓋發軟的往後退開。

「不好意思，女士……鴉族地位最崇高的一位……我們想麻煩你幫個忙。」亞瑟說。

「我為什麼要幫**你們**？」它邊說邊咀嚼一隻胖蠐螬，「我是因為這隻老鼠才答應跟你們見面的，夜鴉們都認識牠也喜歡牠。我不知道會有草包。」它的嗓音低沉共鳴，像從地心傳出來那樣隆隆作響。「我不信任從上頭來的人，也不信任草包。」

「不好意思……你不是……」亞瑟猶豫一下，因為他不想侮辱這隻了不起的鳥。「你不是草包嗎？我是說，每個人都聽得懂你說話嗎？」

夜鴉生氣的瞇細眼睛。「你跟上頭的高帽一樣無知。你以為這個世界只是人類、草包、陸海空那些所謂的蠢野獸組成的嗎？小狐，外頭還有其他生物。古老的生物啊，我就是其中一個。」

「亞瑟！」皮佛尖聲說，「講完重點，我們就要走了！快問它啊！」

可是亞瑟不理皮佛，他怕歸怕，但本性充滿好奇。「抱歉我這麼問，可是……你是什麼？」

「我們是傾聽者，我們是夜之眼。我們愚弄生者、守護死者，即使在我們的睡夢中也是。簡單說來，我們是夜鴉，我是守護者。對於我們，你只需要知道這些。這個地方有些祕辛，不是你所能理解的，小狐。」

皮佛捏捏亞瑟的腳趾，亞瑟再次向鴉鞠躬。

「抱……抱歉打攪你。我們過來其實是要跟你說，我們需要離開暗鬱城。我們必須到距離這裡很遠的孤兒院去，而且馬上就要去。」

「我跟你說過，我不信任從上面來的人。」

「為什麼呢？」亞瑟問，「我的意思是……陛下……閣下……最崇高的……女士……守護者……噢，真是的。我不知道該怎麼稱呼你，抱歉。」他難為情的垂下腦袋。

「貝莉莎，」夜鴉聲音宏亮的說，「我叫貝莉莎，我不信任從上頭來的人，因為在那裡，大家對鴉族很殘酷，也毫不尊重。」

「什麼意思？」亞瑟問。

「你知道我們聚成一群的時候，上頭的人是怎麼叫我們的嗎？當我們聊天、吃飯或一起唱歌的時候？」

「不知道……」

「murder[1]。是的，沒錯，在上頭，他們會說：『噢，看看那群鴉在吃死松鼠』，或是『看看那群鴉在偷我們的玉米』。所以你可以明白，我們當中為何有些會選擇到下頭來，至少在下頭這裡，我們受到尊重。我們擁有尊重。況且，我之所以不願幫你，純粹是因為狐狸跟鴉向來不打交道，從前不會，以後也不會。」

「什麼意思？」

「我們兩族之間有段歷史悠久的糾葛，小狐。你們那族跟我這族，總是想要耍詐贏過對方；或者可以說，想要智取對方。」鴉說完笑了，這種反應似乎完全不合它的作風。它的笑聲聽起來像是幾聲短促的嘎嘎叫，後面則是幾聲喀喀喀喀。

皮佛往前跨步，用最大的老鼠聲音說：「拜託，貝莉莎，我們有個重大任務，真的需要你幫忙。」

「對啊，拜託，」亞瑟懇求，「如果你不幫忙我們，再過幾個月，世界上的音樂就要消失了。想想看，不再有人唱歌、不再有美麗的歌曲。全部都會消失不見。」

1 鴉群的英文murder，字面意義是「謀殺」。

「什麼？這是什麼意思？」夜鴉雙眼發出更亮的光芒，他們不得不把臉別開。「這是謊言嗎？你想要我嗎，小狐？」

亞瑟跟它說起卡邦寇小姐的計畫。他把捕歌器的事情全都告訴它，還有捕歌器怎麼被偷走，以及如果貝莉莎不幫忙他們離開暗鬱城，音樂不只會從上頭的世界消失，也會從下頭的世界消失。

「只是時間早晚，」亞瑟說，「我們必須趕快，我們現在就得離開。」

夜鴉默默不語，羽毛在墓園裡的凜冽空氣裡顫動。它搖了搖藍黑色的大腦袋。

「這種事情太糟糕、太糟糕了，」它說，「真邪惡。」

亞瑟感覺得到，鴉對他們告訴它的事深感憂傷。

有一會兒，它什麼也沒說，當它開口時，語氣融合了怒氣跟悲傷。「我現在明白了。我們鴉對音樂的愛，有如對生命的愛。一定要阻止這個可惡的傢伙，這個卡邦寇什麼的。好，小狐，我會幫忙你們，我會帶你們到那裡去。」

就這樣，亞瑟、皮佛跟鴉敲定了協議。他們現在有辦法到松果的家，可以在那裡補充糧食，也希望得到更多援助。然後他們就要依賴黑夜的掩護，前往院所。

「不過，有件事你們應該知道一下。」亞瑟跟皮佛正要離開的時候，貝莉莎說。

「什麼事？」亞瑟問。

「你要付出代價。」

亞瑟身上什麼都不剩了。「我沒辦法付你錢，我手邊沒錢了，可是我可以抓蟦螬給你，抓很多，抓特別肥的！還有象鼻蟲，或者你喜歡的任何東西。」

鴉又笑了。「喀喀喀，咔啦喀、喀喀喀，咔啦喀、喔喀、喔喀！」

「什麼這麼好笑？」亞瑟無辜的問，因為儘管到目前為止經歷過這麼多風波，他還是有顆相當天真無邪的心。

「我會從你身上拿走某樣東西，」鴉說，「好東西或壞東西，夜鴉不會用一般的方式來評斷。」

「會是什麼呢？」亞瑟問。

「喀喀喀！之後自然會知道。」

44 逃離

等亞瑟隔天在煤礦坑值完班，就要跟皮佛離開，這樣至少他可以分到麵包配給，好帶在路上吃。他已經錯過一天的糧食，現在餓得有氣無力。可是當他跟皮佛回到棲窩洞時，赫然發現有三隻鼬草包正坐著玩牌。

「呃，打攪一下，」亞瑟客氣的說，「我、我想你們走錯了地方？也許我可以幫忙你們找到對的洞？」

「這裡的編號不是『13—13—13—13—13』嗎？」最大的一隻鼬說。

「是啊。」亞瑟說。

「那我們找對地方了啊。獾說住在這裡的草包沒去上工，就這樣了。現在這個洞歸我們了，所以你可以滾了，嗯？如果你不介意，我們想要有點隱私，明天一大早就要到煤礦坑上工了。」

「可是……」亞瑟才開口，三隻鼬就對他齜牙咧嘴，發出低嘶。亞瑟跟皮佛嚇得衝出那個洞，爬回地面。

他們沒有可以求助的對象，只好回到墓園，希望貝莉莎當天晚上就能帶他們走。可是當他們抵達墓園的時候，它已經離開了。他們一屁股用力坐在大門前那片冰冷潮溼的地上。

「我想我們只能在這裡過夜，等到明天了。」亞瑟說。

「如果你想要，我可以朗誦更多〈永恆的鼠王〉，」皮佛說，「要我開始嗎？」

「等等，我想我聽見聲音了。」

亞瑟的耳朵轉動著。他可以聽到振翅聲，可是聲音太小，不會是貝莉莎。他在黑暗的墓園裡搜尋它的蹤跡，可是只見到幾百隻小黑鳥張著發亮的大眼，在墓地上方飛轉。他們正在唱一首哀淒的歌曲，和聲相當複雜。亞瑟幾乎可以辨別出來，彷彿是他許久以前遺忘的異國語言。

「萬一它沒來呢？」亞瑟問。

「你是說明天晚上嗎？」皮佛問。

「我是說再也沒出現。你說過它很善變。要是它不來了呢？」

可是貝莉莎確實來了。在一陣模糊的黑色羽毛跟光線中來到。

「你怎麼知道要回來？」亞瑟問。

「你沒聽到牠們在唱歌嗎？」貝莉莎說，「牠們就是在呼喚我啊。牠們是為了你這位小小朋友才這樣的。」貝莉莎指向皮佛。

他們再一次複習行動計畫之後，貝莉莎說：「好了，你們現在可以爬上來了，可是絕對不能用踢的，我可不是馬匹。」

大鴉將腦袋跟身體盡可能伏低，好讓亞瑟跟皮佛手腳並用攀上它的背。亞瑟把皮佛塞進他的襯衫口袋，緊緊摟住貝莉莎柔軟的羽毛頸子。夜鴉發出刺耳的喊聲，然後升騰入空。

亞瑟很擔心皮佛會摔下去，所以試著要牠乖乖待在口袋裡。但老鼠頻頻探出腦袋，為了將一切盡收眼底，也為了感覺風拂過臉龐。牠告訴亞瑟，他們三個飛入光之世界時，牠想清醒著目睹那一刻。

「你小心就是了，聽到沒？」亞瑟對老鼠呼喚，老鼠簡直樂不可支。

「耶耶耶！」皮佛嚷嚷，小掌緊緊攀住亞瑟的口袋頂端。

他們飛越明亮城市下方的黑暗世界，穿過地下隧道跟煤礦坑，穿越黑岩深穴，路過頻頻噴煙的工廠。他們在通往出路的迷宮之間穿梭，夜鴉凸眼射出來的光芒在黑暗中切出一條光之徑。

沿著一道牆，他們來到大約五十呎高的深邃房間，由柱子、拱頂跟扶垛所支撐，每個角落都有滴水嘴獸突出來。很明顯的，那座地下天主堂曾經有過輝煌的時光，看起來像是挑高的暗鬱城入口，可是規模更小，保留得比較完整。亞瑟可以聽到天主教堂裡有蝙蝠，牠們的翅膀發出歌曲般的嗡嗡跟顫動。他們穿過天主堂，貝莉莎眼睛的光芒照在褪色的壁畫上，畫的內容是動物男神跟女神，還有奇特鳥類跟樹木的雕刻。

他們在蜿蜒的黑色河流上方遨翔，貝莉莎告訴他們，那條河叫做蛇河。從上方俯瞰，亞瑟可以看到這條河有多長多寬，他想起自己第一次在流明鎮跟昆塔斯一起過橋的情景，心思再一次飄向廷塔傑路十七號。**想想。**他對自己說。**我竟然不是要找回自己的家，而是準備回到那個恐怖得不得了的地方。**

可是他不得不回去。他心知肚明。因為如果他不回去，所有的歌曲會有什麼下場？

他們連續飛行好幾個小時，亞瑟緊緊攀著夜鴉的脖子打起瞌睡，一陣強風讓他瞬間驚醒。他覺得強風在他們四周升起，轉頭看到那陣風來自貝莉莎的羽翼。它為了攪動空氣，時而往這、時而往那扭動翅膀。現在它加快速度，亞瑟不禁擔心皮佛那麼輕盈，隨便就會被吸出他的口袋之外。他把手伸進襯衫裡，摸摸老鼠的腦袋。皮佛正窩在亞瑟的口袋底部，死命抓緊不放。

「我還好，」皮佛說，「請它放慢速度啦！」

「貝莉莎！」亞瑟嚷嚷，「麻煩放慢速度！你飛得太快了！」

可是鴉什麼也沒說。

它飛得更快，空氣在四周打旋，彷彿它本身是暴風眼。

亞瑟感覺風猛扯著他的襯衫，就像隱形的手指，而那個手指想把某個東西引出他的口袋，某種對他來說很珍貴的東西，他一直收在心口的東西。可是不是皮佛，而是別的——是那塊藍布片跟小小金鑰匙。

不是風的關係。他現在明白了。是夜鴉。它正要把他唯一僅存的東西拿走。亞瑟一手緊緊摟住貝莉莎的脖子，另一手緊抓襯衫口袋。可是翻攪的風過於強勁，他驚恐的眼睜睜看著風將他的手拔開，將那個藍布包從襯衫口袋扯出來。

上頭繡有褪色金線的小小碎布在空中攤開，鑰匙懸浮在那裡，由風往上撐起。

「停下來！拜託！」他對鴉嚷道，可是它無動於衷。亞瑟伸手要去抓，險些跌下來，鑰匙跟毯子碎塊隨著風上下浮動一會兒，繼而往下墜入深淵。

亞瑟發出被勒住般的叫喊，絕望的把頭埋進鴉頸。他可以感覺皮佛在他胸前的口袋裡，用小掌透過襯衫輕拍他，想要安慰他。

最後，鴉放慢速度，風勢也跟著減弱。

這時貝莉莎終於開口。

「那就是你這趟旅程的代價，小狐。你的債已經清償。」

「可是為什麼？你為什麼一定要拿走那個？」他忿忿的哭著，淚水被逐漸減弱的風掃去。

「因為小草包，你需要的都有了，」它頓住，然後幾乎用和善的語氣說，「只除了一樣東西。而那樣東西是我無法給你的。」

接近黎明時分，他們穿過了一條向上通往地下大洞窟的隧道。亞瑟現在明白，地底世界比他原本想的大多了，不只是城市下的城市，而是整片地底大地。

亞瑟可以聞到上方的潮溼苔蘚，聽到沿著古老樹木扭曲根部緩緩行進的生物。

「我要把你們留在這邊，」鴉說，「如果你們直走，就會找到可以穿出去的獸穴。我非走不可了，天光就要亮起，我無法在白天飛行，而且我不知道從地下要怎麼到你提過的『院所』。我非回去不可了。」

「可、可是你明明說會幫我們！」亞瑟說，「我以為你會一路帶我們過去。你說會帶我們過去的……」

「我說我會帶你們過去，可是我從來沒說要帶你們去哪裡。我的眼睛無法承受上方的明亮世界，夜鴉連月亮都幾乎難以忍受。」

「可是，拜託，貝莉莎，這樣我們會來不及的。要從這裡走到那邊，至少要再花兩天時間。你難道不明白？」

「抱歉，小狐，我從來不在白天飛行，我也不準備破例。我們是地下世界的明燈，不該在上頭成為眼盲無助的小鳥。再見，亞瑟。再見，皮佛。祝好運。」

他們別無選擇，只能勇往直前，也許松果的家人知道怎麼辦。他們穿過那個洞窟，不到一個小時就抵達獸穴，就跟貝莉莎說的一樣。

「該上去了，」皮佛說，「我想用自己的四隻腳走到那裡，如果你懂我意思。」

「我懂。」亞瑟說。

他靠著聽覺找到出路，新鮮乾淨的水流從圓形開口慢慢滴進獸穴。

「往這邊。」亞瑟說。他們手腳並用，攀上粗大的樹根，朝著開口而去，這時亞瑟聽到後頭傳來嗅聞的聲音。他轉頭去看。

是隻狐狸。

那隻狐狸好美，讓他一時換不過氣。

狐狸全身火紅，有尖尖的大耳朵，就跟他特殊的獨耳一樣，對世界保持警覺。狐狸試探的走近他，然後在五呎左右的地方停住腳步，那隻動物深深望入亞瑟的眼睛。

亞瑟慢慢把手伸向那隻生物，可是狐狸嗅嗅空氣，給他臨別的一瞥，然後遁入了黑暗。

亞瑟深吸一口氣，轉過身並往上爬。

在黑夜的遮掩下，亞瑟跟老鼠趕在黎明之前，脫離了黑暗世界，再次回到了有月光與閃亮星辰的世界。

45 集結

獸穴就在松果家的旁邊，亞瑟輕輕鬆鬆就找到那棵古老的橡樹，他伸手去摸在糾纏成團的常春藤後面那個橡實雕刻，摸到的時候滿心感激。「這就是了，」他對皮佛說，「天還沒亮就要把他們吵醒，我很過意不去，可是也是沒辦法的事。」

他一把撈起老鼠，把牠塞進口袋，然後敲敲樹幹。

長著精靈耳朵、一頭烏黑長髮的女人開了門，她臉上掛著燦爛的笑容。她很清楚他是誰，過去三個星期，她兒子開口閉口就是那個獨耳探險家跟小鳥朋友。「你一定是亞瑟！」她說，比手勢迎他進屋。「我是橡家太太，可是你可以叫我凱瑟琳。我先生起床了，可是姆姆跟孩子們還在睡。請進。哎呀，你自己一個人旅行嗎？」

亞瑟點點頭說：「凱、凱瑟琳？我以為……我是說，你不是用樹來取名字的？」

橡家太太笑了。「大家都這樣問我。馬可斯——就是我先生，跟我一直都知道我們屬於森林，我們搬來這裡成家立業的時候，決定每個孩子都應該和樹木有關連。不過，要刻意改掉我們自己的名字感覺有點傻氣。我們一直都是原本的樣子，所以我還是叫凱瑟琳，他還是叫馬可斯。還有姆姆也是，唔，姆姆永遠都會是悠妮絲姆姆，建議她換名字也不太適合。不過，名字又有什麼重要的呢？」

就在那時，皮佛從亞瑟的襯衫口袋探出腦袋。「噢，這位是皮佛，」亞瑟說，「你講的話，牠全部都聽得懂喔，只是沒人聽得懂牠講的話，所以我會負責翻譯。」

「這樣啊，」松果的母親挑眉，「你聽得懂老鼠的話？非常有趣喔，真的。」她朝皮佛探出一根手指，皮佛向手指送上了一枚鼠吻。「哎呀！你是隻很有騎士精神的老鼠，是吧？」

皮佛的耳朵泛起了深粉紅。

亞瑟看清楚這間舒適的圓室。樹皮牆壁、發亮的照明、畫著綠衣孩子跟樹木的圖畫、壁爐那裡的水壺、掛在壁爐橫架上方的手作工具。「哎，能來這裡真高興。」他說，心中湧現那種熟悉安全的感覺，就像他頭一次來到這裡那樣。他歡喜的嘆口氣，吸進迷迭香跟新鮮烤麵包的氣味，接著立刻癱軟在椅子裡。他之前沒意識到自己有多累。

「看看你！一定又累又餓，」凱瑟琳說，「可是重要的事情先辦！這裡有個人你會想馬上見個面！而且，你可能會想順便洗個澡。你不用勉強喔……只是個提議……不過你聞起來有點『過熟』。」

亞瑟笑了。他已經好久不覺得有什麼事情好笑。「我的味道一定就像我過去兩個星期住的那個地方，在下水道。我很想洗個澡，橡家太太。我當然也想跟松果見面。」

「太好了，可是請叫我凱瑟琳，我先生會負責帶路。」她把腦袋探進其中一個小空間裡並說，「馬可斯，穿好衣服了嗎？出來替我們的客人帶路吧。他們在吃早餐以前需要先打理一下門面。你也知道誰急著想見亞瑟，所以動作快，老公！」

「好！」有個聲音從簾子後面傳來，一個滿頭狂亂紅捲髮的矮壯男人出現了。「麻煩跟我來。對了，我叫馬可斯。在老橡家客棧不用拘束！」

橡家先生帶領亞瑟跟皮佛到了一處汩汩冒泡的溫泉，距離他們的樹並不遠。「水很淺，不用擔心，」松果的父親說，「不會沉下去的。這裡有毛巾，還有乾淨的衣服可以換。是松果的，尺寸應該合適。不用急。等你回來的時候，會有早餐在等你。」

接近黎明時分，外頭還是一片漆黑，可是夜間最後幾隻螢火蟲跟身體發光的蛾在上方旋繞，點亮了泉水。有人事先在水裡放了幾束薰衣草，讓水聞起來芬芳極了。可是對亞瑟來說，最棒的是看到誰在泉水裡濺起水花——不是穿著綠色拼布衣的小男孩，而是一隻無翅的棕色小鳥，頂著黃色長嘴喙，開心的嘎嘎直叫。

「崔英特！」亞瑟嚷嚷。他衝到泉水邊緣，衣服脫也沒脫，一股腦兒就跳進去，皮佛依然還在他的口袋裡。

「哎唷，」亞瑟尖聲叫道，手忙腳亂爬了出去。「好燙啊！」

「真的！」皮佛尖聲說，「馬上放我下來！我的尾巴都著火了！」

「噢，對不起，皮佛！」亞瑟說，溫柔的把老鼠放到地上。

「亞瑟！」崔英特說，「我真不敢相信是你！你辦到了！慢慢來一定可以，你會習慣這種熱度的，別擔心。等你習慣了水溫，就會很享受喔！原來你養了一隻寵物，好可愛的小老鼠！」

「她竟然以為我是……我是**寵物**？還說我可愛？我要給她瞧瞧我有多『可愛』！」皮佛氣呼呼的說。

「太可愛了！牠在吱吱叫呢！」崔英特開心的說，「真棒。梅林還在嗎？就是我替你做的那隻玩具鼠？」

「說來話長，晚點跟你說。」亞瑟說，「可是首先呢，皮佛不是我的寵物。牠是隻勇敢高貴的老鼠。你說的話牠都聽得懂喔，讓你知道一下。」

「我當然聽得懂！」皮佛插嘴。

「她沒惡意啦，」亞瑟對皮佛說，「真的。」

「噢，天啊！請告訴牠我完全沒惡意！」崔英特說，「真是抱歉。」

亞瑟正式介紹兩個朋友給彼此認識，說他很樂意居中翻譯，避免雙方產生進一步的誤會。

皮佛依然在生悶氣，不肯回到水裡。牠坐在泉水邊緣，用一根潮溼的蕨類葉片加上一掌的松針清理自己，之後仰躺在地，往上盯著星辰，心情稍微轉好。

「你怎麼會來這裡？」亞瑟問崔英特，他緩緩浸入冒泡的水裡。「你怎麼知道我在哪？」

「一切都要從你朋友昆塔斯說起。」崔英特說。

「**昆塔斯？**」

「我接到了你的訊息，所以我知道你住在哪裡。對了，你喜歡那個發明嗎，亞瑟？我想我跟舅舅一起打造的那隻鴿子棒極了，你不覺得嗎？總之，我去過歧路莊園以後，就到暗鬱城去找你。」

「你到暗鬱城去了？」

「嗯，我當然不會讓我最好的朋友困在下水道，是吧？那是全世界最糟糕、最噁心的地方了！我不知道你怎麼能撐這麼久。」

亞瑟全神貫注的聽著，崔英特繼續講著故事，講到興奮處就用小翅拍濺著水。

昆塔斯告訴她，烏艾爾跟他的嘍囉怎麼毀掉了菲比・奈丁格的家、偷走捕歌器，還有亞瑟怎麼背了黑鍋。「你的通緝海報貼得到處都是！」崔英特說，「他們罵你是得了狂犬病、有暴力傾向的罪犯！好糟糕。總之，昆塔斯告訴我，只有兩種方式可以到暗鬱城。我選擇穿過火車站，我才不要飛到排水管裡呢！大家都以為我是普通的小鳥。既然我有了新的飛行服，事情就簡單起來了。我等不及要秀給你看！

「等我找到你停留的那個可怕地方。對了，我不得不買通一隻很惡劣的獾，但當我到的時候你已經離開了，那個洞裡只剩下三隻鼬。我不知道該怎麼辦，所以就飛到這裡來。我想說值得一試。」

去過暗鬱城之後，崔英特透過她的機械鴿子，傳了個訊息到歧路莊園。「我告訴昆塔斯我要去哪裡，答應說我會通知他有沒有找到你。他滿擔心的。我也跟他說了卡邦寇小姐的計謀。我從住你隔壁洞的袋熊那裡知道了這件事。他喜歡偷聽鄰居講話，我們運氣還算不錯！總之，昆塔斯派鴿子回來通報說，等事情解決了之後，歡迎你再回去歧路莊園。當初逼你離開，他覺得很過意不去。我知道他是隻大鼠，可是他的心腸不錯。」

「我知道。」亞瑟說。

「如果你準備好了，我們現在就進去吧。」崔英特說，「我在熱呼呼的水裡泡了這麼久，有一種有人要把我煮成湯的感覺。皮佛，我們走吧？我真的很抱歉，把你當成了亞瑟的寵物。」

皮佛點點頭，盡棄前嫌。

他們擦乾身子之後，亞瑟溜到了樹叢後面，換上了松果的衣服。他好喜歡這身色彩豐富的衣服，還有衣服貼在他皮毛上那種柔軟的感覺，跟他原本灰衣服的粗糙質感不同。可是他必須穿著舊衣服回到院所，這樣才能融入群體之中。

正值黎明破曉，回松果家那棵樹的路上，亞瑟可以看到粉紅夾雜金色的一片天光，透過森林冠頂流瀉進來。

桌上已經擺好了早餐，炒蛋、煎蘑菇、抹了奶油跟醋栗果醬的烤土司、羊乳酪餡派、蘋果切片，還有一小碗種籽要給崔英特。橡家太太正在廚房裡忙來忙去，松果跟其餘的家人都坐在大圓桌邊，他哥哥們楞木、樺谷、鼠李（簡稱小李）；姊姊們栗樹、榛樹；父親馬克斯；首領悠妮絲姆姆。

松果興奮得難以抑制。他跳上椅子，揮舞想像中的劍，高聲宣布：「注意，注意！圓桌騎士們！注意，注意！」

大家都抬頭看著那個一身綠的小男孩，像是握了把隱形的劍在腦袋上繞圈。

「注意什麼啊，你這粒小松子？」他哥哥小李說，「快把你要宣布的事情講完，我們要吃飯了。」

「噢，好吧，」松果說，他清清喉嚨。「歡迎，來自……來自遠地的英勇騎士們！我們在出發進行高貴的任務以前，要先好好用餐！」

松果坐下來，塞了一把蘋果片到嘴裡。大家鼓掌完後，開始吃早餐。

「我喜歡這個小傢伙，」皮佛對亞瑟說，「他的想法很正確。」

餐後，崔英特把她的新飛行服展示給大家看。

尾巴連著輕量型的可拆式翅膀，她還是有螺旋槳頭盔，可是笨重的發條盔甲不見了。「如果有微風，我連螺旋槳都不需要用到。我晚點可以示範給你看，可是現在該先談談計畫，我等不及要聽了！」她上下彈跳幾次，「亞瑟？說說計畫吧！」

「呃，對喔，計畫。」亞瑟開始說，「問題是……唔，問題是，沒有計畫。完全沒有。」他垂眼盯著雙腳。

「沒有計畫？」

「抱歉，崔英特，我頂多只能想到怎麼到這裡來，那就已經夠難的了。」他環顧房間，輪流看看每個人。「我們該怎麼做，這裡有人有什麼想法嗎？因為我真的沒有。」

經過短暫的停頓，大家不約而同開口了。主要的問題還是怎麼從松果的家趕到院所，好及時阻止卡邦寇小姐，如果阻止得了她的話。沒有貝莉莎，他們就沒有交通工具。橡家先生說：「我們是有個攤販小推車，我們以前都用老山羊來拉，不過我現在都自己拉。」

然後另一個問題是該怎麼阻止她。大家都同意的一點是，他們必須把捕歌器偷回來、搶走設計圖，然後逃出院所。

亞瑟跟崔英特達成結論，他們只能一路步行回到院所。可是也許，只是也許，沿途會有什麼駕馬車或驢車的好心人，會願意幫他們忙。

崔英特說，至少到了院所後，她可以帶著亞瑟跟皮佛飛過高牆。等到他們一踏進院所的領地，就可以尋找捕歌器跟設計圖。

「我有種感覺，不是在她辦公室，就是在地窖裡，」亞瑟說，「要怎樣才不會被逮到，有人有什麼想法嗎？」

每個人都坐著等其他人說話。接著從桌子中央，皮佛開始吱吱叫不停。

「等等，皮佛，」亞瑟說，「你講太快了。你剛剛說什麼？」

「我想想……我會需要一把劍，那是一定的。」皮佛說。

亞瑟翻譯出來的時候，松果變得非常興奮，開始上下彈跳，一面驚呼：「騎士們聚集起來了！繞著圓桌！我是……我是……加拉哈特爵士！耶！」

「好，聽到了。」亞瑟說，接著轉向其他人，「皮佛的劍，有人可以幫忙嗎？」

「我會幫你，勇敢的騎士！」松果嚷嚷，「為了國王跟國家！」

「松果，拜託小聲點。」松果的母親說，然後轉而看著這隻老鼠。「皮佛，我正好有東西可以當你的劍。你還需要什麼？」

「跟她說頭盔，我絕對需要頭盔。」

「頭盔，好。一把劍跟一頂頭盔，」亞瑟說，「等我們談完，就可以處理你裝備的事。還有別的想法嗎？我們在孤兒院裡活動的時候，要怎樣才不會被看見？」

「只要有人擋路，我就把他解決掉！」松果宣布，開始繞著桌子跑，假裝自己同時跟無數的惡徒打鬥。

「松果，」他母親說，嚴厲的看著他。「如果你不控制一下自己，你就得回房間去。」

「不好意思，」皮佛開口了，牠熱切的叫著，但聽在其他人的耳裡，就像被貓折磨似的。「我顯然也需要一面盾牌，還有……」

「皮佛，」亞瑟說，「你難道看不出來，現在狀況有點混亂？我們還沒有正式的計畫。可不可以麻煩你等一等，等大家談完以後，你再把想要的東西一口氣告訴我。」

「要不要我寫成一份清單？」皮佛有點心煩的問。

「老鼠會寫字嗎？」亞瑟問。

「我們當然會寫字！我們又不笨。」

他們終於拼湊出計畫的基本架構，接著三個旅人立刻上床就寢，雖然一天才剛剛開始。他們疲憊不堪，而且接下來又有漫長的旅程。橡家太太保證會及時叫醒他們，而且在啟程之前稍微跟松果玩耍一下。她也要皮佛放心，在他們出發以前，她會將牠的騎士裝備張羅妥當，至於橡家先生則負責籌備用品跟糧食。前往院所的路上，亞瑟、皮佛跟崔英特必須把計畫的內容補足。

這三位要趁著夜色啟程。

「好了，上床睡覺吧。」橡家太太說，松果帶著他的騎士夥伴到他的小空間去，讓他們好好休息。

那天稍晚，松果的母親將旅人喚醒，讓他們在踏上艱苦的旅程之前嬉戲一番。松果跟他的兄弟姊妹教亞瑟跟崔英特怎麼玩他最愛的樹木遊戲——找橡實、樹捉鬼、抓松鼠、拋棍子。之後，亞瑟得意的教大家當初在歧路莊園學到的兩、三個遊戲。

不過，皮佛提醒亞瑟，這個時候絕對不該去想幼稚的遊戲，最好把當天剩下的時間放在思索要採取什麼戰鬥策略上，因為牠確定在這個叫「院所」的可怕碉堡裡，有一場大戰正等著他們，那裡由一個叫「卡邦寇小姐」的暴虐妖怪所統治。

46
任務開始

那天晚上的月色狂野，又黃又圓。

皮佛、亞瑟跟崔英特決定在晚餐過後馬上出發，可是等他們準備好要離開的時候，已經將近九點。橡家夫婦拚命說服他們隔天早上再啟程，可是他們下定決心要上路。

亞瑟穿著他的灰色舊衣服，現在新鮮又乾淨。他不願意再把它們穿上身，可是在他們要去的地方，他可不能顯得與眾不同。

橡家太太幫忙皮佛穿上她親手製作、加了襯墊的皮製盔甲。她還用橡實替牠做了頭盔，用一只法國古董手錶的錶面當作牠的盾牌。「看到你盾牌側面的小鉤鉤沒？如果身體正面需要更多保護，可以把它別在你的盔甲上。」橡家太太說。

她給皮佛一根時鐘指針，可以當成劍。那根東西優雅尖銳，形狀完美。皮佛把劍插在腰帶上，盾牌是法國製的，牠對這點頗為滿意。這一切讓皮佛激動不已，不禁朗誦起雨果的詩作裡最愛的一首。這首詩這麼起頭：**明天，黎明時分，鄉間天光淺淡的時刻／我將要啟程。**

亞瑟把皮佛從法文翻譯過來的內容，重講一遍，但不敢重複老鼠用法文講的那部分。橡家太太顯然被打動了，將手貼在胸口驚呼：「噢，皮佛！」老鼠肅穆的吻吻她的手指，鞠了鞠躬。

大家都對眼前這位小老鼠騎士衷心感到佩服。

松果跪在皮佛面前說：「我，加拉哈特松果爵士……屬於……屬於橡樹騎士團……願意竭盡所能服侍你。誠心誠意！响！還有……還有……萬歲！」

「噢，松果，」他母親說，輕拍他的腦袋。「你真是個貼心的孩子。」

接著橡家全家難過的跟三位探險者道別。松果哭了起來，求他們帶他一起去，說他早已備好一把劍，說他生來就是要當騎士的，可是橡家先生抹掉眼淚，說總有一天他會有機會踏上類似的冒險旅程，但現在時機還沒到，他年紀還太小。橡家先生一把撈起松果，放在肩膀上，似乎讓小男孩平靜了點。

皮佛對亞瑟說：「麻煩告訴他，總有一天我們會並肩作戰。我向他保證。」亞瑟傳達這項訊息時，松果勉強露出淺淺笑容。

松果的父親把糧食以及為了這場任務準備的東西交給亞瑟，也給了他一只帆布袋，因為亞瑟不久以前才把自己的帆布袋讓給了載他渡河的諾拉克。

「謝謝！」亞瑟感激的說。

「亞瑟，別忘了這個。」橡家太太把畫在樺樹皮上的詳盡地圖交給他，「還有別忘了，我們的家門永遠為你們敞開。」她擁抱亞瑟，吻吻他的頭頂。以前從來沒人吻過他，他覺得刺癢又溫暖。「要安全回來喔。」

就這樣，三個旅人出發上路，走進了夜色當中。

他們走出了松果的樹林，往南朝著地勢更低的谷地前進。這晚天氣舒適、天空清澈，要不是因為他們急著趕往某個地方，而且沿途半輛馬車和驢車都沒有，沒人可以載他們一程，原本這會是一場心曠神怡的散步。眼前的道路空蕩蕩，朝著夜色綿延不盡。

「照這個速度，我們要等下個冬天才到得了，」在走了四個多小時之後，亞瑟開始覺得疲憊暴躁。「要是我們太慢到呢？要是她已經複製了設計圖呢？到時我們要怎麼辦？」

「亞瑟，我真的覺得我應該先往前飛。」崔英特說。

「你說什麼啊？」亞瑟說，「我們不能分頭走。團結才有力啊。」

皮佛從亞瑟的口袋探出腦袋。「真的，我們要一起行動，不然就別行動。」

「牠在說什麼？」崔英特問。亞瑟翻譯了。

「這隻老鼠有點愛指揮別人，對吧？」她悄悄說。

「我聽到了喔！」皮佛說。

「拜託，我們不要吵嘴，可以嗎？這個夜晚還很漫長。」

「抱歉。」崔英特說。

「我也很抱歉。」皮佛有點猶豫的說，「對了，今天晚上滿短的，不會很長。因為今天是六月二十一日，是夏至，一年當中最短的夜晚。」

突然間，亞瑟聽到熟悉的聲響。

他的頭頂上方高處，巨大的翅膀正在空中鼓動。他感到一陣強風，接著一道燦亮的光線往下俯照這些旅人。他們三個同時仰頭一看，巨鴉在原地盤旋片刻之後，往地上俯衝，在他們面前幾呎的地方落地。

「貝莉莎！」亞瑟嚷嚷奔上前去，要不是因為身高不夠，不然他會一把摟住夜鴉的脖子。他劈頭就說：「你回來了！」接著才想起禮儀，於是在夜鴉面前恭謹的行禮。崔英特也行了禮，皮佛則拿劍在空中揮舞，向鴉致敬。

貝莉莎對著三位同伴鞠躬。「我回家的路上，想起你說的話，那個叫卡邦寇的傢伙，謀劃要偷走全世界的音樂。我想到，如果她有辦法偷走我們的歌曲，也就能奪走我們的夢想。沒了夢想，我們什麼也不是。」

「可是你不要緊嗎？」亞瑟問，「我是說，萬一我們到了黎明還沒完成任務呢？」

「那我就必須提前離開你們，」鴉說，「你們這些生物平常都怎麼說的？『船到橋頭自然直』。」它發出好幾聲喀喀喀喀，嚇壞了崔英特，最後亞瑟跟崔英特解釋鴉只是在笑。

貝莉莎跟一行人只花了一個小時就抵達任性與私生生物之家，亞瑟靠著地圖跟自己對路線的記憶，幫忙指引方向。他們飛近的時候，亞瑟可以看出院所籠罩在月光中的輪廓。他的脊椎竄過一陣寒意，他真的非得鼓起勇氣不可。

他們決定暫停一下，再次複習計畫。貝莉莎靜悄悄降落在車道上，其他人爬下來。

「首先，我們必須阻止小狗吠叫。」亞瑟說，「然後我們要用飛的繞到後面。貝莉莎會帶我們越過高牆，進入紅隼館的中庭。它必須躲在影子裡，等我們再次跟它會合。」他停頓一下又補充，「我還是不知道要是我們被逮到該怎麼辦才好。」

「我會捍衛所有人，直到生命終結！」皮佛邊說邊將劍舉在腦袋上方。

「你是隻非常勇敢的老鼠，」亞瑟說，「可是我怕你的劍對付不了卡邦寇小姐的楞杖，或是史尼茲維的杓子。」

「哼！我會讓你很意外的。」皮佛說。

「只要記得，」貝莉莎說，「時間最關鍵。如果你們在黎明前沒回來，我就必須丟下你們，趕緊找到通往地下世界的路。要不然我會瞎掉。一旦發生那種事，我在上頭跟下頭，都會變得一無是處。」

「我們明白。」亞瑟說完便跟其他兩位爬上貝莉莎的背。

「大家都準備好了嗎？」貝莉莎問，「好了，坐穩嘍。我們要往上走了。」

接著夜鴉守護者再次鼓動巨大的黑翅，升騰入空。

47 歸返

鴉在院所高聳的黑色大門上方盤旋。亞瑟看到那個在風中撞得鏗鏘作響的老舊招牌時，背部不禁竄過一陣寒意。

卡寇小任與私生之家

看門狗感應到上方有奇怪的東西開始吠叫。亞瑟把橡家先生為了因應這種狀況，事先預備好的一袋骨頭往下拋。狗兒馬上安靜開心的啃了起來。

「欸，」皮佛說，「丟得還真準！」

「謝謝，」亞瑟有點愣住，「我、我真不敢相信！好不可思議！」

「怎麼了？」崔英特關心的問。

「那些狗說的每個字，我都聽懂了！我是說，之前我只能聽懂小鼠跟大鼠，還跟一隻青蛙講過一次話，可是剛剛我聽懂了那兩隻狗的話！」

「哎呀，亞瑟，那太棒了！」崔英特說，「牠們剛剛說了什麼？我想一定是陰森的事情。」

「才不是呢，崔英特！牠們只是說：『小鳥？不是。小老鼠？小老鼠！吃小老鼠！餓餓！肚子餓餓！搔搔屁股？不要，你！』之類的話。好好笑！」

「你不覺得『吃小老鼠』很陰森嗎？」皮佛說。亞瑟還來不及道歉並替其他人翻譯，貝莉莎就發出了指責的叫聲，說現在不是聊狗的時機。它鼓動羽翼，飛往院所後方。

他們咻一聲降落在紅隼館中庭。

高牆內一如往常下著雨，三個同伴在貝莉莎一側的羽翼底下避雨，再一次複習他們的計畫。

亞瑟東張西望，看看這個曾經囚禁他那麼久的地方。高牆依然擋住了世界的美麗，除了他的老朋友——那棵高大的白樺樹，一切依然悲傷、陰鬱跟灰濛濛。他可以看出的唯一改變，就是中庭遠端的那堆碎礫不見了，後頭高牆裡的洞很可能牢牢封死了。他原本希望那個洞還在，免得他們在貝莉莎不得不離開以前還沒完成任務。

他們上方，滴水嘴獸朝著泥濘的中庭滴著水簾般的淚。亞瑟很感激滴水嘴獸的淚水，因為噴濺的聲音可以掩住他們三人悄悄溜到紅隼館後門的聲響。

亞瑟記得卡邦寇小姐告訴那個白手套男人，捕歌器設計圖在她的櫃子裡積灰塵。可是院所裡到處是櫥櫃，所以這番話派不上用場。至於捕歌器，亞瑟有種直覺，它不是藏在裝置室，不然就在地窖裡。

「別問我為什麼，可是我認為捕歌器跟建造捕歌器的設計圖，分別放在兩個地方。」亞瑟低語，「我想把兩個都弄出去。我認為『假髮』把捕歌器藏在其中一座工廠裡，就是放其他機器的地方。不過，設計圖可能在任何一個櫃子裡，甚至是她的辦公室或私人寢室。」

皮佛自願鑽進辦公室門底下，到卡邦寇小姐的私人空間裡搜尋。「我可以進去你們進不了的地方。雖然我是個騎士。我可以……嗯，這麼說好了，安靜得跟老鼠一樣。」

「牠說什麼？」崔英特細聲說。

亞瑟幫忙翻譯。

「可是牠是老鼠沒錯啊。」崔英特說。

「不好意思，可是我是身負重任的鼠騎士，」皮佛說，「我想這件事滿明顯的。」

「夠了，你們兩個！」亞瑟說，「我們不能再浪費更多時間了！皮佛，你的想法很棒，你確定沒問題嗎？非常危險喔。」

皮佛肅穆的點點頭。亞瑟轉向鴉，仰頭看著它的大圓眼。「你在外面淋雨沒關係嗎？」

「我是夜鴉，」貝莉莎說，「你不應該擔心我。你不知道我有什麼能耐，小狐。說到這個，我想在這方面出點力。如果我撞見你的卡邦寇，我可以輕易又有效率的啄掉她的眼睛，扯出她的內臟。這項差事大約兩分半鐘就可以完成。」

「謝謝……呃，這樣大方的提議。」亞瑟說，「可是我想如果你遇到卡邦寇小姐——戴大頂的橘色假髮，身材高䠷的婦女，也許把她喞起來，放到某個地方的田野中間，然後回來找我們，這樣就夠了。不過，還是很感激這個提議。」

亞瑟檢查口袋裡的東西，是橡家先生為了這項任務交給他的，有蠟燭、火柴、繩子跟幾種零零星星的東西。「我想我什麼都有了。崔英特，可以麻煩你嗎？」

崔英特熱忱的跳上跳下。「好！讓遊戲開場吧！」

他們從中庭走到館舍門口時，亞瑟把她抬高，好讓她發揮魔力。她事前已經穿上新飛行裝，但除非必要不能使用，因為它有點嘈雜。

「你知道，」亞瑟說，「如果你有心想做，可以當個厲害的小偷。」

崔英特好性子的嗶嗶叫，將嘴喙插進鑰匙孔。可是令他們意外的是，門鎖早就開了。

「我想門一定一直都沒鎖，」亞瑟說，「當你讓每個人都那麼害怕離開的時候，哪裡還需要上鎖呢？」

崔英特在亞瑟身旁小步快走，皮佛緊緊跟在後頭，煤油燈的昏暗光線點亮紅隼館的寂靜走道，灑下詭異的陰影。

「重要的事情先辦，」亞瑟低聲說，「我們把護士萊娜特叫醒，我確定她會幫我們。跟我來，可是要很安靜，史尼茲維的住所就在那扇門後面！」

史尼茲維的房間就在紅隼館中庭入口旁邊，跟兩間宿舍隔了條走道，醫護室就在他房間隔壁，再過去就是萊娜特的房間。這三個闖入者悄悄走到萊娜特的房間門口，亞瑟伸手轉動門把，看看是否上了鎖，可是門竟然一碰就開。

三個闖入者往裡頭一瞧，沒人。

他們改試醫護室，那裡也是空的。

「怪了，」亞瑟說，「也許她去度假了，可是我不知道，我有種奇怪的感覺……」

「我也是，亞瑟，」崔英特說，「可是我們最好繼續行動。」

他們順著紅隼館趕往大堂，就是四條走道會合的地方。他們抵達卡邦寇小姐的辦公室時，那只巨大的咕咕鐘敲響凌晨兩點。機械黃鳥從門裡跳出來，啁啾唱著活潑的歌曲，接著那個大大的嘴喙冒出來，一口把它吞掉，發出惡毒的啪嚓聲！

亞瑟的耳朵發抖，往上伸手輕拍耳朵。這是他害怕時，安慰自己的老方法。要不是因為毛毯塊跟鑰匙掉在地底世界的某個地方，他會伸手去摸。

崔英特用嘴喙推推亞瑟的腳。「你還好嗎？」她問。

他往下對她微笑。「還好，真的。我們必須趕快，跟我來。」

他用手勢指指時鐘後面。「我以前看過修理工走進時鐘裡面，那裡應該有個門，啊，就是這邊。來吧。」三個人溜進時鐘基座，把門關上，裡面寬敞得令人意外，至少對兩隻小草包跟一隻老鼠來說。

「皮佛，」亞瑟說，「我很確定捕歌器在地窖裡，可是以免萬一，它看起來像是箱子頂端加了一個扇形大鐘，側面有個曲柄把手，還滿容易認的。至於設計圖，我從來沒看過，可是我想它們像卷軸那樣捲起來，用藍色緞帶綁著。拜託，請不要做出任何瘋狂的事情。如果你找到其中一樣東西，讓我們知道在哪裡就好，接下來由我們接手，懂嗎？」

「我會完成任務的，我的君主，然後立刻回報消息。謹聽你的吩咐。」

「我勇敢的小小朋友。」亞瑟雙眼噙淚說。

亞瑟決定，他們應該在一個小時內回到那個時鐘會面。如果臨時出了差錯，或是有人回不了時鐘這邊，就必須返回紅隼中庭，跟著貝莉莎一起等候。

「亞瑟，」崔英特低語，「你真的覺得在她辦公室旁邊碰面安全嗎？我覺得太冒險。」

「卡邦寇小姐如果真的醒過來，要找闖入者的話，最不會想到的地方就是這裡。現在凌晨兩點，她一定在睡覺，對吧？況且，如果皮佛在裡頭找到捕歌器的設計圖，約在這裡也比較方便去拿。我只希望它們在她的辦公室，而不是在她樓上的寢室。」

「別忘了，」崔英特說，「她的辦公室跟寢室都做了隔音設備，連你都聽不見。她很可能還醒著。」

「我們不得不冒這個險。」

他們三人從咕咕鐘裡的藏身處悄悄往外走。

「祝你好運，皮佛，」亞瑟說，「你是我認識的騎士裡最英勇的一個。」

崔英特點頭表示同感，向一身盔甲的老鼠深深一鞠躬。

皮佛立正站好，錶面盾牌綁在身子前側，掌子貼在劍柄上。「我會勇敢光榮的往前挺進。」老鼠說完便朝著辦公室快奔而去，轉眼消失蹤影。

「我希望牠平安無事。」亞瑟絞著雙手說，然後深吸一口氣說，「我們應該先檢查遊隼館的裝置室。她可能把捕歌器藏在那邊。如果沒有，我們就到地窖看看。走吧。」

48 緊急事務

卡邦寇小姐在樓上房間確實清醒得很。瑪多克斯剛剛才用銳利的黑色叉齒替她修剪完頭頂上的細絨羽毛。你可以想像，這件事做來相當複雜。

「我們下次真的不應該拖這麼久，」那個生物說，「你也知道那些羽毛開始長回來的時候，你的頭皮會有多癢。」

樓下的聲響打斷了他倆的對話，三聲柔軟、一聲俐落的敲門聲，那是烏艾爾特有的敲法。女院長迅速把細絨羽毛掃進五斗櫃底下，戴上橘色假髮，瑪多克斯則竄回枴杖裡。

她在鷹館裡分配一個單人房給這隻大鼠，做為他當幫手的獎賞，從那以來，他有好幾次在非常奇怪的時間不請自來，令人十分反感。可是儘管烏艾爾是隻草包，而且擁有鮮明的齧齒類天性，可是對她卻有種強大的影響，原因她也說不上來。

卡邦寇小姐打開辦公室門，將烏艾爾迎向樓上。「最好是重要的事情，大鼠。」

「非常抱歉，女士。可是我看到你樓上亮著燈，而且我相信這件事相當緊急。」

「不能等到明天嗎？」卡邦寇小姐說，薄眉皺成了生氣的V字型。

「恐怕不行，」烏艾爾說，「是史尼茲維，他恐怕是個叛徒。不只如此，他還一直對院內的職員散播關於你的惡劣謠言。要我說下去嗎？」

「叛徒？你在說什麼啊？坐下來，把你知道的事情全告訴我！可是講快點，我想就寢了。」

49 逮個正著

通往裝置室的門上了鎖，可是崔英特兩、三下就打開了。亞瑟點燃蠟燭，燭光落在房間中央的大怪物上，後方的牆面上投下險惡的陰影。

「想想，」亞瑟低語，「我們在這裡拚命工作，原來就是為了幫忙她實現邪惡的計謀，想到就難以忍受。」

「那就別想了，」崔英特說，「我們趕快完成任務，離開這裡才對。」

他們花了將近一個小時的時間在廢棄的甲蟲堆裡翻翻找找，在桌子跟輸送帶下方尋尋覓覓，連骨貪先生亂糟糟的辦公室都找過——那裡滿是空酒瓶、老包心菜、一袋袋吃了一半的豬皮、一路堆到天花板的文件，結果還是什麼都沒找到。他們趕回大堂，溜進咕咕鐘，想通知皮佛他們接下來要去地窖找。

可是皮佛不在那裡。現在將近凌晨三點，如果牠不趕快出現，他們就必須進行備用計畫：回中庭集合。

「我在想什麼啊？」亞瑟說，「好像我們在一個小時內就能找到東西似的。我好笨！可憐的皮佛！」

「亞瑟，我確定皮佛沒事。沒人會看到牠。我跟你說過，我們這種小不點，別人進不去的地方，我們都進得去。」

「崔英特！我聽到有人朝這邊來了，馬上忘了備案，我們去地窖找吧。」

「好，我們走。往哪邊？」

「只有一個問題，」亞瑟低語，「我不知道怎麼過去。」

「什麼？」崔英特，「那我們要怎麼找到捕歌器？」

他還來不及回答，三點已到，時鐘響起。

對於躲在時鐘後面的這兩個生物來說，鐘聲大到令人苦不堪言。崔英特覺得暈眩，全身震顫，她發抖著蜷成一個小球，滾到時鐘內部的角落。亞瑟驚愕不已，踉蹌撞在一組齒輪上，直接摔進了報時裝置裡。

就在那一刻，某個頻頻吸鼻子的男人恰好跛著腳，進行夜間巡邏。他聽見巨鐘裡傳來騷動，於是前往調查。他的腳還因為那場不幸的驢車意外而裹著石膏，走起路來砰砰作響。

「你！」史尼茲維喝叱，揪住亞瑟的後頸。「回來折磨我的是嗎？想念院所了是嗎？我們來看看你會多喜歡你的新居，**十三號！**」他態度嫌惡的忿忿喊出亞瑟的舊名字，「不用走很遠，那扇門就在我腳下。」

史尼茲維後退一步，壓下右邊牆上的按鈕。之前他站立的地方，有扇祕密活板門彈了開來，他把暈頭轉向的亞瑟往下推進開口，然後跟了上去。

史尼茲維推著亞瑟走下從時鐘通往地窖的樓梯，樓梯陡峭陰暗，亞瑟踉蹌往前走，一邊聽到大鼠跟小鼠在臺階上跟牆壁後方快跑跟閒聊。**要是他們能幫幫我就好了！**他暗想。

到了底部，他們右轉穿過一條狹窄通道，盡頭有扇生鏽的鐵門，門後是陰森深邃的房間，裡面是個龐然無比的工廠，比樓上的裝置室上大上二十倍！

不過史尼茲維和亞瑟不知道，在他們背後的一點距離之外，有隻鳥形的小生物跳躍著往前。

房間裡放滿甲蟲機器，模樣比樓上原本那架怪物還要恐怖。還有另一排別種機器，可怕程度不相上下，旁邊堆著無數的棕色蠟圓柱。**她現在只需要用那些設計圖，打造出捕歌器就行了**。亞瑟想。他們穿過那座工廠，前往另一個房間。亞瑟瞥見一個大銅鐘。

是捕歌器！

就放在房間中央的一張桌子上。

史尼茲維拖著亞瑟穿過一扇天花板低矮的小房間，裡面到處是生鏽滴水的管線跟蜘蛛網。房間照明昏暗，只點了盞紅油燈，空氣陰溼難聞，幾乎跟暗鬱城一樣糟糕。亞瑟覺得自己彷彿又來到地下城市，正要回去黑色石牆裡的侷促小洞。

史尼茲維把亞瑟推進一間牢房，上了鎖，把鑰匙掛回鉤子上。「你要為了你害我承受的屈辱付出代價，你這隻骯髒的小蛆。要為那頂假髮付出代價；要為驢子跟那些狗付出代價；要為我斷掉的腳付出代價；還要為害我跟蠕蟲、飛蟲一起露宿野地付出代價。等卡邦寇小姐發現我把誰關在地牢裡，她會把你煮成湯，拿去餵給大鼠吃。晚安！」

崔英特屏住氣息，躲在冰冷石地跟骯髒工廠牆壁間的縫隙裡。

50 最英勇的騎士

皮佛在卡邦寇小姐的辦公室裡搜尋未果，快步爬上螺旋階梯，從門底下鑽進女院長的私人寢室。牠悄無聲息順著臥房牆壁快步往前，朝著床鋪跟五斗櫃對面的那兩個櫥櫃走去。牠必須非常小心，因為只要牠的盾牌碰到地板、發出聲音，牠就完蛋了。

皮佛趁烏艾爾跟卡邦寇小姐在談話的時候溜進左邊那個櫥櫃門下，可是隨便搜尋一下，就知道裡面只有幾十頂帽子跟模樣荒謬的假髮。

牠當著他們的面快步竄進另一個櫥櫃裡。

在這邊的櫥櫃裡，找到東西的機會似乎比較大。每個架子上都塞滿了蒙塵的紀念品。女院長把一大箱照片、信件、舊玩具跟過去的其他物品，隨手拋進櫥櫃之後就把門關上。

皮佛走路的時候必須小心，因為櫃子裡有破掉的畫框跟碎玻璃，在那團混亂旁邊是一張兩個戴綁帶帽子的女孩照片，她們站在蘋果樹下，可是其中一個女孩的臉被刮掉了。**怪了**。老鼠想。**還真怪**。

皮佛在一層層架子上跳躍，在卡邦寇小姐和顯然是她雙胞姊姊的一疊疊照片上迅速移動，照片畫面裡有動物園、玩槌球、在園子摘花、從大船船頭上揮手。**這裡的東西都沒用**。皮佛想。直到牠爬上頂層架子，看見塞在一排古董瓷娃娃後面的，正是一捆長長的羊皮紙卷軸，用亮藍色緞帶綁住。卷軸外頭草草寫著三個字：**捕歌器**。

皮佛忍不住做了牠興奮起來向來會做的事：快速搓揉鬍鬚、扯扯耳朵，發出小小的吱聲。

「那是什麼聲音？」卡邦寇小姐立刻說，「聽起來像……像老鼠！在我的櫥櫃裡！」

「不用怕，女士！我馬上檢查。」烏艾爾說。

皮佛聽到櫃門嘎吱打開，來不及躲了。牠往下看看自己胸前的錶面。**太好了**！牠對自己說。牠用雙腳直立起來，一掌貼在劍柄上，另一掌搭在身側，然後用力憋住呼吸。

烏艾爾掃視放滿舊回憶的櫥櫃。「原來有這個，還真有意思。」他對自己喃喃。有更多資訊可以儲存起來，不過得先找到這隻老鼠，殺了牠。可是大鼠只看得到老舊蒙塵的東西，還有一些愚蠢的童年玩具。

他關起櫃門，回到卡邦寇小姐身邊。**多愁善感會導致她的毀滅**。他判定，然後裝出最謙遜的笑容。

於此同時，皮佛思索著完全不切實際的瘋狂念頭，就是獨力把卷軸拖出櫥櫃。主要的問題是，要怎麼推開櫥櫃門？更不要提怎麼打開卡邦寇小姐的房門了。牠再次蹲坐下來，思索這項輕率計畫的優缺點。

「怎樣，有老鼠嗎？」卡邦寇小姐質問。

「沒有，女士，沒有真的老鼠，只是一隻小小的蠢發條老鼠。也許是童年很珍惜的玩具？」

「一隻什麼？」

「某種手轉發條玩具，」烏艾爾說，「穿著盔甲的老鼠。我想可以說是老鼠騎士。」他悶住一聲笑。

「我從來沒有，我重複一遍，我從來沒有發條老鼠！我痛恨所有的老鼠，即使是玩具老鼠！」

「噢，我懂了，」大鼠說，「我馬上處理，小姐。」

烏艾爾再次打開櫃門，皮佛擺出另一種姿勢。烏艾爾推了張椅子到架子前面，爬上去，這樣才搆得到頂端。大鼠對著老鼠瞇起眼睛，兩人現在幾乎快要鼻碰鼻了。「唔，鼠仔，」烏艾爾說，嘴角揚起笑容，露出一口利牙。「遊戲結束了。」

瞬間，皮佛抓起劍，刺在烏艾爾的口鼻上，然後快速爬下架子。牠趕緊溜出櫥櫃，朝著門口奔去。

「殺了牠！」卡邦寇小姐站在床上尖叫。

皮佛快到門口時，烏艾爾狠狠踩住牠的尾巴，老鼠痛得尖聲叫喊。烏艾爾揪著皮佛又斷了的尾巴，讓牠上下顛倒懸在半空，附帶一提，對老鼠來說，這是全世界最屈辱的姿勢。

「我會除掉這個髒東西的，女士。不用擔心。抱歉這麼晚還打攪你。跟你道聲晚安。」

「一定要弄死牠！晚安！」

烏艾爾一離開，卡邦寇小姐就低聲喚她的蠍獅出來。她注意到楞杖上的鷹眼連續閃了幾分鐘時間，感覺不太對勁。

等房門完全關上，瑪多克斯躍入卡邦寇小姐的懷裡。它低聲咆哮，顯然心煩意亂。

「怎麼了，我親愛的？鎮定。告訴我。」

「有東西來了，」蠍獅說，「我們一定要找到它，立刻殺了它！」

「什麼來了？我親愛的？」

「從地下世界來的東西。是遠古生物的一族，擁有古老魔法的生物，就跟我一樣。我們一定要毀掉它。**馬上！**」

「就這麼辦吧，」卡邦寇小姐說，「這會是你光榮的一刻，我親愛的。我們會殺了它，我向你保證！它在哪裡？我們要去哪裡？」

「在中庭，小姐。紅隼館的中庭，它就在那裡等著。它知道我在這裡，我們一定要趕快。」

51 開戰

烏艾爾離開卡邦寇小姐的辦公室，還抓著皮佛的尾巴。他正在想要怎麼折磨跟除掉頭戴橡實的老鼠時，湊巧碰見要去見女院長的史尼茲維。史尼茲維正以傲慢的態度，搓著鼻子下方那片細毛，表情看來特別沾沾自喜。

「噢，這不是大鼠嗎？」史尼茲維說，「看來你逮到一個闖入者。」他看著懸在烏艾爾灰色毛手裡的老鼠，竊笑起來。「真巧，我也逮到一個呢。可是我相信我逮到的那個，比你的有價值多了。」

「你在說什麼啊，史尼茲維？」烏艾爾問。

「等她知道我把誰關在地窖裡，看看她會看重你還是我。」史尼茲維說著忽地抽出手帕、擤擤鼻子。「記得上個月逃走的不良狐狸草包嗎？就是跟怪胎小鳥朋友一起的那個？哼，我靠自己的力量逮到他了。在這裡面找到的。」他指著咕咕鐘，「我把他鎖進地牢裡了。他原本在找東西。好了，你想他在找什麼呢？我用一整年的薪水來打賭，他在找的就是她放在下頭的那臺機器。他怎麼知道這件事的呢？哼。讓我想想。卡邦寇小姐一直把機密告訴某個大鼠草包。我覺得可疑極了，你不覺得嗎？」

「你怎麼可以這麼蠢？」烏艾爾說，「我根本不知道你在胡扯什麼，而且老實說，我也不在乎。時間很晚了。我要除掉這隻老鼠，然後直接上床睡覺去。你要怎麼想都隨你，對我來說無所謂。」

可是烏艾爾其實滿在意的。他在意的倒不是史尼茲維懷疑他跟某個白痴獨耳草包串通，而是當前有怪事：這隻一身盔甲的老鼠很可疑，一副想偷走設計圖的樣子，還有那個蠢狐狸到處探頭探腦。**他們一定有什麼計謀**。烏艾爾對自己說。**我要查個明白。就是要靠這種事，才能贏得她完全的信任**。烏艾爾打算跟那個蠢蛋十三號好好聊一下。

就在那時，女院長從辦公室衝出來。「你還沒殺了那個東西？」她對烏艾爾說，接著轉向史尼茲維。「你為什麼不閃一邊去……然後難得做點有用的事情？」

烏艾爾還來不及說「悉聽尊便，女士」以前，卡邦寇小姐就已經沿著走廊，朝紅隼館中庭的方向奔去。史尼茲維則緩緩跛著腳尾隨在後，烏艾爾溜進時鐘，走向地窖。

在下頭，崔英特從陰影裡現身，啟動飛行服，從鉤子上取下鑰匙。她把鑰匙丟進亞瑟的牢房，這樣他就能放自己出來。

「謝謝，崔英特！真高興他沒抓到你！崔英特，聽著，我看到了！捕歌器就在這裡，就在隔壁房間！」

「我也看到了！」崔英特說，「我們拿到機器以後趕快離開，沒時間找卷軸了。天快亮了，我擔心貝莉莎，還有皮佛。可是我們要先幫忙其他人，有一群草包就睡在那些牢房裡。」崔英特用嘴喙指向沿牆的一排牢房。

亞瑟往隔壁的牢房一瞥。「噢，不！崔英特，你說得對，我想我聽到了呼吸聲。」亞瑟說，「可是我之前太害怕，我一害怕，聽力就會變差。」

在那些陰暗的小牢房裡，草包們睡在角落裡，在潮溼的地面上蜷起身子。亞瑟指著一個爬蟲類草包，她正在睡夢中抽噎。「我記得她！就是去年對卡邦寇小姐的辦公桌放火的那個。」亞瑟頓了一下，「她有名字，叫……我想是南西。就是南西沒錯。」

下一排牢房裡全都是咕噥包，他們以為那些年紀大點的草包在成年之後就離開院所了。接著在另一個牢房裡，他們看到好朋友聶斯比、奈吉跟史努克，他們睡夢中的臉龐看起來很悲傷，比實際年齡還老。

「我們必須幫幫他們！」崔英特嚷嚷。

「我知道，」亞瑟說，「我們先放這三個出去，這樣我們去拿捕歌器的時候，他們就可以幫忙其他人。附近可能有出口可以連到紅隼館，我看到史尼茲維走別的路回去，紅隼館就在我們頭頂上方。」

他們替朋友們的牢房開鎖時，朋友們醒了過來。「亞瑟！崔英特！」三個囚犯嚷嚷，大家互相擁抱。

「護士萊娜特。」奈吉說，「她也在這裡！在那邊！動作快。」

奈吉牢房對面有更多牢房，包括萊娜特的。亞瑟往裡頭一看，護士用胎兒的姿勢縮身躺在裡頭，幾乎快認不出她。她的薑黃色頭髮骯髒散亂，臉色白得跟鬼魂似的。那間牢房對她來說太小，彷彿有人把她硬塞進去，然後把鑰匙丟掉。

「萊娜特！」亞瑟說，「醒醒啊！」

萊娜特張大眼睛，露出虛弱的笑容，然後用小到快聽不見的聲音低聲說著亞瑟跟崔英特的名字。

亞瑟打開萊娜特的牢房，她爬了出來。

她的聲音微弱得幾不可聞。她告訴他們，某天深夜，她瞥見烏艾爾跟史尼茲維捧著捕歌器，穿過紅隼館到儲藏室去，然後消失在裡頭。她悄悄跟蹤他們，發現了工廠、牢房、一切。她跟阿姨卡邦寇小姐正面對質時，對方用枴杖敲她的頭。「隔天早上醒來，我就在這間牢房裡了，」萊娜特說，「從那之後我就一直在這裡。晚點再跟你們多說一些，我們必須先把大家帶出去。現在。」

「我想，穿過另一扇門之後的通道可以通往出口。」亞瑟說，「大家到紅隼館的中庭集合，我們很快就會過去，然後想辦法一起離開。別擔心那隻鴉，它會幫我們出去，我知道它會的。」

萊娜特跟其他人釋放其餘的孤兒，亞瑟跟崔英特則衝進工廠去拿捕歌器。

夜鴉在中庭裡守望著。

它棲在中庭遠端的高牆上，再不到兩個小時就是黎明，它開始擔心。

卡邦寇小姐衝進雨裡，像個瘋女人一樣對著鴉猛揮枴杖。貝莉莎用火亮的眼睛俯看著她，笑了起來。「喀！你一定是那個卡邦寇，我聽過好多你的事。欸，卡邦寇，用那麼一根小枴杖，要怎樣對付我這樣的大鴉？」

「我會讓你瞧瞧它有什麼能耐！」

「我不怕你的蠢把戲。」

不過，鴉其實還滿擔心的。這裡有某種暗黑魔法正在運作，它不確定是什麼，那個橘色頭髮的女人現身時，魔法在她四周轟隆作響。貝莉莎感覺得到，魔法蘊藏在環繞這地方的高牆裡，也在遠古的石砌建築跟下方的土地裡迴盪著。

可是貝莉莎只是把頭往後一仰，再次笑起來。

卡邦寇小姐對藏在枴杖裡的生物低語：「這是我倆的光榮時刻，我親愛的！我們會讓他們全部大吃一驚！」

她照著他們離開寢室前瑪多克斯交代她的方法做，她閉上眼睛，誦唸它教她的黑暗遠古的話語，接著把枴杖舉在腦袋上方，將蠍獅釋放進天空，瞬間爆出一陣藍煙，那個生物衝出它的木頭監牢。

大鼠穿過咕咕鐘來到地牢裡，一面揪著皮佛的尾巴。烏艾爾抵達階梯底端時，朝著史尼茲維囚禁獨耳狐狸的牢房走去，可是他的勁敵並未混跡在幾十個草包奴隸之間、畏縮於欄杆後面。他驚訝的發現，一排又一排的牢房都空了。

草包們正悄然無聲的透過另一個出口，往上逃向紅隼館。

烏艾爾猛掐皮佛的尾巴，皮佛發出絕望的尖叫。「閉嘴，你這個小臭垃圾，」大鼠說，「我知道你的朋友在這邊，你要幫我找到他們，看著就對了。」

在隔壁的工廠裡，亞瑟奮力捧著笨重的捕歌器，崔英特負責引導他走向門口。

亞瑟停下腳步。「崔英特，」他低語，「是烏艾爾！我可以聽到他的聲音！他抓到皮佛了。我們躲起來看看他接下來要幹麼。我們要找對時機出手，讓他措手不及。來吧！」

他動作笨拙的把捕歌器往下放在工作桌上，然後趕緊跟崔英特溜進桌子底下。

「出來，出來，不管你們在哪裡，」烏艾爾說，「我抓到你們的小朋友了。牠樂得很，不是嗎？我的小小鼠仔？」大鼠開始抓著皮佛的尾巴甩圈圈，皮佛痛得尖聲叫喊。

「欸，我想這隻老鼠活該受點特別的待遇。」烏艾爾說完撥動開關，恐怖的吼聲傳來，接著伴隨著蒸氣和哨聲的尖鳴，怪物的齒輪喀答運轉。

亞瑟從桌下爬出來。「快飛出去求救！」他對崔英特嚷道。

可是儘管怎麼努力，崔英特都沒辦法把機械翅膀打開，有地方卡住了。亞瑟跟崔英特驚恐的看著烏艾爾把皮佛丟在輸送帶上，帶子直接朝怪物的嘴巴滾動。

那條寬闊的帶子嘎吱緩緩向前，接著加快速度。皮佛氣急敗壞的想逃，可是頂多只能在原地快跑，愈來愈接近自己的厄運。

亞瑟試著趕到皮佛身邊，但烏艾爾每次都擋住他、嘲弄他，低嘶威脅，左右跳來跳去。亞瑟環顧四周，想找東西趕開大鼠。他在怪物的尾巴末端瞥見一推車的甲蟲裝置，於是衝過去，使盡力氣把推車推向烏艾爾，可是大鼠一跳閃了開來，推車直接飛進了怪物的嘴裡，怪物開始劇烈搖晃，噴出一連串亮藍色火花。

烏艾爾退開。他瞥了怪物一眼，怪物彷彿隨時都要爆炸，他趕緊逃離這個房間。

亞瑟往前衝刺，及時抓起朋友。「快逃，皮佛！去幫其他人。快去！我們馬上就來。」

亞瑟兩手各貼捕歌器的一側，正準備再次抬起來時，怪物發出怒吼，低沉的隆隆聲使得腳下的地面隨之顫動，它的玻璃「眼睛」亮起藍白強光，一陣蒸氣跟火花從頂端衝出去。

接著眨眼間，怪物炸成了團團火焰，甲蟲、齒輪跟金屬碎片朝四面八方噴射，其中有些朝亞瑟的腦袋襲來，一隻甲蟲擊中亞瑟的雙眼之間，他倒在捕歌器下方的地板上，失去意識。崔英特來回跳著，拚命閃躲不斷散射的碎片，火勢在幾秒鐘之內蔓延整座廠房。

地牢陷入了火海。

52 上方的戰役

在中庭裡，卡邦寇小姐焦慮的看著她的蠍獅跟上方高處的夜鴉奮戰，就在高牆的頂端附近。貝莉莎體型大得多，而且可以用雙眼的光芒來分散野獸的注意力，或者用嘴喙跟爪子攻擊它。可是瑪多克斯有幾個優勢。

它的尾巴末端可以致人於死地，而且黎明將近。

貝莉莎朝著野獸撲去，用大爪揪住對手身體的中段。它試著用大嘴喙咬掉瑪多克斯的腦袋，可是瑪多克斯將背上的叉刺壓平，溜了開來，然後一次又一次用尾巴襲擊它，鴉被迫朝著高聳的石牆愈逼愈近。

雙方在滂沱大雨中決戰，女院長淋得渾身溼透，對著她心愛的寵物高聲打氣，朝著夜鴉辱罵不停。

瑪多克斯想把鴉逼進角落，用有毒的尾尖直接攻擊，而且看來它的計畫逐漸生效。

可是，當蠍獅將貝莉莎逼入亞瑟以前躲藏的角落，就在眼角下垂、淚流不止的滴水嘴獸下方時，烏艾爾出現在中庭。

這是怎麼回事？大鼠納悶。看著眼前那個驚心動魄的景象，兩個龐然的生物正在空中拚鬥，女院長在下面為一方打氣。可是現在沒時間想這件事了，因為大家全都陷入了險境。

他趕緊通報卡邦寇小姐起火的事，還有試圖在那刻盜走捕歌器的闖入者。「史尼茲維那個懦夫溜了。就跟你說過他不忠心，女士。」

她還來不及說什麼以前，就在腦袋上方聽見噗噗聲。

「是D．O．G．C．！」女院長驚呼，「救兵來了！」

她仰頭朝著看來是三個D．O．G．C．的官員大喊，他們戴著專屬的黑色圓禮帽，騎著蒸氣發動的飛天單車，懸浮在中庭上空，其中一位彷彿有隻白貓攀住他的背。「闖入者在地窖裡！走廊末端有個入口，如果有必要，就把門撞破吧！」

官員們在門前降落，直接騎著單車進門。卡邦寇小姐朝他們的背影呼喊。「通報消防隊，孤兒院起火了！」

「早就通報了，」有個官員回喊，「過來的路上就看到煙霧了，女士。」

雨勢和緩下來，變成毛毛細雨，地平線上亮起一道粉紅光芒。烏艾爾跟卡邦寇小姐仰頭盯著那兩個意志堅決的生物，因為黎明將至，可以把它們看得更清楚了。

瑪多克斯依然把鴉困在角落裡，就在亞瑟過去棲身的那個老滴水嘴獸前方。蠍獅咧嘴笑著，小小尖牙發出閃光。「我會殺了你，鴉，噢，我會讓你死得緩慢又痛苦！」

貝莉莎左右扭動，努力避開那個生物的尾巴。

接著太陽開始升起。

「殺了它！」卡邦寇小姐嚷嚷，「現在就殺了它！我們會一起享受勝利的榮光！」

瑪多克斯扭動尾巴，懸浮在空中，毒刺舉在大鴉的臉龐附近。「等我宰了你，」瑪多克斯低嘶，閃動黑舌。「我會吃了你，從嘴喙到全身！之後，我會用同樣方式對付你的朋友們。今晚就是我的盛宴。」

滴滴、答答。貝莉莎腦袋後方，最後幾滴雨水落在上方的屋頂跟扶壁上，然後，眼神悲傷的滴水嘴獸的淚水停下了。

最末一滴雨水從這個滴水嘴獸的眼睛落下。

夏至的太陽在空中升起，光芒萬丈，直接照在大鴉的臉上。它緊緊閉上雙眼，發出悽慘遠古的叫喊，鴉的沙啞叫聲中夾雜著狼嗥。它扭頭閃避光線，再次叫喊。

就在貝莉莎往旁邊閃躲的時候，瑪多克斯正面望見那隻滴水嘴獸，長相跟它一模一樣。滴水嘴獸眨了眨眼。雙胞彼此會面的古老魔法起了作用，蠍獅開始化為了石頭。

瑪多克斯的毒刺跟尾巴是最先改變的，它的女主人可以看到它在空中蠕動，痛苦憤怒的尖叫著。「我親愛的！怎麼了？怎麼回事？」

多年來，她一直讓心愛的生物遠離鏡子，免得它看見自己的映影，但它現在看到了雙眼下垂的石頭雙胞，一直在那裡等待它前來的雙胞。

瑪多克斯的貓族四肢逐漸變形，先變得笨重，繼而碎裂開來。接著輪到它的身體，背脊上的黑叉刺，然後是它的臉。從嘴喙般的口鼻、下垂的眼睛，先是左眼，再來是右眼，最後具彈性的大耳也石化了。它葉綠色的翅膀是最後化成石頭的。

它猛力撞向地面，裂成了碎碎片片。

「不！」卡邦寇小姐吶喊。她衝到蠍獅身邊，伏在它碎裂的身體上方，現在已經成了一堆碎礫。女院長三十年來頭一次哭泣。

大鼠將灰色多毛的手搭在她肩上，用柔滑的聲音說：「好了，好了，小姐，不要緊的。烏艾爾會幫忙打理事情的，你儘管放心。」

大鼠安慰他的同伴時，雷鳴般的轟隆怪響從地下傳來，烏艾爾跟卡邦寇小姐失去平衡並跌了一跤，接著那堵高牆微微搖晃起來。

53 奇異小子

亞瑟醒來的時候，獨自在地牢裡。他呼喚崔英特，但毫無回應。火勢在他四周熊熊狂燒，他很確定崔英特已經葬身火海。煙霧如此濃密，看不到出路，他受困害怕，忍不住哭了起來。

然後他開始嗥叫。

亞瑟對著舔舐工廠牆壁的火舌哭號，對著嗆滿煙霧並逐漸瓦解的地牢哭號。他痛苦的喊叫變成了「為什麼」──一直在他心中燃燒的字眼。他為什麼被生下來？為什麼不記得自己是誰？又為什麼會被帶到這個可怕的地方，逃離之後又回來？為什麼，噢，為什麼，他得到一份贈禮，然後又被奪去？今晚他肯定就要孤獨死去。

「為什麼」這個字眼成了憂傷的長長音符，成了從他焦乾疼痛的喉嚨發出來的無字之歌。那是關於失去的哀歌，他用清澈甜美的嗓音，對著熊熊燃燒的房間唱著。

這首歌相當悲傷、古老、野性。他全心全意唱著，傾盡自己身上的生命點滴，直到無法再唱為止。

唱完的時候，他什麼都想起來了。

他的母親，她的嗓音和星辰，她曾經如何對他歌唱，她那晚如何將他抱向天空，驕傲的柔聲說：「你是奇異小子。我們盼了好久才等到你。」

他想起動物們在他四周圍成一圈。他也想起了牠們的聲音。牠們說的每個字，他都聽得懂。

他想起一個家庭。他的家庭。母親、父親跟三個姊妹。

接著想起人們怎麼持著火炬來到。他們即將放火焚毀一間白色大房子後方的小樹林，所有動物們圍聚在一起。他想起牠們怎麼做鳥獸散，急著逃離竄天的烈焰。有一棵樹燒得特別明亮，然後以一片火紅猛力砸下，那就是他夢裡的大火怪，可是它根本不是妖怪，而是一棵大橡樹。橡樹裡就是他的老家。

接著他想起一只盒子，附有小金鑰匙的音樂盒。上頭有隻小鳥，散發著玫瑰的氣味。盒子上有個W，代表「奇異小子」（Wonderling）。就像用金線繡在他藍色嬰兒毯上的W。他原本一直以為那個W是M。

起火前的幾分鐘，他母親曾經轉動了鑰匙，一首旋律從盒子裡流瀉出來。就是他這輩子一直放在心上的搖籃曲。「總有一天，你會唱歌。」他母親說，先吻吻他的頭頂，再吻吻他的耳朵，他天生只有一耳，那是個徵兆，就像他紅褐色胸口上的白葉圖案，也像他聆聽以及理解的天賦。

接著母親那張獨特美麗的臉龐浮現在他腦海，他感覺到她唱那首輕快歌曲時，她的心貼著他的心怦怦跳動著。

亞瑟在灌滿煙霧的房間裡掙扎著想要呼吸，腦海裡聽見母親的聲音說著那些話，就在大火摧毀他的家、徹底吞噬其他家人的幾分鐘前說的那些話：「你是奇異小子。這是你的命運。你一定要對寂寞者唱歌，要安慰害怕者，要喚醒沉睡之心裡的愛。」

然後，眨眼間她就消失了。

現在除了回憶跟那首歌之外，他一無所有。回憶跟那首歌現在對他來說又有什麼用？他注定要唱歌，他對這點很有把握，就像他很確定自己的雙手是人類跟狐狸的合體。這就是他的命運。

可是太遲了。一團煙霧吞沒了他，世界從他的雙眼漸漸淡去。

54
命運之日

有東西掉進亞瑟懷裡，他醒了過來。

「崔英特！」他嚷嚷，「我還以為永遠失去你了！」

崔英特只是從捕歌器的鐘型喇叭口掉出來，之前她躲進裡面以便避開飛竄的碎片。可是有個甲蟲裝置擊中曲柄，啟動了機器跟夢計，反覆對她放送同一組軍隊進行曲，讓她墜入了夢鄉。「還好那個鐘型東西變得好燙，」崔英特說，「要不然我還會繼續在裡頭睡覺，聽那些進行曲聽到瘋掉！」

整個房間逐漸灌滿煙霧，變得愈來愈熱。崔英特跟亞瑟同時猛咳起來。

「我們必須離開這裡，」亞瑟喊道，「你能飛嗎？」

「沒辦法！我的翅膀故障了，」崔英特說，「螺旋槳也壞掉了。」

「好吧，我們想辦法衝出去吧。我來拿捕歌器，也許它可以幫忙擋住火焰。躲進我的襯衫裡，我們走吧！」

亞瑟把沉重的機器抱在胸前，踉蹌穿過彈跳的火焰，熱氣令人難以承受，可是他們安全逃到了隔壁房間。當他們正要往紅隼館的出口走去時，亞瑟聽到了一個聲響。

某間牢房裡，兩個小草包窩在角落，保護另一個怕得不敢離開的更小草包。原來是泰瑟寶寶，就是拒絕長得比刺蝟大的那個草包。

亞瑟拚命穩住捕歌器，免得讓它摔下來。他牢牢抓住這架美麗的機器，這架機器曾經送給他這麼多聲響與歌曲。說真的，這架機器可以說是個奇蹟，他非得救出它不可。

可是……

如果他這樣做，他的朋友們必死無疑。

到最後，選擇起來一點也不難。

亞瑟拋下捕歌器，捕歌器撞上地板的瞬間，他一把撈起那三隻草包，然後拔腿就跑。他們逃出火場的時候，亞瑟上氣不接下氣的告訴崔英特，他想起了他母親以及她死前說過的話。

「你是天生要唱歌的，亞瑟！那一直都是你的命運！」

「我知道！」亞瑟說，心中湧現某種奇特無比的感覺，一方面很高興知道真相，同時也害怕自己跟其他人會保不住性命。

他們抵達樓梯頂端，亞瑟將門推開，他們猛地吸到了煙霧。地窖裡的火勢已經開始蔓延到院所的其他地方。

「亞瑟，看！」崔英特嚷嚷。有三個騎著飛天單車的身影，朝著他們的方向而來。亞瑟可以看到他們頭上的黑色圓禮帽上都有個大眼睛。

「噢，糟糕！」亞瑟喊道，「是D．O．G．C．！」

他們來不及逃跑，三輛單車就噗噗噗噴出一陣蒸氣，降落在他們面前。接著亞瑟聽到熟悉友善的嗓音：「哈囉，大釘，我的小子！」

昆塔斯、骨白、戴著白貓面具的尖吱用疊羅漢的方式坐在頭一輛單車上，外面披了巨大外套，昆塔斯的臉半藏在過大的帽子底下。棘刺跟掐掐坐在第二輛上，然後讓亞瑟跟崔英特意外的是第三輛單車，在嘎吱兔子似的肩膀上的，是個長著精靈耳朵的黑髮男孩，一把木劍掛在腰帶上。

「松果！」亞瑟跟崔英特同時喊道。小男孩露出燦爛笑容，不帶一絲恐懼。

「哎唷，」昆塔斯說，「外頭那隻鳥還真大啊！」

「你們怎麼知道要來？」亞瑟驚呼，「還有松果？怎麼——」

「聽著，」昆塔斯說，「長話短說吧，你的好朋友傳了個訊息給我，說某個女士打算毀掉全世界的音樂。我想，要是沒音樂，我乾脆死了算了。所以我弄來了這些單車，至於其他事情，就像人們說的，往事莫再提。我們出現在這小子的家——」他用手勢指指松果，「發現他在林子裡哭，說你們一夥把他給忘了，我們只好帶著他一塊上路了，是吧？好了，我們把你們弄出去！我們剛剛從另一端飛過來，這棟建築的正面也著火了。」

亞瑟看看崔英特，知道她正在想什麼：他們現在要怎麼把所有的院童帶出去？可是沒時間思考了。他跟其他人手腳並用爬上單車，直接騎著穿過門口，進入紅隼館中庭。

中庭裡是一場混亂的風暴。護士萊娜特之前帶領大家到外頭，又回到紅隼館裡喚醒睡夢中的草包們，此刻正忙著用大床單蒙住貝莉莎的眼睛，好保護它不受陽光傷害。被綁起來的史尼茲維正坐在地板上的一灘水裡，對著手帕叭叭擤鼻子，一次又一次說：「不是我的錯！不是我的錯！」在這場磨難中大半時間都在睡的馬格跟歐力克則坐在他旁邊，發著牢騷說：「不管是什麼，都不是我做的！」當地警員抵達了，試著維持秩序，義消人員正沿著靠在高牆上的梯子，傳下水桶跟水管。除了鷹館之外，所有古老的門都在很早以前被卡邦寇小姐封死了，而且院所的唯一出口現在完全無法通行。

火勢持續蔓延。

卡邦寇小姐跟烏艾爾站在中庭中央，女院長驚愕不已，盯著那堆曾經是瑪多克斯的碎石。她悲痛到呆若木雞，甚至沒注意到四周亂成一團，直到烏艾爾用手肘推推她並低語：「看看那邊，女士。我們被耍了。」他指著昆塔斯、亞瑟跟其他人。

昆塔斯向兩個警員指出女院長跟她的共犯，警員開始大步朝他們走來，一面揮舞著警棍。「有別的路可以出去嗎？」烏艾爾壓低嗓門問。

「有！可是我們一定要回到院內才到得了。」

「用之字形的路線跑，」烏艾爾說，「這樣就可以甩掉他們。走！」

烏艾爾和女院長迂迴的跑過昆塔斯跟警員身邊，身為一隻追求遠大前程的大鼠，烏艾爾向來幻想要養一隻自己的貓，他在逃跑時隨手一把抓起依然假扮成貓的尖吱。

這時，穿著靛藍色斗篷、薑黃色頭髮的婦女正爬下消防員的梯子，進入了中庭，急亂喊著女兒的名字。「萊娜特！萊娜特！你在哪裡？」

「在這邊，媽媽！我很安全。」萊娜特揮舞雙臂喊道。婦女走向女兒但驟然停下腳步。正要走向門口的是她的妹妹跟一隻很大的大鼠。

菲比‧奈丁格看見三十年未見的妹妹，展開雙臂，淚水淌下臉龐，拔腿跑了起來，斗篷在身後飛揚。

「婷婷！停下來！拜託！克萊門婷！」

可是卡邦寇小姐並未轉身，反而帶著烏艾爾直接衝進燃燒的建築裡。烏艾爾揪著可憐的尖吱頸背，拖著他一塊走。

接著亞瑟驚恐的看到一隻頭戴橡實頭盔、手持長劍的小小老鼠，快步尾隨他們進去。

「皮佛！」亞瑟尖叫。他想跟上去，可是一個魁梧的消防員攔住了他。

「這個地方就要燒毀了，」消防員說，「我們要儘快讓你們爬梯子離開。」

到了紅隼館裡頭，卡邦寇小姐跟烏艾爾衝到她的辦公室。「我知道有條路可以出去，可是我必須先拿那些設計圖！」她喊道。就在他們抵達大廳時，火焰從時鐘裡面的地窖門竄了上來，時鐘馬上爆出火焰，火焰開始朝著卡邦寇小姐的玻璃辦公室蔓延。「我一定要到拿設計圖！」她再次尖聲說，手在口袋裡撈找鑰匙。可是當她試著打開那那扇熱燙燙的門，門卻動也不動。她踢了又踢，想把門撞倒，又用現在空了的楞杖猛打那扇門，但門就跟她當初打造得一樣堅不可摧。

她暴跳如雷，把楞杖舉到腦袋上方，一把扔進燃燒的時鐘裡。楞杖一時燒成燦亮的火紅，然後整個遭火吞噬。

烏艾爾大喊要她跟上來，然後將她拉走。

就這樣，戴著亮橘色假髮的女人跟長著一雙烏黑小眼的大鼠，穿過只有她知道的祕密通道，隱去了蹤跡，前往焚燒地窖下方遠處的隧道，那裡距離院所遠之又遠。

幾世紀前以巨大十字架的造型建成的孤兒院，經歷過多種用途：修道院、監獄、濟貧院、給任性與私生生物的憂傷院所，如今陷入火海。

整個紅隼館的中庭開始灌滿煙霧。即使蒙著眼睛、體力透支，貝莉莎還是可以把一些草包帶到牆外，昆塔斯跟其他人也可以用單車載走一些草包，但是只有一把梯子，實在沒把握及時讓大家都越過高牆。

可是他們還是盡力而為。消防員跟警員，還有昆塔斯、他朋友、萊娜特跟菲比全力投入疏散行動，幫忙草包爬上梯子、坐上單車或攀上貝莉莎的背。

亞瑟跟崔英特盯著門直看，抱著一絲希望，盼望皮佛會出現。此時，火舌從醫護室的窗戶爆出來，亞瑟全神貫注聆聽老鼠的叫聲，卻只聽見裡頭烈火的怒吼。

「亞瑟，」崔英特說，「看！」

她用嘴喙指著擠在他們四周的那些草包，總共有一百多位，多到來不及搶救。這些孤兒似乎逃不過厄運了。

「我們可以怎麼辦？」亞瑟說，一顆心快速下沉。

「我不知道，亞瑟！看看他們，可憐的孩子們都快嚇死了。」

亞瑟直直盯著一起席地而坐的孤兒們，他們穿著破爛的灰睡衣，緊抓著彼此嚶嚶哭泣。他們的哭聲刺進他的心跟他的全身上下。

他不知所措，只是站在那裡直搖頭。

接著有個點子浮現了。這個點子簡單到荒唐，而且絕對沒辦法用來救他們，他可不會傲慢到覺得有用，可是多少會有點幫助。如果他非死不可，那麼他要唱著歌死去，做他現在知道是自己命運的事：**要對寂寞者唱歌，要安慰害怕者，要喚醒沉睡之心裡的愛**。

所以亞瑟唱起歌來。是那晚他母親在星辰底下唱給他聽的那首搖籃曲，那首歌曾經安慰了他，讓他在這些年間活了下來：

在每棵樹木跟每座森林裡，

小鳥滿懷希望的同聲合唱……

草包們昂首望著獨耳孤兒的紅毛臉龐，還有點點金斑的栗色雙眼，就是他們過去所認識的十三號。就像傳達世界之美的聲音從捕歌器流進他的內心，他的歌曲現在也流進他們的心中。當亞瑟用那純粹甜美的嗓音歌唱時，他們的精神為之一振，不再那麼害怕，令他們的心輕盈起來。他的歌曲飄過中庭，越過高牆，直達另一邊那棵高聳的白樺樹，然後嘰嘰喳喳聲傳了出來，在樹上築巢的鳥兒紛紛發出啁啾跟輕鳴，牠們的歌曲擴散到其他樹木那裡，轉眼間，高牆外的谷地充滿了歌曲。音樂在空氣中迴盪不已，一股黑暗力量開始從下方深處往上升起，幾分鐘前吞噬了建築的火焰開始悶燒，繼而熄滅。

高牆發出震動，就像蠍獅幾分鐘前化成石頭時那樣，一陣暗黑的霧氣在四周升起，將高牆籠罩在漆黑當中，接著霧氣瞬間往上竄，飄入了清澈無雲的天際。

「看！」崔英特跟其他人喊道。

他們現在全都指著高牆，就是古老拱門曾經存在的地方。卡邦寇小姐三十年前用來覆蓋拱門的石頭，開始一塊塊散落，直到一道用橡木打造的美麗拱門出現在他們眼前，門上裝飾著棲滿鳥兒的樹木，現在不需要鑰匙，門就自動打開了。

所有人驚奇得說不出話來，昆塔斯、崔英特跟亞瑟將小草包們帶向敞開的門，亞瑟聽到一聲歡喜跟勝利的尖鳴。就在那裡，從焦黑的建築裡蹦蹦跳跳走出來的，正是皮佛——史上最勇敢的騎士，還有五十隻左右的小鼠跟大鼠，合力扛著捕歌器設計圖的卷軸。亞瑟發出狂野的歡呼，大家同聲喝采，為皮佛跟牠的夥伴們歡呼：「萬歲！萬歲！」

「還真沒想到啊，」昆塔斯對亞瑟說，「如果大鼠跟小鼠可以攜手合作，我想我們大家就有希望了。」

55 結束與開端

今天是耶誕夜，菲比・奈丁格的家上上下下忙著籌備節慶活動。菲比正跟她朋友皮契先生包禮物，萊娜特則趕在最後一刻做耶誕裝飾。廚子在廚房裡埋頭苦幹，為了亞瑟在新家的第一次生日，準備一場別開生面的盛宴。亞瑟、崔英特，還有在解決落腳處以前暫時寄住菲比・奈丁格家的幾個草包，一起妝點著耶誕樹。皮佛從牠新家的出入口吱吱提供指示，那是一間設備齊全的娃娃屋，改裝成適合老鼠住的地方。或者說，適合富騎士精神的老鼠住。皮佛希望一切看起來都很完美，因為牠終於找到了家人，牠們要來這裡跟牠一起過節。

任性與私生生物之家發生那場火災以來已經過了半年，菲比拒絕對她妹妹提起告訴，但卡邦寇小姐依然在逃，沒人知道她的下落，也不曉得她的共謀大鼠的去向。尖吱，就是亞瑟在歧路莊園認識的朋友，烏艾爾當初在中庭一把將他擄走，至今依然下落不明。

不過仍有好多事情，讓亞瑟覺得滿懷感激。

首先，多虧弗路普警長跟菲比小姐，他不再是受通緝的罪犯，城裡張貼的那些可怕海報都已經撤下。其次，他現在除了亞瑟跟「奇異小子」之外有個新名字。他一直想不起母親替他取的全名，不過菲比小姐收養了他，他現在改叫**亞瑟．奈丁格**，永遠不會再有人用印在錫牌上、掛在他脖子上的倒楣號碼叫他。

菲比動用不少關係才得以收養他，因為官方很少批准人類收養草包，可是最終一切順利解決。負責這件事的官員正好是她的大樂迷之一。亞瑟還等著跟當局註冊，但他目前享有的自由已經超過他所能想像。

還有更多好事，比方說菲比要重建院所遭大火損毀的那部分，然後改制成免費的寄宿學校，專門用來研讀跟實踐藝術。所有曾經在她妹妹暴虐統治下生活的草包，都能接受真正的教育。等那棟建築完成的時候，他們就可以盡情唱歌、跳舞、嬉戲跟畫圖。

至於亞瑟則會有專屬的家庭教師。伊拉斯特．錫口笛，一個學問淵博、名聲響叮噹的野兔草包隨時都會乘船來到。用菲比小姐的話來說，亞瑟過了半年「悠閒的娛樂生活」，跟崔英特一起在城裡遊歷、玩無數的桌遊、滑下樓梯扶手，只要能找到的關於亞瑟王跟圓桌騎士的書都拿來讀，現在終於要有真正的老師了。他不只會學習音樂——對菲比小姐來說，這是世界上最重要的科目，還有哲學、語文學、建築、古希臘文、拉丁文、煉金術、數學、植物學、天文學、文學，以及存在於世間的其他每個學科。

崔英特現在住在菲比家，也有機會向錫口笛教授學習，可是她婉拒了。「家庭教師？」她當時說，「要我花時間學古希臘文、拉丁文跟其他傻東西，而那個時間可以拿來發明沒人發明過的東西？很感謝你好心的提議，菲比小姐，但恕我直言，我想我敬謝不敏。」

在客廳裡，舒適的火在壁爐裡呼呼低吼，發出輕聲爆響，夜鶯之家附有藍色窗板的窗戶外面，雪輕柔的落在街道上。亞瑟坐在窗邊，望著平和的白色街道。他好奇院所的高牆裡是不是也飄著輕雪，還是依然嘩啦啦下著雨。他有種感覺，從現在開始，那裡的天氣只會變得愈來愈好。

他想起貝莉莎那天在紅隼館中庭告訴他的事情，就在那道門奇蹟似的出現之後。他問它，這個地方是不是因為那頭蠍獅才變得這麼邪惡腐敗，夜鴉用特有的說法回答：可以說是，也可以說不是。它說，人有時候會有一種奇怪的習慣，就是當他們無法如願以償，或是當有人傷害他們，就會把仇恨帶入自己家中。「千萬不要讓自己發生這種事，小狐。」他擁住它的脖子，要它放心說他不會這樣。

亞瑟還是不敢相信自己竟然這麼好運。他的朋友現在都在他身邊，至少大多數都是。他看著崔英特在發亮的樹木周圍快飛，到處做點最後的點綴，包括在樹頂放上一隻亮金色小鳥。崔英特發明了非常實用的耶誕串蔓越莓機[1]，泰瑟寶寶則幫忙確認串莓機做出來的成品，數量多到足以裝飾耶誕樹。亞瑟站起來，開始忙著掛起金箔彩帶，而皮佛堅持提供建議——打從那場大火以來，牠就堅持要大家稱呼牠為「勇者皮佛」，亞瑟不得不幫忙翻譯轉達。崔英特現在在菲比小姐的家有自己的工作室，她承諾亞瑟說，等假期過後，她會發明某種翻譯裝置，好讓皮佛跟每個人溝通。

敲門聲響起，萊娜特前去應門。片刻之後她回來並說：「亞瑟，你永遠猜不到誰來了！給你一個暗示：他進來的時候吹著口哨，戴著一頂時髦的紅帽子。」

亞瑟衝到玄關，一把摟住他朋友。朋友優雅的穿著紅色絨毛燕尾服、頭戴高禮帽，外搭黑色大衣。

「昆塔斯！好久不見！你怎麼沒早點過來？進來，進來！要我煮水泡茶嗎？你能留下來喝個茶嗎？」亞瑟向萊娜特呼喚，問說早上的餅乾還有沒有剩。

「有的，亞瑟，」她從客廳喚道，「你朋友要留下來喝茶嗎？」

昆塔斯壓低嗓門說：「聽著，小子，我沒辦法留下來喝茶，可是我們能不能私下聊聊？我必須跟你說件事。我是肩負任務而來的，為了完成我很久以前就該做的事。」

「當然可以。」亞瑟說，然後向萊娜特呼喚說不用忙著備茶。他轉回來面對老朋友，憂心的仰望對方。「怎麼了，昆塔斯？出了什麼事？」

「我向你承諾過，小子，我打算信守承諾。可是首先呢，把這個拿去。這原本就是給你，而不是給我的。早該在很久以前就交給你，可是我拉不下臉。」

昆塔斯把一張皺巴巴、摺過很多次的紙遞給他，上面布滿摺痕，盡是油垢跟塵土。亞瑟打開紙條，讀了訊息，那是他跟崔英特從院所逃走那天，有人快筆寫下的：

1 用線將爆米花跟蔓越莓串起來，繞著耶誕樹裝飾，是從早期延續下來的傳統。

亞瑟：

如果你成功抵達城裡，到我母親菲比·奈丁格的家。她出城去了，六月的第二個星期才會回來，不過鑰匙就放在後門旁邊的石鳥下面。把那裡當自己家，我會通知她。

訊息結尾附上簡短的指示，告訴他怎麼到菲比家，還有**愛你的，萊娜特。註：祝好運！**

「我沒資格要求你原諒，」昆塔斯說，「可是也許……也許總有一天，你不會再對我那麼反感。畢竟咱們一起度過不錯的時光，是吧，大釘小子？」

亞瑟驚愕不已。難怪昆塔斯挑了菲比的房子來行竊，他從萊娜特的紙條得知這個地方不會有人。那是惡棍才會做的事，而昆塔斯就是惡棍。可是他也是亞瑟的朋友，要不是因為他跟他底下的那幫人，亞瑟跟崔英特可能沒辦法從那場可怕的火災活下來。

「噢，昆塔斯，」亞瑟說，「我當然會原諒你！」然後再次擁抱了朋友。

「唔，我……呃……」昆塔斯情緒激動得說不出話來。

一時之間沒人說話，最後昆塔斯說：「大釘，我今天就不進屋裡了，也許另外找時間吧。如果你不介意的話，也許你可以告訴萊娜特和菲比我做了那樣的事情，真的很抱歉。或者我下次可以親口告訴她。可是你現在必須陪我散散步，大釘，我有個東西給你看看。要走上一段路，可是我會平安把你送回來，我後來才發現那裡離歧路莊園不遠。」

於是昆塔斯跟亞瑟穿越流明鎮的覆雪街道，路過有著彩繪玻璃窗、粉紅跟白色角樓的巨柱宅邸，貓咪形狀的樹雕上積著雪；路過市集跟紅磚房子、咖啡館、酒吧，還有時髦的商店；路過街頭樂手，樂手在冰冷的午後空氣中彈奏著豎琴、手搖琴、笛子跟提琴。

亞瑟在每個樂手面前停步，將一枚銅板投入他或她的杯子。

街道的噪音因為落雪跟節日的人潮而模糊，在那個清澈乾爽的日子裡，每個人，連看來脾氣最壞的高帽，似乎都興高采烈。

他們走到河邊時，亞瑟請昆塔斯等等。「我一下子就好。」他在一群聚集於碼頭火堆邊的普眾身邊停下腳步。

他把出門前塞進口袋裡的東西，分送給每個普眾：一些小麵包、小塊乳酪，都是些匆忙之間能隨手帶走的東西。「耶誕快樂。」他對他們說。接著他想起跟崔英特分別那天，他覺得迷失又孤單時，崔英特說過的話：「要勇敢，永遠、永遠不要失去希望！」

「你真好心，真的。」昆塔斯說。他勾起亞瑟的手臂，他倆繼續往前走。

他們抵達臭底橋時，亞瑟很高興見到弗路普警長返回了工作崗位。

「佳節快樂，祝你們過得愉快。」警察以平日那種無動於衷的態度說。可是當昆塔斯想塞枚銅板到警察手裡時，他搖搖頭說：「直接過去吧，祝你們兩個新年快樂。」

到了河的對岸，他們路過「天鵝與哨子」酒吧，亞瑟提醒自己，要儘快回去那裡一趟，向那些樂手學一、兩首曲調。既然他知道自己會唱歌，而且非唱不可，他想盡可能學愈多曲子愈好。

他往下瞥瞥河岸。也許，只是也許，諾拉克正在那裡等待夜晚到來。下一次又會載誰過河呢？那個可憐迷失的靈魂會有什麼遭遇呢？

亞瑟跟昆塔斯穿過布路民鎮，在新落的雪裡，連搖搖欲墜的廉價公寓看起來都乾淨舒適。

他們終於走到了廷塔傑路十七號。

「這就是了，小子，」昆塔斯說著指指亞瑟的肩膀，「十年前這裡就沒房子了，我想。那時候你一定是一歲左右，是吧？」

亞瑟無言以對。他終於來到這裡，卻不知道自己該有什麼感受。他盯著曾經是個可愛住家的燒焦空殼，看起來就像昆塔斯那條街上的殘屋，而那條街就在附近。附近有些房舍經過重建之後，成了給人類居住的低價住屋。

「我到處打聽，」昆塔斯說，「才知道這棟房子跟這條街啊，原本是個滿不錯的地方……可是在……在他們所謂的潔淨儀式之後，就……我也有過同樣的遭遇。」

「『潔淨儀式』？」亞瑟問，「我以為，唔，至少我記得的是一場火災。」

「『光之日』。高帽喜歡這麼稱呼。這麼說好了，每五年，他們有些人就會『清掃』一番。可是，對草包來說，那才不是什麼光之日。最惡劣的那些高帽，會隨機的把草包的房子，還有幫忙草包的那些人的房子放火燒掉。我和家人們本來就住在歧路莊園，那裡原本叫『威菲德莊園』。噢，都三十年前的事了。當時我還是個小傢伙，威菲德那家人真不錯，對我爸媽很好，保護我們，不肯把我們送到專給草包住的濟貧院。D·O·G·C·打造出暗鬱城以前，都把我們這些人送到那種地方。威菲德一家最後死了，全都死了，我四個兄弟跟其他家人也是。」

昆塔斯摘下帽子，鞠躬並說：「壹瑪斯、貳德斯、叁厄斯、肆塔斯[2]——安息吧，兄弟們，安息吧。」

亞瑟想起昆塔斯說過，編號一到四都已經有人用了，說他非得當十三號不可，因為昆塔斯的兄弟永遠都會是那些編號。現在他明白為什麼了。

昆塔斯稍微吸吸鼻子，用袖子抹了抹，然後攬住亞瑟的肩並說：「我想，你也有過同樣的遭遇。我到處打聽過你的街道，大家都說受到『光之日』的衝擊。你當時一定是個可憐的小小傢伙。當初住這裡的人保護著你，就像威菲德一家保護我那樣。他們一定很好心，也很勇敢。」

兩人默默站在原地，最後亞瑟說：「昆塔斯，我們可以繞到後面去看看嗎？我想我家以前就在那裡，我想我們就住在這家人後面，我不確定，可是……可是我想我們家就住在一棵樹裡頭。」

他們繞到這棟房子殘餘的地基後面，那裡被積雪掩蓋住的，就是燒焦的樹木殘根，包括

---

2 這些名字的原文字根各含有一、二、三、四的意思。昆塔斯的原文則含有五的意思。

一棵倒下的老橡樹。

這兩個朋友不發一語佇立著。

亞瑟想在春天的時候再回來，那時地上積雪就會融化，也許他挖一挖可以找到埋在底下的音樂盒。不過話說回來，也許貝莉莎說得沒錯。他想起他們飛越地底迷宮時，夜鴉說過的話：**你需要的都有了**。

它當時說：**只除了一樣東西。而那樣東西是我無法給你的**。

他現在明白，它說的就是他自己的聲音。亞瑟向廷塔傑路十七號、向他失去的家人、向勇敢嘗試保護他們一家的人類家庭道別。

「你能陪我走回橋邊嗎？」亞瑟說。他打著哆嗦，想回到菲比家的爐火邊，跟崔英特還有其他人在一起。菲比小姐的家現在就是他的家了，他希望可以一直這樣下去。

「我會陪你一路回到家的，小子。來吧。」昆塔斯說。

他們終於抵達菲比的家，亞瑟再次邀請朋友入內喝茶。可是昆塔斯急著要回歧路莊園，說他在耶誕晚餐以前還有很多事情要忙。「下次吧，兄弟。我很樂意過來喝杯茶聊一聊。」

亞瑟問他耶誕夜要煮什麼，可是昆塔斯還沒開口他就知道了。除了給國王喝的湯之外，還會是什麼？

「對了，大釘——我是說亞瑟——那隻大鴉最後怎麼了？」

「我都忘了跟你說。貝莉莎回到原本的地方。它專門負責看守暗鬱城的墓園，眼睛花了好一段時間才痊癒，可是萊娜特說它現在應該好多了。」

「它當初怎麼回去的？」昆塔斯問。

「那就是神奇的地方，」亞瑟說，「它一路唱著歌回家！我想，烏鴉就是這樣找路的吧。天空就像由歌曲組成的隱形地圖，至少它是這樣告訴我的，我們靠崔英特的訊息鴿來保持聯繫。對了，那隻訊息鴿的性能現在比較好了。貝莉莎說，從現在開始，它也會試著守護生者，而不只是逝者。下頭有好多草包，昆塔斯，我希望總有一天他們可以得到自由。」

「希望如此，」昆塔斯說，「他們被關在下面是不對的。」

兩人沉默片刻，接著昆塔斯又說：「院所的那些小傢伙呢？都好好的嗎？」

「噢，他們沒事。當地的農人收留他們，還有菲比，她也收養了幾個。」

「就像大家說的，結局好就一切都好。我差點忘了跟你講件事。」昆塔斯竊笑，「我的目標是找到那個橘髮女士，還有綁架我兄弟的卑鄙大鼠。我要成立一樁新事業，昆塔斯私人偵探社。喜歡這個名字嗎，小子？我的第一個案子就是要找出可憐尖吱的下落。他一定在外頭的某個地方，我要找到他，把他帶回來，也許還可以找到小妖，願他平安。」

亞瑟的臉一沉，對於小妖的事，他還是很過意不去。

「別難過，小子！我們會找到他的，所以替我們打氣吧。這樣才是乖孩子。」

「我當然會。」亞瑟露出笑容，「下次見面的時候，咱們就可以好好舉杯慶祝。慶祝新的開始！還有我真的認為你的計畫很棒，昆塔斯。還是我應該說偵探昆塔斯？超級私家偵探昆塔斯萬歲！」

兩人再次擁抱，亞瑟看著頭戴高禮帽、身穿燕尾服的大鼠轉頭走回家。

56
家

夜色降臨在流明鎮上，亞瑟心滿意足的跟新舊朋友們坐在餐桌邊：菲比小姐和她的朋友皮契先生——四十歲左右，氣質出眾的男人，膚色深暗、蓄著薄薄的黑色八字鬍；萊娜特、崔英特、皮佛——牠正在亞瑟的襯衫口袋裡餐後小憩；魯夫斯、史努克、奈吉、聶斯比、泰瑟寶寶，以及來自院所的幾個草包。整個房子滿滿是人，隔天還會有更多，因為松果跟他的家人，還有皮佛的家人都要來這裡過節。

他們剛剛用完餐，亞瑟幫忙萊娜特清走桌上的盤子。完成之後，他回到座位，坐在皮契先生身邊，一切感覺如此安全舒適。壁爐裡燒著熊熊烈火，房間裡閃著燭光，還有來自頭頂水晶吊燈的光芒。

菲比望出窗外，嘆了口氣：「噢，婷婷！我可憐、可憐的克萊門婷。」菲比用餐巾角揩揩眼睛，「過節總是讓我懷舊起來。」

儘管卡邦寇小姐的面容經年累月變得憔悴憤怒，但菲比小姐的長相仍跟她十分肖似，令亞瑟遲遲無法釋懷，不禁在心裡感激菲比小姐並未戴高聳的橘色假髮。菲比小姐跟她妹妹不同，她並未禿頭，頭髮是自然的薑黃色，雖然現在摻雜著灰髮。

菲比起身走到窗邊。「她在哪裡呢？我真怕她已經死了！她那天連回頭看我一眼都沒有。我可能再也看不到她了！噢，想到這點我就痛苦不已！」

「嗯哼。」皮契先生說，雙手交疊、靠在桌上，然後兩根拇指繞起圈圈。亞瑟從沒看過這麼修長跟優雅的手指。「嗯哼。」他再次說。

她轉頭面對他。「怎麼了，皮契先生？我看得出你很想說什麼。你這樣拐彎抹角，我真不喜歡。」

菲比再次坐下，雙臂抱胸。亞瑟現在很習慣他們的小口角，覺得相當有趣，因為菲比跟皮契先生有多年的交情，顯然是非常親近的朋友。

「恕我直言，親愛的，」皮契先生坐在她對面說，「我實在不懂你老把『可憐婷婷』掛在嘴邊是怎麼回事。我的意思是，你妹妹這麼多年來折磨那些可憐的草包，對你懷恨在心的時間還更久。她派流氓來你家偷走你最心愛的東西——你父親精采的發明，同時還毀掉你所有的物品，最後跟著那個惡劣的大鼠一起潛逃。到底有什麼好同情的？我當然無意冒犯。」

菲比鬆開手臂又叉起，臉漲得通紅。「皮契先生，有時候我真的搞不懂你這個人。難道我什麼都得解釋嗎？好吧。」菲比搖搖頭，「首先呢，我們不知道親愛的克萊門婷是死是活。如果你忘了的話，她是我妹妹。再來，你看不出這一切有多悲哀嗎？悲哀極了啊！」

「我當然看不出來。事實上，如果那個女人因為自己做過的事情而受到吊刑，我也不會覺得遺憾。」

「皮契先生！你怎麼可以這樣說我小妹？我的雙胞？我的小婷婷？」

亞瑟很難把卡邦寇小姐想成是某人的「小婷婷」，可是接著他又多想了想。她確實曾經是某人的小婷婷。而對菲比——他的監護人來說，她依然是小婷婷。他清清喉嚨，輕聲說：「不好意思，菲比小姐……我可以說句話嗎？」

菲比的手越過桌面，深情輕拍亞瑟毛茸茸的手。「當然了，我親愛的，你在夜鶯之家永遠都可以有話直說。」

坐在桌邊的每一位，包括忙著啄一碗種籽的崔英特，都轉頭去看亞瑟。其他草包發出鼓勵的哼聲跟吸鼻聲，要他說下去。

「謝謝，」亞瑟說，抬頭看著坐在他右邊的皮契先生。「我想菲比小姐的意思是，皮契先生，連最大的人以前都曾經很小很小，記得這件事是很重要的。」他看到萊娜特從桌子對面朝他露出燦爛笑容。他對她回以笑容，然後緩緩的說：「而且也許在內心深處，卡邦寇小姐還非常、非常小。」

菲比的雙眼噙滿淚水，從椅子上跳起來，跑過去一把擁住受她監護的年輕小子。

「就年紀來說，你相當有智慧啊，奈丁格先生。可能比這個老傻子還有智慧！」皮契先生說。

「敬小亞瑟！」萊娜特嚷嚷。

「生日快樂，亞瑟！」眾人同聲歡呼。接著萊娜特趕往廚房，端著插了十二根明亮蠟燭的巨大黑莓派回來。

「可是明天才是我生日啊。」亞瑟說。

「在夜鶯之家，我們不是什麼都照規則來，」菲比說，「只要我們想要，隨時都可以過節跟慶生。況且，這麼一來，你今天有生日派，明天有生日蛋糕！」

「你知道嗎？」亞瑟說，「我剛剛才意識到一件事。這麼久以來，我都還沒吃過派！」

「你享受派的時候到嘍！」崔英特說，在桌上開心的跳上跳下。

大家對亞瑟高唱生日快樂歌，連皮佛都跟著吱吱唱和，然後大家盡情享用派，直到肚皮裝不下為止。

那天晚上，亞瑟拆完他的禮物，包括一只音樂盒，是菲比向「川豆比的幼兒火車與玩具店」買來的，亞瑟抵達流明鎮第一天就很想進去那家店裡逛逛，之後回到樓上自己專用的臥房，那裡有張溫暖的大羽毛床。

他想起許久以前的那個晚上，母親對他唱歌的輕快聲音，緊緊摟住他的柔軟手臂，還有說著「你是奇異小子，我們盼了好久才等到你」的聲音。雖然亞瑟依然想不起自己到底從哪裡來，不過至少現在他知道自己曾經被愛過。

他在耶誕夜睡著以前，打開窗戶吸進乾爽的夜間空氣，接著唱起一首甜美溫柔的歌曲。

歌曲飄出敞開的窗戶，升向星辰滿布的天際，飄過流明鎮的積雪街道。

這一次，他唱歌的時候，是清醒的。他的雙眼跟他的心都朝著世界大大敞開。

少年天下系列 044

混血孤兒院：神祕的捕歌器

作　　者｜米拉・巴爾托克（Mira Bartók）
譯　　者｜謝靜雯

責任編輯｜李幼婷
封面繪圖｜ Lulu Chen
封面設計｜蕭旭芳
內頁排版｜極翔企業有限公司
行銷企劃｜葉怡伶

發行人｜殷允芃
創辦人兼執行長｜何琦瑜
副總經理｜林彥傑
總監｜林欣靜
版權專員｜何晨瑋、黃微真

出版者｜親子天下股份有限公司
地址｜台北市 104 建國北路一段 96 號 4 樓
電話｜（02）2509-2800　傳真｜（02）2509-2462
網址｜ www.parenting.com.tw
讀者服務專線｜（02）2662-0332　週一～週五：09:00~17:30
讀者服務傳真｜（02）2662-6048
客服信箱｜ bill@cw.com.tw

法律顧問｜台英國際商務法律事務所・羅明通律師
製版印刷｜中原造像股份有限公司
總經銷｜大和圖書有限公司　電話：（02）8990-2588

出版日期｜ 2018 年 6 月第一版第一次印行
　　　　　2021 年 5 月第一版第五次印行
定　　價｜ 380 元
書　　號｜ BKKNF044P
I S B N ｜ 978-957-9095-79-2（平裝）

訂購服務
親子天下 Shopping ｜ shopping.parenting.com.tw
海外・大量訂購｜ parenting@cw.com.tw
書香花園｜台北市建國北路二段 6 巷 11 號　電話（02）2506-1635
劃撥帳號｜ 50331356 親子天下股份有限公司

立即購買 >
親子天下 Shopping
有聲故事書

國家圖書館出版品預行編目資料

混血孤兒院：神祕的捕歌器 / 米拉・巴爾托克 (Mira Bartók) 文；謝靜雯譯 . -- 第一版 . -- 臺北市：親子天下 , 2018.06
368 面：14.8X21 公分 . -- (少年天下系列 ; 44)
譯自：The wonderling
ISBN 978-957-9095-79-2 (平裝)
874.57　　107007341